타운하우스

타운하우스

초판 1쇄 발행 • 2024년 12월 3일

지은이 / 전지영
펴낸이 / 염종선
책임편집 / 박지영 이주원
조판 / 박지현
펴낸곳 / (주)창비
등록 / 1986년 8월 5일 제85호
주소 / 10881 경기도 파주시 회동길 184
전화 / 031-955-3333
팩시밀리 / 영업 031-955-3399 · 편집 031-955-3400
홈페이지 / www.changbi.com
전자우편 / lit@changbi.com

ⓒ 전지영 2024
ISBN 978-89-364-3967-5 03810

타운하우스

Townhouse

창비

차례

말의 눈

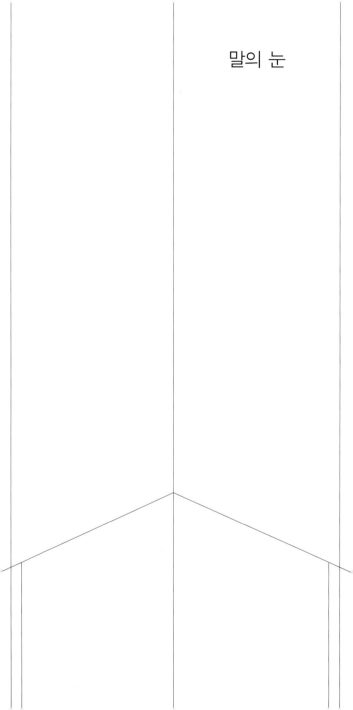

지붕 수리는 하루면 충분하다고 했다. 그러나 타운하우스라는 말을 듣자마자 수화기 너머의 수리공은 난색을 표했다. 그는 이틀도 부족할지 모른다고 금세 말을 바꾸었다.

수연의 집에 물이 새기 시작한 것은 작은 태풍이 지나간 후부터였다. 첨탑 모양의 지붕 어딘가에 고인 흙탕물이 미세하게 갈라진 이층 천장 틈으로 떨어지기 시작했다. 지은 지 삼년이 채 되지 않은 타운하우스는 갑작스러운 기온 변화, 결로, 바람과 비에 약했다. 수연은 물이 떨어지는 걸 발견하고 설거지용 실리콘 대야를 가져다 댔다. 처음에는 삼사초에 한방울씩 떨어지는 정도였는데, 전날 폭우가 쏟아지면서 대야를 비우기가 무섭게 물이 넘쳤다.

수리공에게 언제쯤 방문이 가능하냐고 묻자 적어도 일주일은 지나야 시간을 낼 수 있다는 답이 돌아왔다. 그는 퉁명스러운 말투에 섬 방언을 썼다. 수연은 열달 전 섬으로 이사했지만 여전히 이곳 사투리가 낯설었다. 섬사람과 말을 섞을 일이라고는 기껏해야 식당에서 음식을 주문하거나 시장에서 물건값을 흥정할 때가 전부였기 때문이다. 타운하우스 주민은 모두 뭍에서 온 사람들이었다. 그들은 한달 살기나 자녀의 국제학교 진학을 목적으로 섬에 건너왔다. 섬사람들은 바다나 목장 근처에 사는 걸 특별하게 여기지 않았기 때문에 타운하우스에는 관심을 두지 않았다.

수연이 사는 타운하우스는 공항에서 해안도로 방향으로 삼십분가량 거리가 있는 곳에 위치했다. 단지 방향으로 난 샛길로 들어서면 멀지만 또렷하게 바다가 보였다. 양옆으로는 한눈에 다 들어오지 않을 만큼 넓은 귤밭과 말 목장이 자리했다. 귤나무 아래에는 무른 귤이 으깨진 채 썩어갔고 목장에서 방목하는 말 두어마리가 매일같이 그 주위를 어슬렁거렸다.

단지 내 단독주택 열두채는 복사와 붙여넣기를 반복한 것처럼 똑같은 외관과 구조로 지어졌다. 그중 절반인 여섯채에만 사람이 살았다. 나머지 절반은 지난 열달 내내 비어 있었다. 그러니까 열달 전 수연의 입주가 마지막인 셈이었다.

집의 외관은 복층 구조의 일본식 목조주택을 연상케
했다. 이층 세탁실 옆에는 옥상으로 통하는 문이 있었지
만 이사 후 단 한번도 열어본 적이 없었다. 지붕 아래 대
여섯평 남짓한 공간에 서 있으면 거센 바람 탓에 몸을 가
누기조차 어려웠다. 뾰족한 지붕 역시 멀리서 볼 때만 그
럴싸했다. 가까이에서 보면 이름 모를 검은 새들이 잔뜩
들러붙어서 을씨년스러운 분위기를 자아낼 뿐이었다.

수연의 남편은 집 계약을 반대했다. 여자 둘이 살기에
는 너무 외진 곳이라는 이유에서였다. 수연은 남편에게
보란 듯 마당과 골목, 주차장, 그리고 단지 입구에 설치된
CCTV를 가리켰다. 경보장치가 울리면 삼분 이내에 경비
업체 직원이 도착한다고 중개인이 말을 보탰다. 어떤 강도
가 여기까지 와서 집을 텁니까. 중개인이 웃었다. 그러나
남편이 신뢰한 것은 중개인의 낙관이 아닌 3이라는 숫자
였다. 3이라는 숫자는 긴박감과 안정감을 동시에 주었다.
남편은 마지못해 계약에 동의했다. 그러나 장비가 위협을
제거할 수 있을까? 수연은 믿지 않았다. 진짜 위협은 카
메라에 잡히지 않는다. 소문, 협박, 회유…… 눈에 보이지
않는 위협에 비하면 고립감쯤은 충분히 감수할 만했다.

정작 수연을 괴롭히는 문제는 타운하우스 내부에 있었

다. 마흔평 너비의 마당과 주차 공간은 세대별로 구획되어 있으나 실은 공유하면서 사는 것이나 다름없었다. 현관 앞에 모아놓은 플라스틱 재활용품은 거센 바닷바람을 타고 날아다니다가 다음 날 아침 이웃집 마당에서 발견되기 일쑤였다. 수연의 집에서는 옆집 남자의 트렁크 팬티가 자주 발견되었다. 남자는 수연의 집 마당에 불쑥 걸어 들어와서 덱 모서리에 걸린 팬티를 집어 가곤 했다. 수연은 그때마다 남자에게 주의를 주려다가 말았다. 남자가 지나치게 무심한 탓이었다. 섬에 살면 당연히 감수해야 하는 일일까. 수연은 유난을 떠는 사람처럼 보이는 게 싫어서 남자를 그저 지켜볼 뿐이었다.

또다른 골칫거리는 말이었다. 단지 입구를 막아선 말은 경적을 울려도 꿈쩍하지 않았다. 덩치가 큰 말이 시커먼 꼬리를 흔들면 더욱 위협적이었다. 도로 곳곳에 떨어진 흙뭉텅이가 무엇이냐는 수연의 물음에 중개인은 말이 지나다닌 흔적이라고 대수롭지 않게 반응했다. 말이요? 수연이 되물었다. 마주칠 일은 없을 겁니다. 중개인이 확언했다. 그러나 말은 마치 집주인인 양 단지 안을 어슬렁거렸다. 사람 눈치도 보지 않았다. 주민들은 단지에 풍기는 분뇨 냄새가 진해지면 곧 비가 올 거라 짐작하곤 했다.

그 두가지 문제만 제외하면 수연은 타운하우스에서의 삶에 대체로 만족했다. 섬에서는 수연과 서아가 겪은 일을 아무도 몰랐다. 모녀를 향해 수군대는 사람도 없었다. 수연은 비로소 깊이 잠을 이룰 수 있었다.

무엇보다 서아가 조금씩 회복된다는 점이 고무적이었다. 남편의 반대를 무릅쓰고 이사 온 보람이 있었다. 소아정신건강의학과에서 이주일 단위로 처방받는 약이 삼일분씩 남았다. 교복 주머니에 넣어둔 약봉지가 해질 때까지 과호흡도 일으키지 않았다. 말문도 트였다. 배가 고프다거나 졸리다는 기본적인 의사를 표현하기 시작했다. 텔레비전 오락 프로그램을 보면서 소리 내어 웃음을 터뜨렸다. 미세한 회복의 징조였지만 수연은 충분히 기뻤다.

섬에 온 뒤 수연은 주로 집에서 시간을 보냈다. 억지로 사람을 사귀려고 노력하지 않았다. 사람은 결국 혼자다. 서아의 사건이 수연에게 알려준 게 있다면 지인은 무용하다는 사실이었다. 수연은 아이를 등하교시키거나 마트에 갈 때만 차를 몰고 집을 나섰다. 무료했지만 마음 편한 게 우선이었다. 종일 집에 틀어박혀 지내는 수연을 밖으로 끌어낸 사람은 지희였다. 지희 역시 이년 전 딸을 국제학교에 입학시키면서 이곳 타운하우스로 이사했다.

지희는 골프 모임과 식사 자리에 수연을 대동했다. 국제학교 엄마들에게는 시간이 많았는데 남편이 대부분 뭍에 살기 때문이었다. 말이 주말부부지, 장기간 별거 상태나 마찬가지였다. 모임에는 언제나 술이 동반되었다. 엄마들은 숫제 휴대용 위스키병을 가방에 넣어 다녔다. 술을 마시면 여자들은 쉽게 속내를 드러냈다. 수연은 골프 카트에서 술에 취한 동급생 엄마에게 지희 남편에 대한 소문을 전해 들었다. 그가 뭍에 '딴집'을 둔 탓에 이년 동안 한번도 섬에 들른 적이 없다는 이야기였다. 그 여자는 '그게 무슨 뜻이겠느냐'고 이죽거리며 은근하고도 노골적인 경멸을 숨기지 않았다.

얼마 지나지 않아 수연은 지희를 따라다니는 일을 그만두었다. 술에 취한 채 분위기에 휩쓸리다가 뭍에서 겪은 일을 털어놓을까봐 겁이 났다. 학교폭력위원회에서 조사를 진행하는 동안 수연은 하루도 거르지 않고 술을 마셨다. 텀블러에 부은 소주를 커피 마시듯 홀짝였다. 완전히 정신을 잃은 적은 없었지만 그렇다고 말짱한 때도 없었다. 술을 마시면 기분이 한결 나아졌다. 서아가 당한 폭력을 정확히 복기했고 딸을 지키지 못한 죄책감과 당당히 마주했다. 술기운 덕분에 괴롭지 않았다. 아니다. 술이 오히려 용기를 줬다. 다시는 서아가 같은 일을 겪지 않게 하겠다고 다짐하게 만들었다. 그런 마음을 먹는 것만으로도 수연은 조금 나은 엄마가 된 듯한 기분이 들었다.

섬에 온 뒤 수연은 술을 끊었다. 술에 의지해 안도감을 찾을 필요가 없었다. 술 생각이 날 때마다 섬으로 이사한 목적이 새출발이라는 사실을 잊지 않으려고 애썼다. 새출발의 가장 중요한 전제는 과거를 들추지 않는 것이었다.

한동안 왕래가 뜸하던 지희를 다시 만난 건 열흘 전이었다. 지희는 집 앞 주차장에 서서 수연이 오길 기다리고 있었다. 그즈음 지희의 딸이 동급생을 지속해서 괴롭힌 정황이 드러나면서, 사실관계를 밝히기 위한 소송으로 학교가 시끄러웠다. 수연은 지희와의 만남을 의도적으로 피했다. 전화나 문자에 답하지 않았다. 지희가 초인종을 누르면 인기척을 내지 않으려고 방에 몸을 숨겼다.

그 소송은 수연에게 떠올리고 싶지 않은 이름을 상기시켰다. 서아가 종이에 적어주었던 여섯 명의 가해 학생들의 이름. 수연은 지금도 그들의 이름을 또렷이 기억했다. 누구나 마음에 품은 송곳이 있다면 수연에겐 다름 아닌 그 이름들이었다.

가해 학생의 부모들은 순번을 정해서 매일같이 수연의

집 앞에 찾아왔다. 죽을죄를 지었다고 고개를 조아렸다. 눈이 오는 날은 쌓인 눈 위에, 비가 오는 날은 물웅덩이에 무릎을 꿇었다. 그들은 마치 타운하우스 입구에 진을 친 말들처럼 매일같이 수연의 주위를 맴돌았다. 수연은 괜찮 다고 말하지 않았다. '아이들은 그럴 수 있다'는 말도 하 지 않았다. 무릎 꿇은 부모들의 손을 잡아주지도 않았다. 그저 언제까지 버틸지 지켜볼 작정이었다.

조사가 시작된 지 보름 만에 학폭위가 열렸다. 학폭위 가 열린 날, 가해 학생들은 입을 꾹 다문 채 애처로운 표 정으로 자리를 지켰다. 마땅히 아이가 감당해야 할 사과 의 행위는 부모가 충실히 대신했다. 결정된 최종 징계는 정학도 퇴학도 아닌 분반 조치였다. 수연은 그 결정을 도 저히 받아들일 수 없었다. 몇번이나 교육청에 민원을 넣 었지만 결정은 번복되지 않았다. 수연을 말린 사람은 남 편이었다. 남편은 서아를 위한다면 더는 일을 키우지 말 라고 부탁했다. 수연은 그가 야속했다. 학교가, 이 도시가, 남편이 자신을 버린 기분이었다. 그래서 이곳을 떠날 수 있다면 무엇이라도 할 수 있을 것만 같았다. 그때 처음으 로 섬에 있는 국제학교를 떠올렸다. 국제학교는 시설이 좋고 학생 수도 적었다. 학비가 비쌌지만 내지 못할 정도는 아니었다. 무엇보다 교내 폭력을 개인 간의 소송으로 해결하도록 유도했다. 학교 측은 소송에 필요한 자료를 철저히 챙겨주는 것으로 의무를 다했다. 수연은 그 점이 마음에 들었다. 기껏해야 반을 바꾸거나 몇주간 등교를 중지하는 조치에 비해 소송으로 유급 내지는 퇴학 처분을 받는 게 훨씬 더 합당해 보였다.

통화 후 일주일이 지난 아침에서야 수리공이 수연의 집에 들렀다. 아침 뉴스에서 폭우와 거센 바람을 동반한 중량급 태풍이 북상한다는 예보를 들었다. 지붕에서는 점점 더 많은 양의 물이 쏟아지기 시작했다. 새벽에도 이미 많은 비가 내린 터였다.

오전 아홉시 즈음 1.5톤 포터 한대가 먼지를 일으키며 단지로 진입했다. 수연은 좁은 부엌 창 너머로 도로 쪽을 내다보았다. 자욱하던 안개가 걷히면서 어느 집에서 넘어왔는지 알 수 없는 플라스틱 생수병과 맥주 캔이 모습을 드러냈다.

포터는 집과 집 사이 도로변에 비딱하게 멈춰 섰다. 수리공이 차 문을 열고 운전석에서 풀쩍 뛰어내렸다. 그는 한 손에 연장 가방을 들고 반대편 어깨에는 사다리를 멘 채 집을 향해 걸어왔다. 허리에 위태롭게 걸쳐진 청바지 밑단이 바닥에 끌렸다. 흰색 티셔츠 주머니에 꽂힌 담뱃갑은 땅에 떨어질 듯 아슬아슬하게 매달려 있었다. 그는 한때 하얀색이었을 흙빛 운동화로 땅을 비비듯 걸었다. 그가 걸음을 뗄 때마다 젖은 잔디밭이 푹 파였다.

곧 초인종이 울렸다. 현관문을 열자 수리공은 고개를 꾸벅 숙였다. 그는 짐을 들고 발만 툭툭 흔들어 진흙 묻은 운동화를 벗겨냈다. 뒤축이 구겨진 신발 한짝이 수연의 아이보리색 구두 위에 놓였다.

수연은 그를 데리고 이층으로 올라갔다. 수리공은 물을 받아내던 실리콘 대야를 한 발로 거칠게 밀치고 사다리를 펼쳤다. 그가 발을 딛자 사다리가 쓰러질 듯 흔들렸다. 그는 고개를 젖히고 골똘한 표정으로 천장을 살폈다.

수리공은 한참 만에 사다리에서 내려왔다. 내부에서 누수 지점을 찾을 수 없으니 지붕 위를 살펴야겠다고 했다. 수연은 옥상 문으로 그를 안내했다. 문은 뻑뻑해서 잘 열리지 않았다. 수연이 어깨로 힘껏 밀자 마침내 날카로운 마찰음을 내며 문이 열렸다. 높이가 낮은 문을 통과하기 위해 수리공이 몸을 숙였다. 수연도 그의 뒤를 따라 문턱을 넘었다. 그의 어깨에 걸쳐진 사다리에서 연달아 철컹

거리는 소리가 났다. 반복되는 그 소리가 수연의 신경을 곤두세웠다.

수리공은 옥상에서 첨탑 모양 지붕을 향해 사다리를 비스듬하게 세웠다. 바다에서 섬을 향해 바람이 거세게 불어왔다. 수연은 허공에 흩날리는 머리카락을 한 손으로 그러모아 쥐고 그가 사다리를 오르는 모습을 지켜보았다. 마침내 지붕에 다다른 수리공은 경사면 위에 두 발을 넓게 벌리고 섰다. 바람과 정면으로 맞선 그의 몸은 당장이라도 고꾸라질 듯 비틀거렸다.

수리공은 지붕 꼭대기에 물이 고였을 거라고 추측했다. 구름 사이로 삐져나온 햇빛이 수연의 이마로 강하게 내리꽂혔다. 습도가 높아 한증막에 앉아 있는 것처럼 숨이 턱턱 막혔다. 겨드랑이와 목 주위에 금세 땀이 찼다. 수리공의 얼굴도 땀으로 번들거렸다. 그가 수연에게 방언 섞인 말로 무어라 소리를 질렀다. 수연이 어리둥절한 표정으로 빤히 쳐다보자 그가 신경질적으로 옥상 문을 가리켰다. 집 안에 들어가서 기다리라는 말인가. 수연은 얼떨결에 집 안으로 들어와 목덜미에서 차갑게 식은 땀을 손으로 쓸어내렸다. 땀이 묻은 손바닥에서 시큼하고 짠 냄새가 풍겼다.

수연은 계단을 내려와 부엌으로 향했다. 서아가 먹다 남긴 시리얼이 눈에 들어왔다. 시리얼은 우유에 퉁퉁 불어 있었다. 수연은 개수대에 그릇을 담그고 부엌 창 너머를 내다봤다. 지희가 수연의 집 쪽으로 걸어오고 있었다. 수연은 얼른 고개를 숙이고 수도꼭지에서 흐르는 물로 시선을 돌렸다.

지희는 레몬청이 담긴 유리병을 가슴에 안고 현관문 앞에 서 있었다. 뭍에 간 지 열흘이 채 지나지 않았는데 벌써 돌아온 모양이었다. 수연은 마지못해 문을 열었다. 포터가 버젓이 집 앞에 세워져 있어서 문을 열어주지 않을 도리가 없었다. 지희는 기다렸다는 듯 냉큼 현관 안으로 한쪽 발을 들이밀었다.

"언제 왔어요?"

"오늘 새벽 비행기로요."

"좀더 있을 줄 알았는데."

"태풍 소식을 들었거든요."

지희가 수연에게 면세점 비닐봉지를 내밀었다. 립스틱이었다. 수연은 봉지를 뜯지 않고 식탁 구석에 밀어두었다. 자리에서 일어난 수연이 냉장고에서 얼음을 꺼내는 사이 지희는 유리잔에 레몬청을 덜었다.

"누구예요, 저 신발?"

"사람 불렀어요. 지붕에서 물이 새요."

"그래요? 공사는 태풍 전에 끝난대?"

"모르겠어요. 말을 안 해주네."

"섬사람들 말이에요. 뭍사람들한테 엄청 불친절하단 말이죠. 우리가 일감도 주고 돈도 풀어놓는데, 그런 건 안 중에도 없어. 객식구에 불청객 취급하잖아요. 정말 마음 에 안 들어."

지희는 현관에 널브러진 남자의 운동화를 노려보며 잔 에 꽂힌 긴 스푼을 저었다. 얼음이 잔 속에서 빙글빙글 돌 았다.

"혹시 서아한테 물어봤어요?"

"뭘요?"

"뭐긴요. CCTV."

열흘 전, 단지 주차장에서 만난 지희는 수연에게 다짜 고짜 휴대전화부터 내밀었다. 휴대전화에는 화질이 조악 한 사진 여섯장이 담겨 있었다. 지희는 사진을 한장씩 넘 기며 수연의 표정을 확인했다. 수연이 어떤 반응이라도 보이길 기대하는 눈치였다.

수연의 눈빛이 흔들린 건 화면에서 서아를 발견했을 때였다. 흐릿하지만 서아가 확실했다. 서아는 사진 오른쪽 귀퉁이에 서 있었다. 지희 딸이 속한 무리가 피해 학생을 둘러싸고 있는 동안 서아는 몇걸음 떨어진 곳에 서서 그 모습을 지켜보는 중이었다. 무리를 제외하고 CCTV에 찍힌 사람은 서아가 유일했다.

　"내 딸한테 죄가 없다는 뜻이 아니거든요."

　지희가 사진 속 한 아이를 가리켰다. 무리에서 한팔 간격만큼 떨어져서 관망하는 아이. 그 아이는 팔짱을 낀 채 어떤 행동도 하지 않았다. 반면 지희의 딸은 사진 속에서 가장 역동적으로 움직였다. 피해 학생의 머리를 손가락으로 찌르고 목과 가슴을 움켜쥐었으며 배를 주먹으로 가격했다. 손날로 당장 목이라도 꺾을 기세로 위협적인 제스처를 취했다.

　"얘가 머리예요. 정신적 지주라고. 내 딸? 행동대장이지. 머리가 나쁘잖아요."

　지희의 딸은 때리라면 때렸고 밟으라면 밟았고 옷을 벗기라면 벗겼다고 했다. 학교 곳곳에 CCTV 카메라가 설치되어 있다는 사실을 모를 리 없었다. 수연은 갑자기 숨이 턱까지 차오르고 콧등에 땀이 맺혔다. 술 생각이 간절했다.

"그래서요?"

"서아가 증언해주면 어떨까 하는데요. CCTV에는 녹음 기능이 없거든요."

그 자리에서 무슨 말이 오갔는지 증언해줄 사람은 서아밖에 없다는 뜻이었다. 지희는 자기 딸이 시키는 대로 했을 뿐이라고 서아가 말해주길 원했다. 그러니까 자기 딸은 가해자이면서도 피해자라는 게 지희의 주장이었다. 지희는 죄에도 경중이 있다고, 이런 경우라면 자신의 딸이 치러야 할 죗값이 줄어야 마땅하다고 여겼다.

"피해자 부모는 만나봤어요?"

"도통 만나주질 않아요. 정말이지 야박하다니까요."

당연한 일 아닌가. 자신도 그랬으니까. 서아를 폭행한 학생의 부모도 지희와 같은 생각을 했을까. 선처를 구하는 몸부림을 무시하자 야박한 여자라고 자신을 비난했을까. 수연에게는 같은 가해자이지만, 저마다의 사정은 모두 달랐던 걸까. 힘이 센 아이가 폭력을 지시하면 거절할 수 없었을지도 모르지. 거절하는 순간, 피해자는 자신이 될 테니까…… 지희의 딸이 그랬듯 말이다.

그러나 수연은 그런 사정까지 알고 싶지 않았다. 아이들의 태도가 괘씸했다. 부모가 처벌 수위를 경감하려고 동분서주하는 동안 단 한명의 아이도 서아에게 직접 용서를 구하지 않았다. 그들은 끝까지 부모 뒤에 숨어 있었다. 그리고 시간이 지나면 언제 그랬냐는 듯 같은 폭력을 반복하겠지. 커터칼로 누군가의 옆구리에 생채기를 내고, 가방 속에 음식물 쓰레기를 붓고, 허벅지나 겨드랑이처럼 보이지 않는 부위를 피멍이 들 때까지 샤프로 찌를 것이다. 또다른 폭력을 암시함으로써 침묵을 강요하고 네가 죽는 게 모두를 위하는 일이라는 말로 수치심과 절망감을 줄 것이다.

"나는 말이야, 서아 엄마가 곤란한 상황에 놓이면 절대로 못 본 척하지 않을 거예요. 알죠?"

지희는 수연을 외톨이 신세에서 벗어나게 해준 사람이 자기라는 사실을 일러주었다. 수연은 대꾸하지 않았다. 지희가 다급히 수연의 팔뚝을 잡았다. 손아귀 힘에서 절박함이 전해졌다. 수연은 있는 힘껏 몸을 비틀었다. 지희는 놓을 생각이 없다는 듯 더 강한 힘으로 수연의 팔을 붙들었다. 가까스로 지희에게서 벗어난 수연은 현관문을 향해 빠르게 걸음을 옮겼다. 집에 들어오고서야 커튼 틈으로 살며시 밖을 내다보았다. 지희는 여전히 그 자리에 서 있었다. 소름 끼치도록 익숙한 모습이었다. 물웅덩이에 무릎을 꿇은 채 오한에 떨던 부모들을 수연은 한참 동안 지켜보지 않았던가.

맞은 애가 때리는 법이에요. 왜 하필 그 말이 떠올랐을까. 학폭위가 끝난 뒤 가해자 아이 엄마가 수연에게 그렇게 말했다. 우리 아이도 처음에는 피해자였어요. 그녀는 그간 비굴했던 모습과 달리 냉정하게 말했다. 당시 수연은 그 여자가 상처 주기 위해 말을 지어낸다고 여겼다.

정말일까, 그 여자의 말은.

수연은 이제껏 생각조차 해보지 않은 가능성을 떠올리게 되었다.

그날 밤 수연이 방에 들어갔을 때 서아는 침대에 누워서 휴대전화를 만지작거리는 중이었다. 막상 물으려니 뭐라고 운을 떼야 할지 난감했다. 거기 서서 뭘 했느냐고 물어야 하나, 정말 지희 딸과 한 무리인 거냐고 물어야 하나. 그 두가지 질문의 본질은 다른 걸까.

서아는 수연이 학폭위에 몰두하는 걸 싫어했다. 수연은 서아가 하루빨리 이 일에서 벗어나고 싶어한다는 인상을 받았다. 엄마, 이제 그만하면 안 돼? 서아가 따졌을 때 수연은 충격을 받았다. 받은 만큼 갚아주고 싶지 않아? 되묻는 수연에게 서아는 조용히 넘어가자고 말하지 않았다.

아니, 아예 아무 말도 하지 않았다. 어쩌면 그때부터 서아는 입을 열지 않기로 작정했는지도 모르겠다. 수연은 서아의 고통에 자신도 일말의 책임이 있다는 사실을 애써 무시해왔다.

서아는 수치심이라는 단어를 알까. '부끄럽다'라는 단어로 표현되지 않는 감정에도 이름이 있다는 사실을. 폭행당하는 장면이 사람들에게 노출되어 조롱당하고 굴욕당할 때 드는 감정 말이다.

그래서 수연은 묻지 않을 수 없었다. 서아가 그 자리에 서서 되새김질했을 수치심의 실체를 수연은 알았다. 서아가 지희의 무리 중 하나라고 믿지 않았다. 그렇지만 알아야 했다. 서아는 왜 그 자리를 피하지 않은 것일까. 수연은 여섯장의 사진 아래에 찍힌 시각을 살펴보았다. 서아는 무려 이십분 동안 그 자리에 서 있었다. 결코 짧지 않은 시간이었다.

"그냥 보기만 했어."

"정말이지?"

"정말이야."

"무슨 생각…… 했어?"

"글쎄, 다행이랄까…… 나 말고 다른 애라서. 세상에 맞

는 사람과 때리는 사람만 있다면 나는 차라리 때리는 쪽
이 될래. 맞는 건 지겨워."

다행이라니. 수연이 원한 답은 아니었다. 아니다. 어쩌
면 다행이라는 말은 무엇보다 수연의 솔직한 심정이었다.
서아가 가해 학생 무리에 얽히지 않고 지켜보기만 해서 수
연은 진심으로 안도했다. 그러나 수연은 아무 말도 하지
않았다. 비겁한 안도감을 서아에게 들키고 싶지 않았다.

그러나 언제까지 숨길 수 있을까. 서아는 이제 곧 열두
살이 된다. 사춘기를 지나면 지금까지 배운 단어만으로
설명할 수 없는 감정이 존재함을 깨달을 것이다. 맞는 사
람이 구경하는 사람에게 느끼는 수치심 말이다. 그리고
수치심은 안도감보다 더 큰 죄책감이 되어 더 끈질기게
서아를 쫓아다닐 것이다.

"서아가 학교폭력위원회에 출석하도록 학교에 요청할
생각이에요."

지희가 컵에 넘칠 듯 찰랑이는 레모네이드를 후루룩
들이켰다.

"그게 무슨 말이에요?"

"우리 애가 가장 무거운 징계를 받게 생겼다고요."

"학교에서는 뭐라고 해요?"

"아직 답은 못 받았어요. 결국 협조해줘야지 어쩌겠어요?"

수연은 굳어가는 표정을 들키지 않으려고 시선을 거실로 돌렸으나 컵을 든 손의 떨림까지 숨길 순 없었다.

"서아한테 혹시 물어봤어요? 정말 들은 말 없대?"

"글쎄. 별말 없던데요."

수연의 담담한 태도에 지희가 실망을 감추지 못하고 얼굴을 일그러뜨렸다.

"입이 아주 무거운 애네. 예전부터 쭉 궁금했는데, 걔는 왜 말을 안 해요? 문제 있는 애처럼."

지희가 다 녹아 손톱 조각만 해진 얼음을 입에 툭 털어 넣었다.

"문제는 무슨. 그런 거 없어요."

"참 이상한 일이야. 왜 아무 말도 안 할까. 정말 한패 아니야? 망이라도 봐주기로 한 건가……"

"그런 거 아니에요."

"확실해요? 딸을 그렇게 잘 알아?"

지희가 얼음을 입안에서 굴리며 키득거렸다. 수연은 자리에서 벌떡 일어났다. 의자가 뒤로 넘어갈 듯 휘청거렸다. 수연은 의자 등받이를 꽉 부여잡았다. 그러고는 얼음을 더 꺼내주겠다며 냉장고로 향했다. 지희가 따라와 수연의 어깨에 고개를 딱 붙이고 섰다.

"내가 지난번에 말했죠? 나는 서아 엄마가 곤란한 상황이면 못 본 척하지 않을 거라고."

"그래서요?"

"도와줘야죠. 난 항상 서아 엄마한테 그런 마음이었어."

"아주 고맙네요."

"비꼬지 말아요. 정말 그럴 일이 없을 것 같아요?"

수연이 냉동고 문을 활짝 열었다. 냉기가 와락 쏟아져 나왔다. 수연은 자기도 모르게 눈을 질끈 감았다.

그때였다. 수리공이 계단을 내려왔다. 이마에서 목과 귀 뒤로 땀이 구정물처럼 흘러내렸다. 입으로는 연신 거친 숨소리를 뿜어냈다. 수리공은 육안으로는 도통 누수 지점을 찾을 수 없다고 말했다. 수연은 초조해졌다. 며칠 전과 비교되지 않을 만큼 큰 태풍이 24시간 이내에 북상할 예정이었다. 섬의 태풍은 뭍과 규모가 다르다고 들었다. 앞이 보이지 않을 정도로 폭우가 내리고 엄청난 세기의 바람이 몰아친다고 했다.

"태풍 오기 전까지는 고칠 수 있을까요?"

수연이 조심스럽게 물었다. 미간을 살짝 찌푸렸을 뿐인데도 수리공의 표정이 위협적으로 보였다.

"타운하우스가 다 이 모양이지. 우리들은요, 절대 이런 집 안 살아요. 멍청이들만 산단 말입니다."

그는 멍청이라는 단어를 유독 꼭꼭 씹어서 발음했다.

"자기가 이런 집에 살 수 있기나 해?"

지희가 비아냥거리는 말투로 수연의 귓가에 소곤거렸다. 수연은 수리공이 혹여 그 말을 들을까봐 팔꿈치로 지희의 허리를 쿡 찔렀다. 눈치 없이 구는 지희 때문에 짜증이 치밀어 올랐다. 수연은 어떻게 해서든 그를 잘 구슬려서 한시라도 빨리 지붕을 고쳐야 했다. 그가 포기해버리면 대책이 없었다. 수연의 집은 태풍이 지나가기도 전에 물바다가 되어버릴 것이다.

수리공은 지붕을 전부 뜯어내야 한다고 투덜거렸다. 투덜거릴 때마다 입에 밴 담배 냄새가 풍겼다. 그는 도구를 더 챙겨와야겠다며 현관문을 나섰다. 수연의 시선이 부엌 창 너머, 포터로 향하는 그의 뒤를 좇았다. 그는 짐칸에 씌워놓은 천을 걷었다. 그 안에서 장도리처럼 생긴 도구, 컴프레서, 기둥 모양으로 둘둘 말린 파란 방수포를 꺼내 바닥에 내렸다.

수리공은 바로 집 안으로 들어오지 않고 포터 문에 기대어 담배를 꺼냈다. 라이터 부싯돌을 여러번 당겼지만 불은 쉽게 붙지 않았다. 습도가 너무 높아 예닐곱차례 당겼을 때야 겨우 불이 붙었다. 그는 연기를 깊이 들이마신 뒤 고개를 높게 치켜들고 지붕을 향해 코와 입으로 연기를 뿜어냈다. 셔츠 밑단으로 이마를 쓱 닦던 그가 고개를 갸우뚱하며 제 손바닥을 들여다보았다.

"비가 오는 것 같은데요?"

지희가 수연의 곁에 붙어 서서 창 너머를 내다보았다.

"집에 안 가요?"

지희는 대답 대신 어깨를 으쓱했다. 수연은 눈을 들어 창밖의 하늘을 보았다. 강렬하던 햇빛은 온데간데없고 검은 구름이 잔뜩 끼어 있었다.

집 안도 금세 어두컴컴해졌다. 수연은 부엌과 거실의 형광등을 켰다. 수리공은 장비를 짊어지고 곧장 이층으로 향했다. 수연이 그를 따라 이층 계단을 올라갔다. 지희도 수연의 뒤를 쫓아 계단을 올랐다.

"왜 따라와요?"

"왜? 이층에 숨겨놓은 거라도 있어요?"

수연은 지희를 계단에서 확 밀어버리고 싶은 충동을 애써 눌렀다. 수리공이 지나간 자리에서 담배 냄새와 쉰 내가 풍겼다. 수연은 자기도 모르게 손을 코에 가져다 댔다. 지희는 티를 내며 손으로 코를 꽉 쥐었다.

　대야에 물이 떨어질 때마다 그만큼의 물이 밖으로 쏟아졌다. 아까와 달리 수도꼭지를 틀어놓은 것처럼 물이 줄줄 샜다. 대야 주변에 흘러넘친 물이 바닥에 고이기 시작했다. 수연은 세탁실에 가서 마른걸레를 가져왔다. 원목마루가 물을 먹어 짙은 색으로 변했다. 지희가 옥상 문을 슬그머니 밀었다. 문이 삐거덕 소리를 내다가 단숨에 훅 열렸다. 뭉근한 바람이 집 안으로 불어닥쳤다. 때마침 땅이 꺼질 듯 낮고 무거운 천둥소리가 들려왔다. 지희는 화들짝 놀라며 재빨리 문을 닫았다.

　수리공은 지희를 보더니 지금 밖에 나가면 위험하다고 손사래를 쳤다. 번개가 내리치는 중에 비바람까지 불면 지붕은커녕 옥상에 서 있는 자체가 목숨을 거는 일이라고 했다. 그가 말하는 동안에도 천장에서는 쉬지 않고 물이 떨어졌다. 이 속도라면 비가 두어시간만 더 내려도 물이 계단을 타고 흘러내려 일층 바닥까지 잠길 것 같았다.

　"방법이 없을까요? 아직 비가 많이 오지 않잖아요."

수리공의 표정이 험상궂게 일그러졌다.

"저 방수포라도 지붕에 얹어놓으면 어때요? 돈을 더 드릴게요. 두배도 좋아요."

"지금이요? 나보고 피뢰침이 되란 말입니까?"

"그럼 어떡하란 말이에요! 집이 물에 잠기게 생겼는데."

수연의 볼멘소리에도 수리공은 단호히 고개를 저었다. 그의 말이 맞았다. 집 주변에는 높은 건물이 없었다. 귤밭, 목장, 바다…… 타운하우스는 사람은 없고 동식물만 사는 장소에 둘러싸여 있었다. 벼락을 맞기에 이보다 더 좋은 조건은 없었다. 그러나 수리공도 말만 그렇게 할 뿐 천장에서 걱정스러운 시선을 거두지 못했다.

"오후에 비가 좀 잦아지면 다시 오겠습니다. 어차피 지금은 안 돼요. 사람 죽습니다."

"그 말을 어떻게 믿어요?"

"이거 다 놓고 가면 믿을 겁니까?"

그가 넌더리 난다는 표정으로 장비들을 손으로 가리켰다. 수연은 일단 고개를 끄덕였다. 그렇게라도 그가 돌아와준다면 절이라도 해야 할 판이었다.

수리공은 쏜살같이 계단을 내려가 집을 나섰다. 포터 움직이는 소리가 점점 멀어졌다. 수연은 망연자실한 표정으로 대야에 물이 차는 광경을 지켜보았다. 아까보다 물이 더 빠르게 떨어졌다. 지희도 팔짱을 끼고 수연 옆에 서서 대야를 쳐다보았다. 수연은 세탁실에서 고무대야 하나를 더 가져왔다. 지희가 물이 찬 대야를 옆으로 옮기면 수연이 재빨리 다른 대야를 받쳤다. 물이 찬 대야는 마주 들고 세탁실에 가서 비웠다. 대야를 세번 비운 뒤 둘은 기진맥진해서 바닥에 주저앉았다. 기껏해야 5리터도 안 되는 물이 이렇게 무거울 수 있을까 싶었다.

지희가 무언가를 결심한 듯 자리에서 몸을 일으켰다. 그러더니 인부가 벽에 세워둔 사다리를 어깨에 이고 옥상문을 향해 성큼성큼 걸어갔다. 수연이 질겁하며 소리쳤다.

"뭘 하려고요?"

"방수포 가져와요. 그걸 지붕에 덮으면 된단 말이죠?"

수연은 얼떨결에 방수포를 들고 지희 뒤를 따랐다. 둘둘 말린 방수포는 생각보다 무거웠다. 수연은 끙끙대며 방수포 뭉치를 끌고 지희 뒤를 쫓았다. 옆구리를 협탁에 부딪는 바람에 하마터면 앞으로 고꾸라질 뻔했다.

"그냥 기다려요. 위험하다잖아요."

"저걸 보고도 그런 소리가 나와요?"

수연과 지희는 동시에 대야로 시선을 돌렸다. 물이 넘

치기 직전이었다. 달리 방법이 없어 보였다. 방수포로 누수 부위를 덮으면 물을 완전히 막을 수는 없어도 새는 양은 확실히 줄어들 것이었다. 수리공의 경고가 마음에 걸렸지만 수연은 지희를 말리지 않았다.

지희는 옥상 문손잡이를 힘껏 돌렸다. 문밖에서 비가 사선으로 들이쳤다. 수연은 방수포 뭉치를 꽉 쥐고 지희를 따라 문턱을 넘었다. 천둥소리가 단지를 흔들었다. 문밖으로 나가자 기다렸다는 듯 빗발이 굵어졌다. 고개를 숙여도 비가 눈 코 입 안으로 사정없이 흘러들어왔다. 비를 맞고 따갑다고 느낀 건 처음이었다. 빗물이 시야를 가려서 한치 앞도 보이지 않았다. 눈에 띄는 거라고는 바람에 이리저리 흩날리는 지희의 치맛단뿐이었다.

지희는 치마를 한쪽으로 모아서 매듭으로 묶고 지붕을 향해 사다리를 오르기 시작했다. 발을 뗄 때마다 철컹거리는 소리가 났다. 수연은 섬뜩해졌다. 지희의 진심을 보았기 때문이었다. 방수포를 성공적으로 덮고 나면 지희는 당당하게 서아의 증인 출석을 요구할 것이었다. 목숨을 걸고 도왔다는 명분으로 수연의 거절 따위는 아랑곳하지 않을 수도 있었다. 지희라면, 아니 궁지에 몰린 부모라면 누구라도 그럴 수 있는 법이었다.

"방수포 이리 던져봐요."

마침내 지붕 근처에 다다른 지희가 수연을 향해 손을 까딱거렸다. 수연은 팔을 뻗어 방수포 끝자락을 던졌다. 방수포를 받아 든 지희가 수연을 똑바로 내려다보았다. 굵은 빗발 사이로 지희와 눈이 마주쳤다. 수연은 그 눈빛에 겁을 먹었다. 서아를 괴롭혔던 아이들의 부모도 하나같이 그런 눈으로 수연을 쳐다보았다. 엄마는 결국 아이의 굴레에서 벗어날 수 없다. 그 굴레가 기쁨이든 고통이든. 수연은 그 사실에 좌절했다. 지희는 여전히 사력을 다해 지붕에 매달려 있었다. 수연은 지붕에 매달린 사람이 다름 아닌 자신이 될 가능성을 떠올렸다. 언제든 일어날 수 있는 일이었다.

지희가 지붕 경사면 위에서 납작 엎드렸던 몸을 천천히 일으켰다. 한 손에 든 방수포가 무거워서 자꾸만 휘청거렸다. 수연이 사다리 밑에서 방수포 끄트머리를 떠받쳤으나 큰 도움이 되지 않는 것 같았다. 지희가 비틀거릴 때마다 수연은 비명을 질렀다. 그러나 비명은 멀리 뻗어나가지 못하고 곧장 비바람에 묻혀버렸다. 수연은 양손으로 사다리를 붙들고 지붕 위를 올려다보았다. 빗발 때문에 자꾸만 눈이 감겼다.

그리고 또 한번의 천둥소리가 들렸다.

불빛이 번쩍하더니 사다리가 부르르 흔들렸다. 지희의 치맛단이 바람에 풍선처럼 부풀어 올랐다. 곧이어 검은 덩어리가 앞뒤로 몇번인가 휘청거렸다. 수연이 기억하는 건 거기까지였다. 덩어리는 바닥으로 곤두박질치다가 순식간에 수연의 시야에서 사라졌다. 수연은 그 덩어리가 지희라는 걸 믿을 수 없었다. 너무 놀라서 두 발이 바닥에 뿌리 박힌 것 같았다. 벌어진 입안으로 빗물이 쉴 새 없이 들이쳤다.

아무 일도 없었던 것처럼 사방이 고요했다. 수연의 양쪽 귀와 목덜미로 빗물이 흘러내렸다. 옥상 난간으로 천천히 다가가 허리를 굽힌 채 아래를 내려다보았다. 지희가 잔디밭 위에 널브러져 있었다. 치맛자락이 바람에 들썩이면서 팬티와 맨다리가 고스란히 드러났다.

수연은 마당으로 나가 미동 없이 누워 있는 지희 곁에 쪼그리고 앉았다. 지희의 코에 슬그머니 손가락을 대자 숨이 옅게 느껴졌다. 등을 손으로 받쳐서 몸을 일으키려다가 그만두었다. 척추가 손상된다면 더 큰 문제가 생길지 모른다는 생각이 스쳤다.

주머니를 뒤져 휴대전화를 꺼냈다. 휴대전화가 손에서 미끄러지면서 지희의 얼굴 옆에 떨어졌다. 수연은 튀어나오려는 괴성을 입안으로 삼켰다. 대신 몸을 웅크리고 조심스럽게 전화기를 주웠다. 지희의 몸을 건드릴까봐 손이 덜덜 떨렸다. 수화기 너머에서 상담원이 사무적인 말투로 무슨 일인지 물었다. 옥상에서 사람이 떨어졌어요. 수연이 어렵게 말을 꺼냈다. 목소리가 마구 널뛰었다. 상담원은 주소를 묻더니 구급차가 도착하려면 적어도 이십분은 걸린다고 했다. 해안도로에 안개가 심하면 그것보다 더 오래 걸릴 수도 있었다. 수연은 휴대전화를 귀에 댄 채 단지 입구를 내다보았다. 안개 때문에 귤밭과 목장의 경계를 구분할 수 없었다.

전화를 끊고 집 안에서 담요와 대형 우산을 챙겨왔다. 먼저 우산을 펴서 지희의 몸 위로 떨어지는 빗물을 막고 담요로 몸을 덮었다. 담요가 작아서 하체만 겨우 가려졌다. 그러나 곧 둘 다 무용지물이 되고 말았다. 바람이 불면서 우산이 옆집 마당으로 날아가버리자 담요가 이내 비에 푹 젖었다. 잔디와 흙이 군데군데 묻은 지희의 하얀 다리는 속수무책으로 비바람을 맞았다. 수연은 하는 수 없이 자신이 쓴 우산을 지희의 몸 쪽으로 비스듬히 뉘었다.

물이라도 입에 흘려 넣어볼까, 생각하던 수연은 지희의 인중에 흥건히 고인 물을 보고 저도 모르게 큭, 웃음을 터뜨리고 말았다. 그러고는 혹여 그 웃음소리를 누가 들을까봐 얼른 입을 틀어막았다. 수연은 손으로 입을 막은 채 주위를 두리번거렸다. 지희가 깨어나지 못하길 바라는 마음을 들키기라도 한 것처럼.

비가 조금씩 잦아들면서 안개가 단지를 메우기 시작했다. 다리가 저렸다. 두차례나 더 119에 전화를 걸었지만 구급차는 여전히 해안도로라고 했다. 수연은 잔디밭에 쪼그리고 앉아서 하얗게 질린 지희의 몸뚱이를 찬찬히 살폈다. 지희의 얼굴에 자기 얼굴이 겹쳐 보여서 몇번이나 제 뺨을 때렸다. 그런데도 잔디에 누워 있는 사람과 자신을 구분하기까지 한참이 걸렸다.

수연은 처음 타운하우스를 방문하던 날을 떠올렸다. 해안도로에서 샛길로 접어들었을 때였다. 샛길은 좁고 포장 상태가 좋지 않았다. 까딱하다가는 바퀴가 귤밭으로 미끄러질 것 같았다. 차가 크게 흔들릴 때마다 중개인은 민망한 낯으로 수연을 쳐다보았다. 수연은 난감한 기분을 숨기지 않았다. 그러나 차체가 흔들릴 때 느낀 묘한 안도감 역시 기억했다. 수연은 당시의 기분을 상기하려고 안간힘을 썼다.

비가 완전히 그치기까지 얼마나 더 시간이 흘렀는지 알 수 없었다. 겨우 타운하우스로 진입한 앰뷸런스는 물에 불은 지희의 몸뚱이를 싣고 안개 낀 단지 길을 빠져나갔다. 왜 이렇게 늦었냐고, 혹시 말이 도로를 가로막았냐고 따지자 구조대원은 의아하다는 듯, 여기 말이 있어요? 하고 되물었다.

수연은 앰뷸런스를 따라 차를 몰았다. 히터 온도를 최대치로 올렸다. 건조한 온풍이 젖은 몸 곳곳에 닿자 참을 수 없는 졸음이 몰려왔다. 도로에 가득한 안개 때문에 비행기를 탄 채 창밖을 내다보는 기분이었다. 차는 분명히 어딘가로 나아가고 있었으나 방향도 속도도 느낄 수 없었다. 앰뷸런스는 안개 속으로 자취를 감췄다.

수연은 상향등을 켠 채 쉬지 않고 도로를 달렸다. 내비게이션은 계속해서 경로를 재탐색했다. 그때 모르는 번호로 전화가 걸려왔다. 응급실이었다. 간호사는 지희의 의식이 희미하게 돌아왔다고 전했다. 수연은 실망한 기색을 숨기려고 한껏 높은 목소리로 다행이라고 답했다. 간호사는 지희의 소지품에 휴대전화가 없다며 보호자 연락처를 아는지 물었다. 수연은 지희 남편의 연락처를 몰랐다. 지희에게 정말 남편이 있는지도 알 수 없는 노릇이었다. 생각해보니 수연은 지희에 대해 그다지 아는 게 없었다. 그래서 수연은 모른다고, 자신은 정말 아무것도 아는 게 없다는 말만 반복했다.

수연이 한참을 달려 도착한 곳은 타운하우스로 들어가는 길목이었다. 수연은 단지 쪽으로 난 좁은 길로 조심스레 차를 몰았다.

입구에 다다랐을 때 안개 사이로 검은 실루엣이 나타났다 사라졌다. 짙은 갈색 말 한마리였다. 수연이 눈을 여러번 감았다 뜨는 동안 말은 그 자리에 서서 꼼짝도 하지 않았다. 수연은 차 시동을 껐다. 고요했다. 그 순간 말이 수연의 차가 서 있는 쪽으로 천천히 머리를 들어 올렸다. 수연은 양손으로 핸들을 꼭 움켜잡았다. 바람이 요란하게 차체를 휘감고 지나갔다. 말의 눈은 검은 웅덩이 같았다. 깊고 투명하고 맑았다. 수연은 그 눈에서 자신을 보았다. 아니야. 내가 아니야. 수연은 필사적으로 혼잣말을 되뇌었다. 그사이 말은 차를 향해 천천히 다가왔다. 수연은 고개를 갸웃했다. 말의 눈에 비친 얼굴은 누구의 것인가.

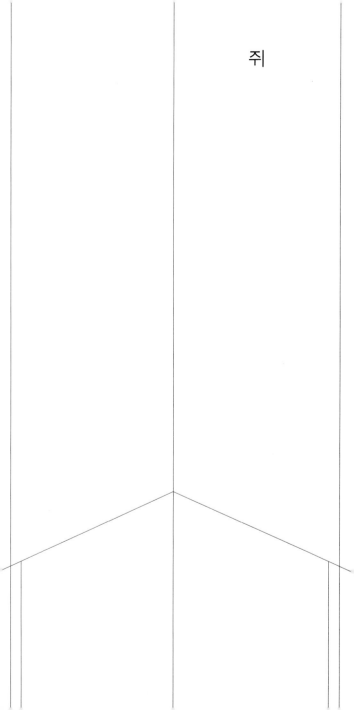

주

J시 해군 관사 단지는 이십일층짜리 아파트 총 열한개 동으로 이루어져 있었다. 정중앙에 서 있는 영관급 관사 101동을 위관급 관사 열개 동이 감싸안은 모양은 학익진을 연상케 했다. 영관급 관사 거실에서는 바다가 한눈에 보이지만 위관급 관사에서는 영관급 관사의 뒤통수에 가려 삼분의 이쯤 조각난 바다만 보였다. 거기다 위관급 관사는 뒤편이 산으로 둘러싸여서 일년 중 절반은 날 선 산바람이 불어들었다. 영관급 관사로 불어오는 바람을 위관급 관사가 온몸으로 막고 있는 형국이었다. 9월 초가 되면 관사 근처 다이소에는 단열 에어캡과 방풍 테이프가 동이 났다. 에어캡을 구하지 못하면 비닐이라도 구해서 붙여야 겨울을 무난히 보낼 수 있었다.

　윤진의 남편은 아이가 뒤집기를 할 무렵 구축함을 타

고 바다로 나갔고, 부대로 복귀하지 못한 지 두달 반째였다. 파병이든 승선이든 부대 남자들이 일년 중 집에 머무는 시간은 석달이 채 되지 않았다. 윤진의 남편도 마찬가지였다. 일주일에 한두번, 배 안에 연결된 전화기로 남편에게 전화가 걸려왔다. 수신은 불가능하고 발신만 가능한 전화였다. 윤진은 남편에게서 연락이 오기를 기다리는 수밖에 없었다. 그마저도 통화가 가능한 시간은 오분 내외였다. 짧은 통화는 생사를 확인하는 게 전부일 때가 많았다.

영관급 관사 주변에서 위관급 관사 여자들이 누릴 수 있는 유일한 공간은 분수대 앞이었다. 관사로 불어오는 바람이 모이는 장소였다. 아파트로 불어든 산바람은 세기를 더해 분수대 주변에 방향 없이 휘몰아쳤다.

오후 네시가 되면 분수대 옆 단층 건물 주변으로 관사 여자들이 모였다. 단층 건물에는 관사 아이들만 다닐 수 있는 어린이집이 자리했다. 아이를 하원시킨 후 여자들은 하릴없이 분수대 앞에 모여 이야기를 나눴다. 윤진 역시 선, 오와 함께 분수대에서 주로 오후 시간을 보냈다. 선과 오, 윤진의 남편은 임관 기수가 달랐지만 모두 대위였다. 그중 선의 남편은 윤진의 남편과 같은 구축함을 타고 있었다. 여자들은 남편의 기수를 따진 뒤 서로를 선배님 혹은 후배님이라 칭했다. 기수가 가까울수록 더 철저하게 선후배를 구분했다. 관사에 들어오기 전에는 일면식조차 없던 세 사람도 기수를 따져 서로를 후배와 선배라 불렀다.

윤진은 처음부터 그 호칭이 마음에 들지 않았다. 오년이 지난 지금도 변함없이 싫었다. 단 한번도 선배였던 적이 없는 사람을 선배라고 불러야 한다는 게 부당하다고 여겨졌다. 관사에서 살게 된 지 육개월쯤 되었을 때 윤진은 자신보다 나이가 어린 여자를 이름으로 불렀다가 곤욕을 치렀다. 여자의 남편은 윤진의 남편보다 다섯 기수나 높았고 이를 안 관사 여자들이 윤진의 면전에서 비난을 퍼부었다. 관사에서는 관사의 규칙을 따라야 했고 따르지 않았을 때는 비난과 따돌림을 감내해야 했다. 윤진은 관사 여자들의 비난을 무시할 만큼의 배짱이 없었다. 결국 내키지는 않았으나 호칭에서만큼은 관대해져야겠다고 마음먹었다.

결혼 전 윤진은 대형 정형외과에서 물리치료사로 일했다. 결혼 후 처음 육개월은 남편의 근무지 옆 정형외과에서 근무했지만 남편이 J시로 발령받으면서 일을 그만두었다. 남편은 팔개월 뒤 P시로, 그로부터 오개월 뒤에는 G

시로 발령받았다. 결혼 기간 중 총 여덟번이나 이사하면서 윤진에게 남은 건 가끔 얼굴만 보는 남편과 아이 둘뿐이었다. 윤진은 다시 일할 수 없을지도 모르겠다는 생각에 좌절감이 들었지만 이제는 그 좌절감마저 잊은 지 오래였다.

다른 관사 여자들의 사정도 다르지 않았다. 오는 중학교 국어 교사였고, 선은 대형 병원 수술실 간호사였다. 남편의 잦은 근무지 이동으로 그들은 퇴사를 결심했다. 관사 여자들이 이해할 수 없는 규칙에 적응해야 하는 건 그런 형편 때문이기도 했다. 그들에게는 관사에서의 삶이 전부나 마찬가지였다.

군에서는 심심할 틈 없이 크고 작은 사건들이 일어났다. 관사 여자들은 심심찮게 벌어지는 부대 내 폭행이나 부당 진급 폭로 같은 공격적인 기사와 그에 따른 외부의 시선에 아랑곳하지 않았다. 부대 내부에 피치 못할 사정이 있다고 굳게 믿었다. 남편들과 마찬가지로 군에 유리하면 과장해서 드러내고 불리하면 철저히 소문으로 치부했다. 관사 여자로 살면 누구나 자연스럽게 의뭉스러워졌다. 윤진은 그 의뭉스러움을 혐오했다. 마땅히 의심할 만한 일을 무턱대고 믿어서 밝혀져야 할 사실을 훼손하는 것 같았다. 그러나 윤진은 아무 말도 하지 않았다. 그들의 믿음을 부정해서 괜한 상처를 주고 싶지 않았기 때문이었다.

관사 여자들은 가로등이 켜질 때가 되어서야 집으로 돌아갔다. 밤이 되면 분수대 주변에는 바람만 헛돌았다. 집으로 돌아가는 길, 여자들은 낮에 오간 풍문에 자신이 말을 더했다는 사실을 상기하고는 목덜미가 서늘해지곤 했다. 소문을 실은 바람이 단지 밖을 떠돌지 않을까, 말도 안 되는 의심을 품었다. 풍문의 근원지가 되는 것, 그건 관사 여자들에게 언제나 곤란한 일이었다.

남편에게 전화가 온 건 윤진이 유아용 욕조에 묻은 비누 거품을 닦고 있을 즈음이었다. 열흘 만의 통화였다.

"오늘 밤에 부대로 복귀할 거야."

좋지 않은 통화 음질 사이로 '복귀'라는 단어가 귀에 꽂혔다.

"복귀? 벌써?"

윤진이 말을 마치기도 전에 지직, 소리와 함께 통신이 두절되었다. 이상한 일이었다. 배를 타면 짧게는 석달, 길게는 여섯달 동안 돌아오지 않았던 걸 고려하면 지나치게 이른 복귀였다. 복귀가 늦춰지기는 해도 당겨지는 법은 없었다. 어딘가 석연치 않은 느낌을 떨쳐내기 어려웠다.

윤진은 저녁 반찬으로 김치전을 만들기로 했다. 배에서 복귀하는 날이면 남편은 자주 김치전을 찾곤 했다. 윤진은 냉장고에서 묵은지와 삼겹살을 꺼내 잘게 다졌다. 언제 기어서 왔는지 둘째 아이가 윤진의 발아래에서 스테인리스 볼과 채반을 손가락으로 빙글빙글 돌리기 시작했다.

윤진은 싱크대 하단 서랍을 열기 위해 허리를 굽혔다. 하단 서랍장에는 부침가루, 국수, 깨, 소금, 설탕 같은 마른 식재료들이 보관되어 있었다. 아이는 윤진이 허리를 굽힌 틈을 놓치지 않고 윤진의 목을 휘감았다. 윤진은 아이를 등에 매단 채 힘겹게 싱크대 문을 열었다. 문을 열자마자 하얀 가루가 공기 중에 풀풀 날렸다. 아이가 허공에 흩날리는 가루를 만지려고 두 손을 번쩍 든 채 엉덩이를 들썩였다. 부침가루 봉지를 들어 올리자마자 하얀 가루가 줄줄 샜다. 봉지 모서리는 누군가 이로 집요하게 물어뜯은 것처럼 너덜너덜했다. 아무래도 윤진이 보지 못한 사이에 둘째 아이가 봉지를 물어뜯은 모양이었다. 아이는 재빨리 윤진의 등에서 내려와 서랍 안을 뒤지기 시작했다. 국수 가락과 깨, 설탕이 순식간에 바닥으로 쏟아졌다. 아이는 쏟아진 재료 위에 뒹굴면서 손에 집히는 건 닥치는 대로 입에 가져갔다. 윤진은 아이 손에 쥐어진 국수 가락을 억지로 빼앗은 뒤 물걸레로 바닥을 닦았다. 어찌 된 영문인지 걸레질을 하면 할수록 쏟아진 재료들이 바닥에 더 들러붙는 것 같았다.

초인종이 울렸다. 아이는 온몸에 설탕과 밀가루를 덕지덕지 묻힌 채 재빠르게 현관문을 향해 기어갔다. 윤진도 한 손에 걸레를 쥐고 아이 뒤를 쫓았다. 인터폰 화면에 낯선 실루엣이 환영처럼 나타났다가 사라졌다. 윤진이 통화 버튼을 눌렀다.

"누구세요?"

답이 없었다. 현관에 자리를 틀고 앉은 아이가 엉거주춤 일어나더니 한 손으로 문손잡이를 잡았다. 제지할 틈도 없이 문이 스르륵 열렸다. 밖에는 아무도 없었다. 윤진은 까치발을 하고 슬며시 복도 밖을 살폈다. 엘리베이터는 이십일층에 멈춰 있었다. 계단 난간에 기대어 아래를 내려다보았지만 발소리는커녕 바람 소리조차 들리지 않았다. 윤진은 발바닥을 손으로 여러번 툭툭 털었다. 아무리 털어도 설탕 가루가 떨어지지 않았다.

저녁 열시가 지나서야 남편은 집으로 돌아왔다. 아이들을 재우면서 얕게 잠들었던 윤진은 거실에서 느껴지는 인기척에 몸을 일으켰다. 남편은 부엌 등만 켜놓고 식탁 위에 놓아둔 식은 김치전을 손으로 집어 먹는 중이었다. 군용 더플백은 안방 문 옆에 아무렇게나 놓인 채 묵은 곰팡내와 땀 냄새를 풍겼다.

"잘 지냈어?"

남편이 손에 번들번들 묻은 기름을 바지에 쓱 닦은 뒤 윤진의 허리를 감쌌다. 남편의 옷섶에 묻은 간장 자국이 눈에 띄었다. 윤진은 자기도 모르게 미간을 살짝 찌푸렸다.

"데워줄게."

윤진은 한쪽 귀퉁이가 찢어진 김치전을 접시째 전자레인지에 넣고 작동 버튼을 눌렀다. 남편이 뒤에서 윤진을 안았다. 숨이 막혔다. 오랜만에 집에 돌아올 때면 남편은 마치 윤진이 도망이라도 갈 것처럼 꽉 껴안았다. 그는 자신의 부재가 가족에게 어떤 영향도 끼치지 않기를 바랐고 포옹으로 그 믿음을 확인했다.

남편은 꽤 능력 있는 군인이었다. 귀찮게 하는 상사나 문제를 일으키는 부사관들에 대해 단 한번도 입을 대지 않았다. 볼멘소리를 하다가도 '알고 보면 악한 사람은 아니다'라고 덧붙였다. 때가 되면 남들보다 수월하게 진급했고 파병 신청을 하면 항상 원하는 곳에 배치되었다. 애국심이 넘치거나 정의감이 투철하진 않았지만 애쓰지 않아도 일이 잘 풀렸다. 그는 좋은 아빠이자 다정한 남편이었고, 무엇보다 직장에서 우월한 성과를 보이는 가장이었다.

남편은 전자레인지가 돌아가는 동안 방문을 열고 곯아떨어진 아이들을 들여다보았다. 그러더니 윤진에게 다가와 어깨를 토닥이며 아이들 키우느라 고생이 많았다는 말을 건넸다.

"이상해."

윤진이 전자레인지를 멍하니 쳐다보며 혼잣말했다.

"뭐가?"

"혹시 당신이었어? 아까 초인종 누른 사람."

"아니, 난 방금 왔잖아. 그게 무슨 말이야."

"그럼 누구지? 아까 초인종 소리가 나서 문을 열었는데 아무도 없는 거야."

"택배 아닐까?"

"그랬다면 문 앞에 물건이 있었겠지. 더 이상한 건 그 짧은 틈에 어딘가로 사라졌다는 거야. 발소리도 안 나고 엘리베이터도 안 움직였는데."

"천장에 붙어 있었나?"

남편은 키득댔지만 윤진은 웃지 않았다. 하나도 웃기지 않았다. 전자레인지에서 종료음이 울렸다. 윤진은 접시를 꺼내 식탁 위에 올렸다.

"무슨 일 있어? 왜 일찍 돌아온 거야?"

"내가 일찍 온 게 싫어?"

"아니, 그런 게 아니고……"

"걱정 마. 별일 없어."

남편은 젓가락으로 김치전을 조금 더 뜯어 먹고 기지
개를 켰다. 샤워하겠다며 욕실로 들어가는 남편의 등을
윤진은 물끄러미 바라보았다. 남편의 얼굴에 불길한 징조
가 있었던가. 윤진은 샤워기에서 쏟아지는 물소리를 들으
며 남편이 말해주지 않으면 자신은 결코 아무것도 알 수
없으리라는 생각이 들어 쓸쓸해졌다.

남편은 물에 젖은 머리를 수건으로 툭툭 털며 방으로
들어갔다. 아이들이 깨지 않도록 조심스럽게 자리에 누운
뒤 눈을 감았다. 아이들은 아빠의 허리에 자연스럽게 한
쪽 다리를 걸쳤다. 마치 아빠가 늘 그 자리에 있었던 것처
럼. 윤진은 조용히 남편의 옆자리에 비집고 들어가 누웠
다. 남편의 상체가 들숨과 날숨에 따라 규칙적으로 들썩
였다. 윤진은 남편이 자고 있지 않다는 걸 알았다. 남편의
등에 대고 그의 이름을 조용히 불렀으나 대답은 없었다.

*

　밤새 잠을 설친 윤진은 큰아이를 어린이집에 데려다준 뒤 유아차를 끌고 터덜터덜 106동 화단으로 걸었다. 휴대용 선풍기를 고속으로 돌려도 바람이 영 시원하게 불지 않았다. 아이가 낑낑대며 뒤척이는 통에 유아차가 평소보다 두배는 무겁게 느껴졌다. 윤진은 숨을 가쁘게 몰아쉬며 오르막을 걷다가 화단에 쪼그려 앉은 여자와 시선이 마주쳤다.

　관사 아이들은 여자를 저승사자라고 불렀다. 여자는 꽃무늬 주름 바지와 소매가 긴 셔츠를 입고 발목까지 오는 고무장화를 신은 채 하루에 적어도 세번, 윤진이 사는 106동 필로티 아래 화단을 살폈다. 머리에는 항상 검은색 망이 달린 모자를 써서 얼굴을 전혀 알아볼 수 없었다. 한여름에도 마찬가지였다. 쓰쓰가무시병을 예방하기 위한 것 같았다. 여자는 쥐를 찾는다고 했다. 온종일 잡초가 무성하고 이끼가 낀 흙바닥에 쪼그리고 앉아 구멍처럼 보이는 곳은 모조리 모종삽으로 파헤쳤다. 화단에는 눈에 띌 정도로 큰 구멍이 뚫렸다. 크기는 들쑥날쑥했지만 지름이 대충 20센티미터 정도였다.

단지에서 놀던 아이들은 여자의 등 뒤에서 귀신이라
고 외친 뒤 도망쳤다. 엄마들은 아이를 잡아다가 여자에
게 사과하게 하고 자신도 고개를 숙였다. 관사 여자들이
여자를 공손하게 대한 건 얼마 되지 않았다. 석달 전 이사
온 여자가 영관급 관사 꼭대기층, 대령들에게만 배정되는
집에서 산다는 소문을 들었기 때문이었다.

　"저 여자…… 아니, 사모가 찾는 게 진짜 쥐예요?"

　한번은 선이 물었다.

　"쥐가 없는 데가 어디 있어? 우리가 다 떠나면 마지막
엔 쥐만 남을걸?"

　선의 말에 오가 소리 내어 웃었다. 말은 그렇게 해도 쥐
가 있다고 믿는 눈치는 아니었다. 다만 우리가 다 떠나리
라는 오의 말만큼은 틀리지 않았다. 일년에도 몇번씩 근
무지를 바꾸는 게 해군이었다. 조만간 또 한번의 정기 이
동이 있을 예정이었다. 그때가 되면 오와 선을 비롯한 관
사 여자들 모두 뿔뿔이 흩어질 것이다.

　"이런 쥐라는 말이죠?"

　선이 오에게 휴대전화로 검색한 사진을 조심스레 내밀
었다. 오물을 잔뜩 뒤집어써서 털이 몸에 착 달라붙은 쥐
사진이었다. 사진을 본 오와 관사 여자들은 약속한 듯 동

시에 입을 꾹 다물었다.

어이. 사모가 윤진을 불러 세웠다. 윤진은 어설프게 고개를 숙였다. 사모가 잡초를 꾹꾹 다져 밟으며 윤진에게 다가왔다. 윤진은 행여 무례해 보일까봐 한번 더 묵례했다. 막상 말을 섞으려니 두려웠다. 사모가 쓴 검은 망사는 너무 촘촘한 나머지 유심히 들여다보아도 이목구비를 가늠할 수 없었다. 윤진은 자신의 차림새를 내려다보았다. 반소매, 쇼트 팬츠, 슬리퍼 차림의 윤진은 완전무장한 사모 앞에서 발가벗은 기분이 되었다.

"이 동에 살아?"

사모가 윤진의 귀에 입을 바싹 붙인 채 106동 쪽으로 턱을 치켜들고 물었다.

"네…… 사, 모님."

"사모님 소리는 빼고."

사모의 목소리는 날카로웠다. 흡사 칼로 종이를 벨 때 나는 소리 같았다. 목소리에 공기가 많이 섞여서 말할 때마다 귓전에 휙, 바람이 뿜어져나왔다.

"자기는 내가 뭘 하는 줄 알아?"

"쥐를 잡고 계신다고."

"누가 그래?"

"여기 선배님들이요."

"여편네들, 하여간."

사모가 가쁘게 숨을 몰아쉬자 얼굴을 가린 망사가 풀썩거렸다. 윤진은 유아차 바퀴를 조금씩 전진시키며 언제든 사모에게서 벗어날 태세를 갖추었다.

"쥐를 잡는 거 아니셨어요? 하긴 멀쩡한 아파트에 쥐가 있을 리가."

"있지. 쥐는 어디에나 있지."

사모가 갑자기 망사를 들어 올렸다. 아이가 몸을 크게 들썩이자 유아차 손잡이가 가슴팍을 쳤다. 숨이 턱 막혔다. 검은 망사 안에 그보다 얇은 망사가 한겹 더 있었다. 망사를 한꺼풀 벗겨도 사모의 얼굴은 또렷하게 보이지 않았다.

"내가 자기한테 하고 싶은 말이 있어."

사모가 손에 묻은 흙을 탁탁 털며 말했다. 윤진은 눈동자를 이리저리 굴리며 아까보다 더 빠른 속도로 유아차를 밀고 당겼다.

"몇층에 살아?"

"사층이요, 사모님."

"쓰읍, 사모님 소리 좀!"

윤진은 사모의 위협적인 목소리에 번쩍 정신이 들었다. 넋을 놓고 있다가 하마터면 집 호수까지 줄줄 말할 뻔했다. 집 호수를 알려주면 물을 얻어 마시려고 시도 때도 없이 초인종을 누를 수도 있었다. 관사 여자들은 마늘 한쪽이 없어도 옆집 초인종을 무람없이 누르곤 했다.

"사층이라. 충분하겠어."

"뭐가요?"

"내가 찾아봤는데, 힘 좋은 쥐는 하수구를 타고 꼭대기 층까지 올라간다더라고."

"이십일층까지요?"

"그렇지. 어떤 쥐는 이만해. 고양이만 하다고."

사모가 제법 비장하게 오른손으로 왼쪽 팔꿈치 부위를 턱 움켜잡았다. 윤진은 선이 보여주었던, 오물을 잔뜩 뒤집어쓰고 털이 몸에 착 달라붙은 시궁쥐 사진을 떠올렸다. 생각만으로도 얼굴이 일그러졌다.

"근데 쥐를 직접 보신 적이 있어요?"

"아니."

윤진은 저도 모르게 풋, 하고 웃음이 터졌다. 사모는 윤진이 왜 웃는지 모르겠다는 듯 고개를 갸우뚱했다. 그녀가 고개를 움직이자 망사가 펄럭거렸다.

"자기야. 최근에 민간 어선이 함정이랑 충돌해서 침몰했을 때 말이야. 몇 명이나 죽었을 것 같아?"

"네?"

"인명 피해는 없다고 발표했지?"

윤진은 갑작스러운 질문에 말문이 막혔다. 생각해본 적도, 의심해본 적도 없는 질문이었다.

"내가 이 동에 살았을 때도 비슷한 사고가 있었어. 남편이 대위 시절이었지. 해무가 심하거나 태풍이 오면 그런 사고가 종종 생겨."

아이는 몸을 반쯤 비튼 채 곯아떨어져 있었다. 땀에 젖은 아이의 앞머리가 휴대용 선풍기 바람에 흩날렸다.

"전원 구출. 그때도 그렇게 말했어. 여기선 그 정도 흠은 아무렇지 않게 묻혀. 대의와 위신이 중요한 곳이거든."

사모가 말하는 '최근의 사고'란 아무래도 남편이 탄 함정과 관련된 일 같았다. 그때도 태풍이 북상한다는 예보가 있었다. 남편은 걱정하는 윤진에게 작은 사고가 생겼지만 안전하게 피항했다고 말했다.

"그런데 말이야. 죽은 사람이 하나도 없을 것 같아?"

"네?"

"죽은 사람은 항상 있었어. 알려지지 않았을 뿐이지."

"왜 저한테 이런 이야기를……"

"관사 여자들은 다들 날 피하기 바쁘거든. 근데 하필이면 자기가 나랑 눈이 딱 마주친 거뿐이야."

사모가 윤진의 귀에 얼굴을 바싹 끌어다 대고 말했다. 또다시 휙, 바람이 귓전에 스쳤다. 사모는 환영처럼 보였다. 정말 저승사자나 귀신처럼 느껴지기도 했다. 윤진은 고개를 바닥에 파묻고 빠른 걸음으로 유아차를 끌기 시작했다. 사모는 달아나는 윤진을 붙잡지 않았다.

아이와 함께 하원한 윤진은 여느 때처럼 분수대로 향했다. 첫째 아이는 친구들과 킥보드를 타고 분수대 주위를 돌았다. 관사 여자들은 이미 여기저기 무리 지어 이야기를 나누는 중이었다. 윤진은 오를 중심으로 모인 무리를 향해 다가갔다.

여자들은 윤진이 나타나자 눈을 내리깔았다. 부자연스러운 침묵이 흘렀다. 윤진은 남편이 복귀했다고 말하지 않았지만 다들 이미 알고 있는 눈치였다. 자신이 묻기 전에는 누구도 먼저 입을 열지 않을 분위기였다. 부대에 사건 사고가 생길 때마다 반복되는 분위기를 윤진이 모를 리 없었다. 자신이 자리를 떠나면 대화는 다시 활기를 찾을 게 분명했다.

무리는 주야장천 유치원 정보만 주고받았다. 이미 다 아는 정보를 반복해서 묻고 답했다. 윤진은 몸이 좋지 않아 집에 먼저 들어가겠다고 말했다. 불편한 공기를 더는 견딜 수 없었다.

"몸조심해."

오가 윤진의 팔을 느슨하게 잡았다가 놓았다. 윤진은 그들을 뒤로하고 첫째 아이를 찾아 나섰다. 아이들은 킥보드를 타고 동과 동 사이를 빠른 속도로 오갔다. 목이 터져라 아이의 이름을 불렀으나 대답이 없었다. 그때 누군가 윤진의 유아차 손잡이를 잡았다. 선이었다.

"저기 선배님. 대위님께서 아무 말 안 하셨어요?"

"아니, 아무 말도. 자기 남편은?"

"아직 집에 들어오지 않았어요. 복귀한다는 전화만 받았어요. 다행이네요."

"뭐가?"

"우리 남편만 일찍 복귀했길래 사고라도 친 건가 걱정했거든요."

첫째 아이가 킥보드를 몰고 윤진의 옆을 쌩, 지나쳤다. 윤진이 아이 뒤를 쫓으려는 순간 선이 다시 유아차를 붙들었다. 선은 윤진의 귀에 입술을 바싹 대고 속삭였다.

"선배님, 이건 다른 이야기인데요. 혹시 집에 쥐가 들어온 적이 있어요?"

"쥐?"

선이 입을 달싹거릴 때마다 뜨거운 입김이 윤진의 귀에 닿았다.

"네, 밤에 싱크대 밑에서요. 바스락거리는 소리가 들리는 거예요. 찍찍 소리도 나고. 아무래도 쥐인 것 같아요. 잠을 못 자겠어요. 너무 끔찍해요."

선은 울상을 지으며 주머니에 손을 넣고 주섬주섬 종이 한장을 꺼냈다. 희고 빳빳한 명함이었다.

"그 여자가 줬어요. 106동 화단에 있는 사모. 이 동네 땅속을 제일 잘 아는 사람이라면서."

윤진은 선이 꺼낸 명함을 엉겁결에 받아 들었다. '쥐 사냥꾼'이라는 상호와 이름 세 글자, 휴대전화, 쥐 및 바퀴벌레, 꼽등이 박멸이라는 단어가 흰 명함 종이에 큼지막하게 적혀 있었다.

"왜 이곳 여자들은 아무 말도 하지 않는 걸까요?"

선이 윤진에게 건넨 명함을 다시 제 손으로 가져오며 물었다.

"뭘?"

"관사에 쥐가 돌아다닌다는 말."

"없으니까 그렇겠지."

"정말 그럴까요?"

선이 명함을 다시 주머니에 쑤셔넣고 분수대를 가로질러 집으로 향했다. 윤진은 선의 뒷모습을 물끄러미 바라보다가 106동 화단으로 빠르게 걸음을 옮겼다. 화단에는 아무도 없었다. 사모도 이미 자리를 뜬 후였다.

다음 날 어린이집에 아이를 등원시킨 뒤, 윤진은 사모를 만나기 위해 부러 화단 앞에 유아차를 대고 멈춰 섰다. 사모는 건물 벽에 바싹 붙어서 구멍을 파는 중이었다. 윤진이 먼저 사모를 불렀다. 그녀는 윤진이 부르는 소리를 듣고 몸을 일으켰다.

"선배가 이 자리에 살았어."

"선배요?"

"함장 와이프 말이야. 그때는 이게 오층짜리 건물이었어."

사모가 바닥을 내려다보다가 갑자기 자리에 쪼그리고 앉았다. 조그마한 구멍을 살살 파헤치더니 주머니에서 쥐약을 꺼내 구멍에 집어넣었다. 윤진은 얼떨결에 화단으로 들어가서 사모 옆에 앉았다. 사모가 얼른 일어나라고 소리쳤다. 쥐똥 밟으면 병 걸릴 위험이 있으니 슬리퍼 차림으로는 절대 화단으로 들어오지 말라고 했다. 윤진은 화들짝 놀라 화단 밖으로 뒷걸음질 쳤다.

"그때 어선에 탄 사람 중에서 실종된 사람이 있었어. 한두명이 아니었던 모양이야. 모두 신원 미상이었어. 선배의 남편은 실종자의 존재를 윗선에 보고하겠다고 했지. 선배는 남편의 말을 믿고 관사 여자들한테 그 이야기를 했어."

사모는 눈으로 계속 화단을 살폈다.

"우리 남편은 끝까지 실종자가 없다고 주장하더라. 그래서 살아남았지. 그때 함정에 얼마나 많은 사람이 탄 줄 알아? 그런데 하나같이 아니라는 거야. 말도 안 되는 음모래. 함장이랑 그 부인이 헛소리한다는 거지."

"그래서요?"

"모두가 그 선배를 피했어."

그나마 사모만 의리 때문에 선배를 외면할 수 없었다고 했다. 같이 밥도 먹고 차도 마시고. 그러나 관사 여자들을 만날 때만큼은 선배를 흉보는 말에 동조할 수밖에 없었다고 덧붙였다.

"선배의 남편이 옷을 벗었어. 나머지는 버텼지. 다들 다른 부대로 발령 났어. 그 뒤로 이 좁은 부대에서 용케도 다시 만나지 못했어. 나는 거기에 답이 있다고 생각해."

"무슨 답이요?"

"사고의 진위 말이야. 이렇게 인사이동이 많은 동네인데 그 사람들을 다시 같은 관사에서 만나지 못했다는 것. 그건 소문을 미리 차단하겠다는 의지 아니겠어? 여기서는 말이야. 눈에 보이는 건 답이 아니야."

그날 밤 윤진은 밥을 먹는 남편에게 쥐가 있다는 소문에 대해 말했다. 쥐를 찾는 사모와 그녀가 파놓은 구멍, 그리고 선의 집에서 들린다는 부스럭거리는 소리에 관해서도 이야기했다. 남편은 윤진의 말에 시큰둥했다. 너무 예민한 거라고 대꾸하고는 소파에 누워 야구 중계를 틀었다. 동요 영상을 보고 있던 아이들이 달려들어 리모컨을 빼앗으려 하자 남편은 두 아이를 양손으로 획 들어 올려 비행기를 태웠다. 첫째 아이는 남편의 발에 팔다리를 휘감고 몸을 뒤로 젖히며 까르르 웃었다. 윤진은 더욱 큰 목소리로 물었다.

"정말 아는 게 없어?"

"뭘?"

윤진이 묻고 싶었던 건 그가 평소보다 일찍 귀항하게
된 이유였다. 납득할 만한 대답을 원했다. 그런데 어째서
인지 입에서는 엉뚱한 말만 튀어나왔다.

"쥐, 쥐 말이야."

"그걸 내가 어떻게 알아?"

남편의 목소리에 짜증이 묻어났다. 그녀는 입을 다물었
다. 불편한 침묵이 흘렀다. 윤진은 문득 남편에 대해 아는
게 별로 없다는 사실을 깨달았다. 남편은 부대나 배 위에
서 있었던 일을 시시콜콜 이야기하는 법이 없었다. 아내
는 그런 일까지 알 필요가 없다고 여기는 것 같았다. 윤진
은 남편이 진급하는 과정에서 어떤 불화나 갈등을 겪었는
지 알지 못했다. 남편이 말하지 않는 건 굳이 알려고 들지
않았다. 몰라도 무탈하게 지내왔다. 그러나 이번에는 달
랐다. 관사 여자들이 자신을 향해 수군대기 시작했다. 분
명 좋지 않은 신호였다. 이유를 물어보고 싶었지만 그럴
수 없었다. 윤진은 그 질문의 답이 가족의 삶을 송두리째
흔들까봐 겁이 났다.

설거지를 마친 윤진은 베란다로 향했다. 열린 창문 밖으
로 고개를 내밀어보았다. 문턱이 높아서 화단은커녕 뒷산
등성이만 보였다. 해가 진 뒷산은 음습하고 위협적이었

다. 윤진은 어린이용 보조 스툴을 밟고 올라섰다. 무게를 이기지 못한 플라스틱 스툴이 곧 부서질 듯 삐걱거렸다.

베란다 창 아래를 내려다보는 건 처음이었다. 사층은 생각보다 높지 않았지만 떨어진다고 상상하면 충분히 공포스러운 높이였다. 아파트 창밖으로 불빛이 새어나와 화단을 희미하게 비추었다. 사모가 파놓은 구멍 때문에 화단은 꼭 꺼져가는 비누 거품 같았다.

"뭐 해?"

"여기서 맨날 쥐구멍을 파, 그 사모가."

남편도 창밖으로 고개를 내밀었다. 키가 큰 남편은 보조 스툴이 필요 없었다. 둘은 나란히 서서 구멍 뚫린 화단을 말없이 내려다보았다. 먼저 입을 연 쪽은 윤진이었다.

"저렇게 구멍을 들쑤셔서 약을 뿌리면 쥐가 정말 박멸되는 걸까."

"쥐는 절대 없어지지 않아. 구멍에 불이라도 지르면 모를까."

"오 선배도 그렇게 말하더라. 우리보다 쥐가 여기에 더 오래 살 거라고. 난 한번도 쥐를 본 적이 없어."

"쥐는 밤에만 다니니까."

윤진이 고개를 돌려 남편을 바라봤다.

"쥐가 낮에 기어나오는 건 죽을 때 딱 한번뿐이야."

컴컴한 뒷산에서 바람이 획 불어왔다. 습기를 잔뜩 먹은 바람은 기분 나쁘게 윤진의 얼굴에 달라붙었다. 바람을 피하려고 눈을 찡그렸다. 창문을 닫은 남편은 뒤에서 윤진의 허리춤을 번쩍 안아 올렸다. 장난임을 알면서도 윤진은 비명을 지르며 몸을 비틀었다. 남편은 당황해서 윤진을 바닥에 내려놓았다. 윤진이 예민하게 군다고 입을 삐쭉거렸다.

그때였다. 초인종이 울렸다. 택배다! 첫째 아이가 소리 쳤고 둘째 아이가 부리나케 현관문 쪽으로 기어갔다. 인터폰 화면에는 사람이 보이지 않았다. 남편이 현관문을 열고 밖으로 고개를 내밀었다.

"누구야?"

"아무도."

택배, 택배를 외치며 아빠의 다리에 매달린 첫째 아이는 실망해서 소파에 벌러덩 드러누웠다.

"지난번에도 이런 식이었어. 초인종만 울리고 사람은 없고."

"이런 장난은 흔해."

"그렇지만 발소리도 안 들리는 건 이상해."

"쓸데없는 걱정이야."

남편은 다시 소파에 몸을 묻고 텔레비전 채널을 돌렸다. 아이들이 남편의 등과 다리에 엉겨붙어 몸을 비틀었지만 이번에는 남편도 채널을 양보하지 않았다. 윤진은 부엌에 서서 한데 뭉쳐 있는 셋을 바라보았다. 발바닥에 여전히 설탕 가루가 묻어 있는 듯한 기분이 들었다.

"파병 신청했어. 아랍에미리트 부대로. 소말리아나 레바논보다는 편할지도 몰라."

남편이 야구 중계 화면에 시선을 고정한 채 말했다.

"언제?"

"한달 뒤."

"그렇게 갑자기?"

"천운이야."

남편이 말하는 천운이란 대체 무엇일까. 좋은 기회를 잡았다는 말일까, 아니면 곤란한 상황에서 벗어났다는 뜻일까. 윤진은 속으로 이런 질문을 던지는 자신이 낯설었다. 한번도 남편이 가져온 행운에 대해 의심한 적이 없었기 때문이었다.

"김 대위는?"

김 대위는 선의 남편이었다. 남편은 갑자기 불쾌한 듯

인상을 구겼다.

"당신은 신경 쓰지 마. 그 친구 와이프랑 친한 건 알겠는데 이동하면 다시 안 만날 사람이야."

"당신도 김 대위랑 친했잖아?"

"맞아. 좋은 사람이지."

남편은 씁쓸한 표정으로 마른세수를 했다. 그러고는 주머니에서 담뱃갑을 꺼낸 뒤 집 밖으로 나갔다. 윤진은 보조 스툴 위에 서서 남편이 담배를 피우는 모습을 지켜보았다. 보조 스툴이 윤진의 무게를 이기지 못하고 부서졌다.

윤진은 부서진 스툴 조각을 쓰레기봉지에 담았다. 이제 건물 아래를 볼 수 없었다. 윤진의 눈에 보이는 건 어둠이 내려 하늘과 구분되지 않는 울창한 뒷산의 형체뿐이었다. 윤진은 두려웠다. 아무것도 뚜렷하게 보이지 않아서 두려움은 점점 더 커져갔다.

*

선이 보이지 않은 건 주말이 지난 뒤부터였다. 주말 동안 윤진과 남편은 아이들을 데리고 워터파크에 다녀왔다. 남편이 먼저 여행을 제안했다. 오랜만에 아이들이 아빠와

노는 모습을 보면서 윤진은 관사 여자들의 찝찝한 시선과 남편의 의문스러운 복귀에 대해 잠시 잊었다. 정말 모든 게 기우인지도 몰랐다. 선이 이사했다는 이야기를 듣기 전까지는 그랬다.

월요일 오후 분수대에서는 선의 이사가 화제였다. 선이 야반도주하듯 이사를 갔다는 것이다. 관사 여자들의 말에 따르면 어린이집 퇴소 신청도 하지 않았다고 했다. 일요일 밤 선의 집에 사다리차가 세워진 걸 보았다는 여자도 있었다. 윤진은 선에게 전화를 걸었다. 휴대전화가 꺼졌다는 메시지만 반복해서 흘러나왔다.

저녁 식사 준비를 하는 윤진의 다리에는 어김없이 둘째 아이가 달라붙었다. 아이를 떼어내려다가 균형을 잃고 바닥에 주저앉았을 때 쿵 하는 소리가 났다. 둔탁한 물체가 바닥에 부딪히는 소리. 윤진의 엉덩이에서 난 소리가 아니었다. 윤진은 아이를 부둥켜안고 싱크대 수납장에 귀를 가져다 댔다. 바스락거리는 소리와 함께 끽, 찍, 삑 소리가 작고 불규칙하게 들려왔다.

쥐가 틀림없었다. 쥐가 하수구를 타고 고층까지 올라간다는 사모의 말이 떠올랐다. 구멍 뚫린 부침가루 봉지도 생각났다. 둘째가 물어뜯은 줄 알았는데 실은 쥐의 소행인 모양이었다.

다행히 서랍장에는 아동 보호용 잠금장치가 부착되어 있었다. 아이가 싱크대를 열어 물건을 뒤지는 통에 임시로 붙여둔 것이었다. 잠금장치는 헐거운 상태로 위태롭게 문에 매달려 있었다. 윤진은 잠금장치가 버텨주길 바랐다. 곧 부서질지 모르는 플라스틱 쪼가리가 의지할 수 있는 전부라는 사실에 기가 막혔다.

그때 초인종이 울렸다. 인터폰 화면에는 하얀 아파트의 외벽만 보였다. 윤진은 현관으로 뛰어가 문을 벌컥 열었다. 이번에도 아무도 없으면 어디에든 신고할 작정이었다.

뜻밖에도 문밖에 서 있는 사람은 선이었다. 선은 무표정한 얼굴로 윤진을 빤히 바라보았다. 윤진은 반가움보다는 당혹스러움이 앞섰다. 선은 한 뼘가량 열린 문틈으로 발을 집어넣은 뒤 교묘하게 집 안으로 몸을 밀고 들어왔다.

"어떻게 된 일이야."

"제대하기로 했어요."

"갑자기?"

"버티는 건 힘든데, 사라지는 건 일도 아니네요."

선이 입꼬리 한쪽을 쓱 올렸다. 노골적인 비웃음이었다. 선은 무언가 말할 준비가 되어 있는 사람처럼 결연해

보였다. 윤진은 선에게서 듣게 될 말이 자기 삶에 위협을 가하리란 걸 직감했다. 어쩌면 선의 말을 막을 수도 있었다. 그러나 윤진은 그러지 않았다. 안다고 해서 무엇이 달라질까. 사모가 온종일 쥐약을 뿌려대도 쥐는 사라지지 않는다. 언제고 불쑥 나타나서 싱크대 하부를 제 집처럼 활보하며 음식물을 갉아먹을 테다. 윤진은 눈을 질끈 감았다가 떴다. 발밑까지 기어 온 둘째 아이가 말간 얼굴로 선과 윤진의 얼굴을 번갈아 쳐다보았다.

"전원 구출이라고 보고한 건 대위님이지 우리 남편이 아니었어요."

"그게 무슨 말이야?"

"남편은 분명 구출되지 못한 선원이 더 있다고 했어요."

군함이 어선의 후미와 부딪힌 날에는 태풍이 예보되었다. 실제로도 바람이 많이 불고 파고가 높았다고 남편은 말했다. 본부에서는 회항 명령이 떨어졌다. 어선에 불이 붙은 걸 확인했을 때는 이미 회항하려고 배의 방향을 돌렸을 즈음이었다. 윤진이 남편에게 들은 이야기는 거기까지였다.

선의 말은 달랐다. 태풍은 징조만 풍기고 경로를 바꾸었다고 했다. 그런데도 군함은 다시 사고 지점으로 돌아가지 않았다. 구출한 선원은 열세명. 인명 피해는 없다고 보고되었다. 그런데 선의 말에 의하면 배에 타고 있던 선원은 열네명이었다. 한명은 실종 상태라는 뜻이었다. 누구도 더는 그 사람을 찾지 않았다고 했다.

남편은 아마도 회항하라는 상부의 명령을 어길 수 없었을 것이다. 태풍 예보도 무시할 수 없었을 터였다. 함정에는 수십명의 수병이 타고 있었다. 군인에게 중요한 덕목은 정의감과 애국심이 아니었다. 명령에 따르고 임무를 완수하며 불의의 변수로부터 동료를 지키는 일. 남편은 살아남는 군인의 조건에 대해 그렇게 말했다. 그는 어쨌든 살아남았다. 윤진은 남편을 이해하고 그의 결정을 합리화하려 애썼다. 누구에게도 쉬운 결정이 아니었으리라. 자신의 가족은 그 덕분에 관사에 남았다.

"제 남편은 스스로 군복을 벗었어요. 괴로워했어요. 먹지도 자지도 못할 만큼."

그때 부엌 서랍장 아래에서 달그락거리는 소리가 들렸다. 선이 고개를 갸웃했다. 부엌으로 향한 선은 싱크대 하단에 귀를 대고 소리의 근원지를 찾았다. 선의 얼굴에 서늘한 미소가 스쳤다.

"어머, 이 집에도 쥐가 있잖아."

선은 바지 주머니에서 명함을 꺼냈다. '쥐 사냥꾼' 명함이었다. 선은 명함을 식탁 위에 올려놓았다.

"필요하실 거예요."

선이 현관문을 열고 나갔다. 무겁고 뭉근한 바람이 불어와 문을 세게 닫았다. 군화 한짝을 손에 끼우고 놀던 둘째 아이가 문이 닫히는 소리에 놀라 울음을 터뜨렸다.

거짓말 같았다. 선이 다녀간 뒤로 얼마간의 시간이 흘렀지만 윤진은 여전히 정신이 혼미했다. 선에게서 들은 말은 모두 뒷산에서 불어오는 바람 소리 같았다. 윤진이 정신을 차린 건 어디선가 풍겨오는 타는 냄새 때문이었다. 부엌과 거실에서 타는 냄새가 점점 짙어졌다. 윤진은 냄새의 근원을 찾아 부엌으로 갔다. 가스 밸브는 잠겨 있었다. 냄새는 베란다 쪽에서 흘러들어오고 있었다. 윤진은 베란다로 가서 열린 창틈 사이로 얼굴을 내밀었다. 바닥으로부터 후끈한 열기가 올라왔다. 어두컴컴한 뒷산에 불빛이 어른거렸다. 윤진은 팔 힘만으로 창틀에 매달려 간신히 아래를 내려다보았다.

화단에 있는 구멍마다 불기둥이 솟구치는 중이었다. 불은 아파트에 옮겨붙기 직전이었다. 윤진은 아이들을 데리고 얼른 집 밖으로 뛰어나갔다. 둘째를 둘러업은 팔에 자꾸만 힘이 빠졌다. 아이들은 불기둥을 보자마자 환호성을 지르며 양손을 들고 펄쩍펄쩍 뛰었다. 원형(原形)을 알 수 없는 재가 사방으로 튀었다. 큰아이가 한 손으로 코를 쥐었다. 불기둥에서 뿜어져나오는 열기 탓에 윤진은 얼굴을 감싸고 싶었다. 둘째가 윤진의 등에 더 깊숙이 얼굴을 파묻고 기침을 쏟아냈다. 먼저 나온 사람들은 화단 주위에 모여 웅성거렸다. 다른 관사 여자들도 불길 반대편에 모여 있었다.

때마침 산 쪽에서 관사를 향해 강한 바람이 불어왔다. 잔뜩 몸을 움츠린 사람들이 바람의 방향에 따라 휘청거렸다. 윤진은 점점 거세지는 불기둥을 물끄러미 바라보았다. 소방차는 소식이 없었다. 남자들이 급한 대로 구멍에 소화기를 쏘았지만 불길은 잡힐 기미가 보이지 않았다. 관사 여자들은 모두 손으로 얼굴을 가렸다.

구멍에서 쥐는 한마리도 튀어나오지 않았다. 윤진은 그 사실이 의아했다. 쥐는 밤이 되면 움직인다는 남편의 말이 떠올랐다. 쥐는 다 어디로 갔을까. 사모와 선은 왜 보이지 않는 걸까. 불기둥은 이제 관사를 모조리 태울 기세로 몸집이 불어났다. 윤진은 아이의 손을 꽉 잡고 어디에서도 보이지 않는 쥐의 행방을 생각했다.

난간에 부딪힌 비가
집 안으로
들이쳤지만

혜경은 매일 새벽 총을 쏘러 다녔다. 주말과 공휴일을 빼고는 사격장 가는 일을 거르지 않았다. 보통 해가 뜨기 전에 집을 나섰기 때문에 윤석은 혜경이 집에서 나가는 모습을 본 적이 없었다.

윤석은 침대에서 몸을 일으켜 부엌으로 향했다. 여덟시를 조금 넘긴 시각이었다. 식탁 위에는 둘둘 말린 트레이닝복과 파란색 바람막이 점퍼가 널브러져 있었다. 윤석은 점퍼를 집어 올렸다. 매캐한 화약 냄새가 코를 찔렀다. 흐린 날에는 냄새가 유독 더 독하게 풍기는 듯했다. 윤석은 환기를 할 요량으로 부엌 창문을 열었다. 습기를 잔뜩 머금은 공기가 순식간에 집 안으로 밀려들어왔다. 곧 비가 쏟아질 모양이었다. 윤석은 창문 옆에 기대어 섰다. 산 너머에서 총소리가 들려왔다. 소리는 일정한 규칙 없이 꼬리를 길게 빼며 사라졌다. 빗나갔네. 윤석이 혼잣말했다.

국제사격장은 부부가 사는 아파트에서 마을버스로 일곱 정거장 거리에 위치했다. 아파트 뒤편 낮은 산 하나를 넘어가면 조금 더 높은 산이 나오는데, 그 중턱에 사격장이 자리했다. 십이년 전 처음 국제 사격장을 짓기로 했던 때를 윤석은 기억했다. 그는 당시 시청 시설관리과 주무관으로 일했다. 인근 아파트 주민의 80퍼센트가 사격장 건립에 반대했다. 몇몇 주민들은 반대 의사를 행동으로 옮겼다. 고발 방송 프로그램에 제보하거나 도시 곳곳에 플래카드를 붙였다. 시청 직원이 밤중에 플래카드를 떼어내면 다음 날 귀신같이 새로 제작된 플래카드가 나붙었다. 새 플래카드에는 전날 것보다 한층 거친 문구가 쓰였다. 총을 쏘려거든 우리 먼저 쏘고 가라. 노란색과 붉은색 명조체로 쓰인 문구. 윤석은 그 문구가 옆집 아주머니나 동네 꼬마들의 입을 통해 면전에 쏟아지거나, 빗물로 변해 입속으로 속절없이 빨려들어오는 꿈을 꾸기도 했다.

아파트 주민을 설득하는 일은 윤석의 몫이었다. 단지 윤석이 이 아파트에서 오래 살았다는 이유에서였다. 오히려 그 때문에 더 어려운 위치에 처했다는 사정은 누구도 헤아려주지 않았다. 아파트와 사격장의 거리는 애매했다.

총소리가 들릴 것 같기도, 아닐 것 같기도 했다. 그러나 윤석은 애매한 사실에 흔들릴 틈이 없었다. 시장은 하루속히 공사를 시작하라고 국장과 과장을 닦달했고, 그들의 스트레스는 고스란히 실무자인 윤석에게 향했다. 윤석은 단순하게 생각하기로 마음먹었다. 기왕 이렇게 된 거 공무원의 의무에만 충실하기로 결심했다.

그는 주민회의에 참석해 아파트 사람들의 푸념을 묵묵히 들어주고 주민 대표와 인근 행정 구역 통장에게 술을 샀다. 보상금 지급액을 결정하는 최종 회의에서는 플래카드 문구보다 한층 더 험한 말이 오갔다. 윤석은 참기 힘든 말을 모두 듣고 견뎠다. 자신이 아닌 시장을 향한 말이라는 걸 알았지만 맨몸으로 총알받이가 된 기분을 떨치기 어려웠다.

일년간의 실랑이 끝에 보상금은 시에서 만족할 만큼의 수준으로 책정되었다. 윤석의 공이 컸다는 걸 조직원 모두가 인정했다. 그러나 막상 사격장이 완공되었을 때 윤석은 시설관리과에 없었다. 그는 완공을 앞두고 경마장 관리직으로 자리를 옮겼다. 인사에 운이 따르지 않았다. 부서 이동과 동시에 시설관리과에서 쌓아놓은 업적은 사람들의 기억 속에서 사라졌다. 그는 이제 온종일 총소리가 들리는 아파트의 주민 중 한 사람으로만 남게 되었다.

　윤석은 가스레인지에 냄비를 얹고 레버를 돌렸다. 먹다 남은 김치찌개에 허옇게 굳은 돼지기름이 떠 있었다. 샤워를 마친 혜경이 부엌으로 걸어왔다. 그녀의 맨몸에서 물이 뚝뚝 떨어졌다. 아랫배에 길게 난 흉터에 윤석의 시선이 멈췄다. 혜경은 둘째 아들을 제왕절개로 낳았다. 육 년 만의 출산이라 경산모인데도 진통이 길었고 자궁문이 열리지 않아 결국 응급수술을 해야 했다. 새벽 네시. 주치의는 이미 퇴근한 뒤였다. 그 바람에 아이를 혼자 받아본 적 없는 레지던트가 수술을 집도했다. 레지던트의 서툰 솜씨는 혜경의 배에 길고 비뚜름한 수술 자국을 남겼다. 수술 자국은 성기게 감은 실밥 모양 그대로 아물었다. 재수 없었다고 쳐. 눈에 안 보이는 부위인데 뭘. 윤석은 속상해하는 혜경을 달랬다. 문제를 키우고 싶지 않았다. 이 정도 의료상의 과실은 그냥 넘어가는 게 병원과 환자 피차 간 편할 거라 여겼다. 윤석은 발가벗은 혜경의 아랫배에 시선을 고정한 채 눈을 감았다 뜨길 반복했다. 마치 그런 행동이 칼자국을 없애주기라도 할 것처럼.
　혜경은 널브러진 옷가지를 챙겨 들고 안방으로 들어갔

다. 윤석은 냉장고에서 반찬통과 생수병을 꺼냈다. 김치찌개는 냄비째 식탁에 올렸다. 오래 끓인 탓에 바싹 졸아붙은 국물에서 짠내가 훅 끼쳤다. 윤석은 수저 두벌을 챙겨 식탁 위에 대충 내려놓은 뒤 자기 몫의 밥만 퍼서 자리에 앉았다. 식탁 구석에는 조간신문이 놓여 있었다. 윤석이 한 손으로 신문을 집었다. 윤석은 퇴직 후에도 종이 신문을 챙겨 읽는 습관을 버리지 못했다. 혜경은 그사이 옷을 챙겨 입고 부엌에 나타났다. 솥에 남은 밥을 싹싹 긁어서 공기에 덜어낸 뒤 윤석의 맞은편에 앉아서 물었다.

"오늘도 스타벅스 갈 거야?"

"응, 밥 먹고."

혜경이 입에 넣은 밥을 우물거리며 고개를 끄덕거렸다. 목둘레가 늘어난 티셔츠 사이로 손바닥 크기만 한 멍이 보였다. 사격장에 다닌 뒤부터 혜경의 왼쪽 쇄골에는 멍이 지워질 날이 없었다.

"몸 좀 사리지그래?"

고개를 숙인 채 밥을 떠먹는 혜경의 정수리를 향해 윤석이 쏘아붙였다. 혜경도 내년이면 예순살이었다. 육십은 의미 없는 숫자가 아니었다. 적어도 윤석에게는 그랬다. 환갑을 축하하는 건 이제까지 살아온 인생을 치하하는 의

미가 아니라 앞으로 닥칠 일을 더욱 조심하라는 뜻이었다. 젊었을 때는 당연히 보장되리라 여긴 노년의 건강하고 안녕한 삶. 나이가 들면 각별히 유의하지 않고서는 그런 삶을 지킬 도리가 없다는 걸 퇴직 후에야 깨달았다.

"언제부터 내 몸에 그렇게 신경 썼다고. 집에 오는 길에 타이레놀이나 사 와."

혜경이 식탁에서 몸을 일으키며 말했다.

"집에 없어?"

"없어."

"한알도?"

혜경이 더는 대꾸하기 귀찮다는 듯 말없이 창고 방으로 들어가버렸다. 혜경은 요즘따라 창고 방에 자주 들어갔고 한번 들어가면 한참 동안 나오지 않았다. 물건을 정리한다는데 별로 달라진 건 없어 보였다. 낡은 옷가지와 이불, 서류 더미, 먼지를 덮어쓴 책들은 여전히 같은 자리에 놓여 있었다. 윤석은 혜경이 무얼 하는지 궁금했지만 묻지 않았다. 대신 싱크대 대야에 그릇을 담가놓은 뒤 외출복으로 갈아입었다. 그는 식탁에 놓인 조간신문을 챙겨서 집을 나섰다.

*

　스타벅스 매장은 조용했다. 정주못이 전혀 보이지 않는
데도 이곳에는 스타벅스 정주못점이라는 상호가 붙었다.
윤석은 매장에서 커피를 마시는 유일한 손님이었다. 출근
길 손님 대부분이 음료를 들고 나가거나 드라이브 스루
서비스를 이용했다. 순서를 기다리는 차들이 차선 하나를
완전히 점령한 상태였다.

　윤석이 아침마다 스타벅스를 찾기 시작한 건 올봄부터
였다. 그는 지난해 말 정년퇴직했다. 퇴직 후 두달은 그럭
저럭 좋았다. 아침에 늦게 일어나 신문을 정독했다. 시간
에 쫓기지 않고 느긋하게 점심을 먹었다. 점심을 먹은 뒤
에는 먹방 프로그램을 보면서 침대에서 뒹굴었다.

　여유가 생기니 평소에 모르고 지나친 것들이 눈에 띄
었다. 찬장에 진열된 찻잔에서 묵은 커피 자국을 발견했
다. 아침 열시 정각에 요구르트 아주머니가 카트를 몰고
단지를 빠져나가는 모습을 지켜봤다. 그녀가 자취를 감추
면 계단을 오르내리면서 세탁, 세탁을 외치는 세탁소 주
인의 목소리가 들려왔다. 퇴직하기 전부터 늘 그 자리에
있던 일상이었지만 윤석에게는 모두 새로운 일이었다.

그러나 새로움은 불과 석달 만에 지루함으로 바뀌었다. 더는 윤석에게 새로운 일이 일어나지 않았다. 그는 텔레비전을 보면서 새벽까지 뒤척이다가 겨우 잠이 들었고 눈 뜨면 어느덧 점심시간이었다. 아침마다 스타벅스에 다닌 뒤부터는 그나마 하루가 빨리 갔다. 볕이 잘 드는 자리에 앉아 신문을 읽고 나면 밤에 잠도 잘 왔다.

혜경은 윤석보다 규칙적으로 생활했다. 잠도 잘 드는 편이었다. 수면제 덕이었다. 십년간 꾸준히 복용하더니 이제는 완전히 적응한 모양이었다. 처음 수면제를 복용하기 시작했을 때 혜경은 약기운 탓에 낮에도 잠에 취해 있었다. 잠에서 깨면 두통을 호소했다. 두통을 이유로 요리나 운전은 시도조차 하지 않았다. 실은 안 한 게 아니라 못한 것에 가까웠다. 칼을 쥐면 손가락을 자를 것 같고, 브레이크를 밟아도 차가 서지 않을 것 같다고 했다. 둘째 아들이 죽고 난 후 혜경은 오랫동안 자주, 많이 울었다. 물만 먹는데 저렇게 많은 눈물이 흐를 수 있다는 게 윤석으로서는 놀라울 지경이었다.

둘째 아들의 시신은 정주못 산책로 북쪽 2.7킬로미터 지점 갈대 더미 사이에서 발견되었다. 전날 내린 폭우 탓에 수면이 10센티미터가량 높아진 상태였다. 아들의 몸은 알아보지 못할 정도로 물에 퉁퉁 불어 사람이 아닌 물체처럼 보였다. 바다에 떠 있는 낡고 오래된 스티로폼 부표 같아 보이기도 했다. 입고 있던 청바지와 노란색 맨투맨 덕에 겨우 신원을 확인할 수 있을 정도였다. 윤석은 시신 앞에서 자기도 모르게 뒷걸음질 쳤다. 손을 대면 살이 두부처럼 부서질까봐 무서웠다. 아들의 죽음 앞에서 슬프기보다 두려웠고, 그건 지금도 마찬가지였다.

아들이 실종된 날에는 폭우가 내렸다. 하늘이 컴컴해지더니 예고도 없이 비가 쏟아졌다. 비는 한시간 정도 거세게 퍼붓다가 거짓말처럼 뚝 그쳤다. 스콜이었다. 지금이야 흔한 일이지만 십이년 전만 해도 동남아시아에서나 볼 법한 드문 기후 현상이었다. 그 시각 윤석은 사격장 건립 회의 때문에 주민센터에 있었다. 회의 시작 전 창밖을 내다보면서 참 이상한 날씨라고 생각했던 기억이 났다.

회의 시간 동안 아내가 보낸 문자와 부재중 전화 알림을 확인하고도 윤석은 답하지 않았다. 별것도 아닌 일로 괜히 호들갑을 떠는 걸 거라고 여겼다. 주민센터는 난장판이었다. 보상 금액을 두고 고성이 오갔다. 주민 한 사람이 급기야 사무관의 멱살을 잡았다. 윤석은 눈앞에서 벌어지는 소동을 잠재우는 데에 급급해 서류 가방에 넣어둔 휴대전화를 꺼내 볼 틈이 없었다.

회의를 마치고 집에 돌아갔을 때, 혜경은 소파에 앉아서 휴대전화를 양손에 꼭 붙든 채 몸을 떨고 있었다. 첫째의 수학 숙제를 확인하는 동안 둘째가 혼자 자전거를 타고 나간 모양이라고 했다. 온 동네를 다 뒤졌는데도 아이를 찾지 못했다고 했다. 혜경의 젖은 옷과 머리카락에서 빗물이 뚝뚝 떨어졌다. 빗물은 금세 바닥에 흥건히 고였다.

윤석은 혼자 있을 때 가끔 소리 내어 둘째 아들의 이름을 발음해보았다. 민준. 민준이. 민준아. 아들의 이름은 제멋대로 움직이는 생명체 같았다. 떠올리지 않으려고 애쓰면 아득히 멀어지다가 언제 그랬냐는 듯 가까이 다가왔다. 이름을 제외하고는 둘째 아들과 관련된 그 무엇도 깊이 생각하지 않으려고 노력했다. 책가방, 연필, 교과서, 큐브, 보드게임, 애착 베개, 잠옷과 이불까지 아들의 체취가 묻은 물건은 모조리 상자에 담아 버렸다. 그러나 마음대로 버릴 수 없는 것도 있었다. 정주못이나 지금 사는 집이 그랬다. 민준이 죽은 뒤 집을 팔고 이사할 생각이었지만 첫째 아들 민수가 필사적으로 반대했다. 사춘기에 접어든 민수는 동생의 죽음으로 침잠해 있는 가족 중 유일하게 자신의 안위를 먼저 생각했다. 죽은 동생보다 살아 있는 자신을 위해달라고 요구했고 부부는 민수의 요청을 무시할 수 없었다.

지옥 같았던 몇년이 흘렀다. 부부는 서서히 민준의 죽음을 대하는 방법을 터득했다. 아들의 생일과 기일을 챙겼고 함께 나눈 추억을 이야기했다. 슬픔을 드러냄으로써 죽음을 이겨내려 했다. 그럼에도 끝내 끄집어내기 힘든 부분도 존재했다. 부부는 사고 당일에 대해서는 이야기하지 않았다. 아이를 지킬 수 있었을 일말의 가능성에 대해서 철저히 함구했다. 대신 각자 마음속으로만 그 가능성을 집요하게 곱씹었다.

휴대전화 사줄걸. 혜경은 그 말을 몇년 동안 반복했다. 전화기를 가졌다고 물에 빠진 아이와 연락되는 게 아니라는 걸 뻔히 알면서도 그렇게 말했다. 윤석은 그 말에 자신을 향한 원망이 내포되어 있음을 알았다. 전화기를 가지고 있으면서도 연락이 두절된 걸 두고 하는 말이었다. 빗속을 헤매는 동안 혜경에게 자신이 간절히 필요했다는 걸 모르지 않았다. 그에겐 차가 있으니 적어도 혜경보다 더 멀리, 어쩌면 정주못까지도 민준을 찾으러 갈 수 있었을 것이었다. 그러나 윤석을 비롯해 그 누구도 예상치 못한 사고였다. 하필 민준이 정주못에 간 날 폭우가 내릴 거라고 예상한 사람은 없었다. 윤석이 자주 하는 말처럼, 그저 운이 나빴을 뿐이었다.

윤석은 혜경의 분노가 자신을 향해 있다는 게 몹시 억울했지만 모르는 척했다. 혜경과 싸우고 싶지 않았다. 아이를 잃은 뒤 갈라선 부부가 많다고 들었다. 그는 가정을 지키고 싶었다. 그러나 가정을 지키기 위해서 어떤 노력을 해야 하는지 알 수 없었다.

부부는 둘만 남아 있는 시간을 최소화하면서 십이년을 버텨냈다. 윤석은 아침 일찍 출근하고 야근을 핑계 삼아 혜경이 잠들 때쯤 집으로 돌아왔다. 혜경은 침대 위에 모로 누워 잠든 척했다. 민수는 독서실에서 밤을 새우기 일쑤였다. 윤석은 거실에서 혼자 맥주를 마시면서 텔레비전으로 스포츠 하이라이트를 시청했다.

함께 있는 시간을 줄이는 방식은 가정을 유지하는 데 도움이 되었지만 갈등을 해결하지는 못했다. 혜경의 분노는 여전히 제자리에 머물러 있었다. 그 사실은 부부가 붙어 있는 시간이 많아질수록 자명해졌다. 혜경은 여전히 다량의 타이레놀과 수면제를 삼켰다. 다정한 말 한마디 건네지 않았으며 부쩍 윤석의 일거수일투족에 짜증스러운 눈빛을 보냈다. 분갈이, 세탁물 맡기기, 찬장 청소까지

해봤지만 혜경은 윤석의 호의에 좀처럼 관심을 두지 않았다. 차라리 없는 사람인 셈 치는 게 낫다는 듯 굴었다.

윤석은 한 손으로 세이렌 마크가 흐릿해진 잔을 들고 다른 손으로 신문을 집었다. 경제면, 정치면을 넘기면서 습관처럼 기사 타이틀만 읽어 내려갔다. 지역면에 이르렀을 때 윤석은 신문을 넘기던 손을 돌연 멈추었다.

전 시장 A의 실종 소식은 지역면 하단에 실려 있었다. A는 사흘 전 평소처럼 양복 차림으로 집을 나선 뒤 연락이 두절되었다. 이틀이 지나도록 집에 들어오지 않는 남편이 걱정된 그의 아내가 경찰에 실종신고를 했다고 기사에 쓰여 있었다. 하단에는 정주못 인근 고급주택가 CCTV에 찍힌 A의 뒷모습 사진이 실렸다. 윤석은 신문을 눈에 가까이 대었다가 멀찍이 떨어뜨리기를 반복했다. 흐릿한 사진 속 인물이 A인지 맨눈으로 확인할 길이 없었다.

윤석은 A를 잘 알았다. A는 인구가 십만명 남짓한 이 도시에 무리하게 세계사격선수권대회를 유치한 장본인이었다. 사격장 건립은 A의 선거 공약이었다. 윤석은 혜경의 싸늘한 시선을 마주할 때마다 자신이 무리한 업무에 내몰린 이유를 곱씹었다. 거절하지 못하는 성격, 조직에 대한 허물없는 충성심은 물론이고 윗선에 인정받고 싶은 욕망도 없지 않았다. 그러나 그런 이유만으로는 도무지 납득이 안 갔다. 더 크고 근본적인 원인을 찾아야 했다.

윤석은 타인에게 눈을 돌렸다. 동료, 팀장, 과장, 국장을 떠올렸지만 그들 역시 윤석처럼 무리한 과업에 매달리는 일개 직원에 불과하다는 사실을 깨달았다. 동료들은 술을 마시거나 담배를 피울 때마다 사격장 건립 당시의 불만을 꺼내곤 했다. 한동안 입을 모아 시장을 비난하는 걸로 쉬는 시간을 보냈다. 그러면 주민들에게 받은 비난에 대해 책임을 더는 기분이 드는 것 같았다. 고맙게도 윤석 앞에서는 말을 삼갔다. 자신의 기분을 살펴주는 것만으로도 윤석은 배려받는 느낌이었다. 당연히 A는 아무런 타격을 받지 않았다. 일개 직원들의 불만에 꿈쩍할 A가 아니었다. 그 사실을 알기에 모두가 A를 욕하는 건지도 몰랐다. 멀어서 닿지 않는 표적을 향해 마구 화살을 쏘는 것과 비슷했다.

윤석 역시 한동안 A를 향한 적개심으로 살아갔다. 동료들의 단순한 비난과는 달랐다. 마음이 후련해지는 종류가 아닌, 날이 선 분노에 가까웠다. 그럴 수밖에 없었다. 동료 중 누구도 그 일로 윤석보다 큰 대가를 치르지 않았다. 윤석은 시시때때로 A가 재선 공천에서 탈락하길 빌었다. 생일 케이크에 꽂힌 촛불을 불면서도 보름달을 보면서도 내심 그의 불행을 기원했다. 바람이 이루어지는 데는 그리 오랜 시간이 걸리지 않았다. A는 사격장 건립 업적이 무색하게, 곧 이어진 지역선거 공천과 국회의원 공천에서 연이어 탈락했다. 그의 정치 공백은 점점 길어졌다. A가 완전한 야인이 되었을 때 윤석은 모처럼 즐거운 기분을 만끽했다. 사무실에 가만히 앉아 있다가도 절로 웃음이 났다. 그러다가 막상 A가 오랫동안 힘을 회복하지 못하자 윤석의 기쁨은 서서히 식었고 마침내 그의 존재를 잊어버렸다.

윤석은 A의 실종 기사를 두번 정독한 뒤 자리에서 일어났다. 가게 문을 나섰을 때도 윤석의 머릿속에는 계속 정주못이라는 단어가 맴돌았다. 스타벅스 맞은편으로 십오분만 걸어가면 정주못에 도착했다. 주위 사람들에게서 정주못도 옛날 같지 않다는 이야기가 들려왔다. 지난 지방선거에서 당선된 구청장은 정주못을 단시간에 지역 명소로 만들겠다는 공약을 걸었다. 둘레가 4킬로미터 정도 되는 못 주변에 노천카페가 생기고 펜스나 벤치가 곳곳에 설치되었으며 자전거 전용 트랙도 생겼다고 했다. 부부는 민준이 죽은 후 한번도 정주못 근처에 가지 않았다. 작은 도시에서 특정 장소를 피해 다니는 게 여간 힘든 일이 아니었지만 선뜻 가볼 용기가 나지 않았다.

*

윤석이 집에 돌아왔을 때 혜경은 식탁에 앉아서 커피를 마시는 중이었다. 묽은 커피에서 보리차 맛이 났다. 윤석은 신문을 식탁 위에 던지듯 올려놓은 뒤 설거지 건조대에서 잔을 집어들었다.

"타이레놀은?"

윤석은 혜경의 물음에 당황한 기색이었다. 잊어버린 게 틀림없었다. 혜경은 피식 웃음이 났다. 예상은 빗나가지 않았다. 윤석은 가족의 부탁을 가장 먼저 미루거나 잊었다. 요즘 들어 자신을 도와준답시고 찬장 정리나 분갈이하는 꼴이 보기 싫었다. 정작 설거지나 빨래 같은 중요한 일에는 손도 대지 않으면서 생색만 내는 것 같아 부아가 치밀었다. 온종일 붙어 있지 않아도 된다는 점에서 차라리 퇴직 전이 나았다. 집안일을 도와준답시고 부산 떠는 윤석을 보고 있노라면 자꾸만 묻고 싶어졌다. 왜 필요할 때는 곁에 없었는지.

혜경은 윤석이 야근을 핑계 삼아 사무실에서 대충 시간을 때운다는 걸 알았다. 홀로 침대에 누워 있을 때면 윤석이 없다는 사실이 편하면서도 슬펐다. 차라리 죽일 듯 싸우는 게 낫겠다 싶을 때도 있었다. 그러나 막상 싸우는 모습을 상상하면 기운이 빠졌다. 윤석과 함께 민준을 찾으러 다녔던들 결과가 달라졌을까. 윤석에 대한 분노는 가능성 때문이었다. 윤석이 있었더라면 사고를 막았을지도 모른다는 가능성. 혜경은 이제 그런 가능성을 곱씹는데 진력이 났다. 가능성은 희망 없는 분노만 일으켰다. 그러다가도 막상 윤석을 마주하고 있노라면 생각이 달라졌다. 화가 났다. 아직 분노를 거둘 준비가 되지 않았다는 사실만 거듭 확인할 뿐이었다.

혜경은 옷장 안에서 여름내 쓰던 가방 세개를 꺼냈다. 가방을 뒤지면 타이레놀 한알 정도는 찾아낼 수 있을지도 몰랐다. 다행히 두번째 가방에서 먹다 남은 약이 발견되었다. 약을 두알이나 삼켰지만 통증은 쉽게 가라앉지 않았다.

윤석은 타이레놀 대신 신문을 내밀었다. 누군가의 실종 기사였다. 혜경은 한 손으로 신문을 끌어당기면서 다른 손으로는 돋보기를 찾기 위해 식탁 구석을 더듬거렸다.

"누구야?"

"A. 전 시장."

혜경은 짧은 기사를 한 글자씩 소리 내어 읽다가 돋보기를 벗어던졌다.

"가출이야, 가출. 웬 여자랑 놀다가 제 발로 들어올 거야. 그게 어디 한두번인 줄 알아?"

"그걸 어떻게 알아?"

"그 사람 와이프, 민수 친구 엄마잖아. 알면서."

"요즘도 연락해?"

"아니. 연락 안 한 지 꽤 됐어."

"그 정도 사이인데 남편이 가출하는 것도 알아? 난 같은 건물에서 일했는데도 처음 듣는 말이구먼."

"와이프 입이 아니라 다른 엄마 입으로 들은 거지."

혜경은 손가락으로 머리를 관통할 것처럼 세게 관자놀이를 눌렀다. 민수를 위해서 꾸역꾸역 모임에 참석해 다른 학부모들과 친분을 쌓았다. 자식을 잃고도 웃는 여자라는 뒷말이 돈다는 걸 모르지 않았다. 윤석이 매일같이 출근하는 것처럼 자신도 돌을 씹어 삼키는 기분으로 사람들을 만났다. 그런 혜경의 노력을 윤석이 알 리 없었다.

윤석이 신문을 네등분으로 접었다. CCTV 사진이 반으로 접혔다. 사진 속 A의 뒷모습도 반토막 났다. 윤석이 방으로 들어가려는 혜경의 등에 대고 물었다.

"만약에 말이야. 내가 이 사람처럼 어느 날 갑자기 사라지면, 어떨 것 같아?"

"어떻긴. 찾아야지."

"찾으면?"

"총으로 쏴버릴 거야."

혜경은 젖은 손을 뻗어 접힌 신문을 집었다. 팔을 움직일 때마다 쇄골이 쓰라렸지만 통증도 이젠 제법 익숙해졌다. A의 아내에게 전화를 걸어볼까 망설이다가 그만두었다. 그녀를 마지막으로 만난 건 윤석이 퇴직한 직후였다. 그때 A의 아내는 혜경에게 사격을 배운다고 말했다.

A의 아내는 자신보다 두살 많은 혜경을 처음 만난 자리에서 서슴없이 언니라 불렀다. 남편의 공천 탈락 이후 극도로 외출을 삼갔지만 혜경과 둘이서 만나는 것까지 거절하지는 않았다. 엄마들은 A의 아내가 없는 동안 그녀에 대해 더 많은 이야기를 주고받았다. 주로 A와 관계된 일이었다. A가 밖으로 나돌기 때문에 아내가 아들의 학업에 목을 맨다는 이야기. 성이 다른 열살짜리 여자아이 하나

를 집에 데리고 왔다는 이야기. 혜경은 소문을 쉽게 믿는 편이 아니지만 한편으로는 믿지 않을 이유도 없었다. 소문의 진위가 궁금한 적도 많았다. 그러나 막상 A의 아내와 얼굴을 마주하면 아무것도 물을 수 없었다. A의 아내는 항상 기운이 없었다. 아들이 원하던 대학에 진학한 뒤에도 달라지지 않았다. 그런데 그녀를 마지막으로 만났을 때, 눈에서 지난 십년간 찾아볼 수 없던 생기가 돌았다. 어딘지 모르게 서늘한 기운을 품은 눈빛이었다.

"언니, 총 쏴본 적 있어요?"

"총?"

"총을 쏴봐요."

A의 아내가 혜경 쪽으로 몸을 바싹 붙인 채 나지막이 속삭였다.

"언니는 죽이고 싶은 사람 없어요?"

혜경이 화들짝 놀라 그녀를 쳐다보았다. A의 아내는 혜경과 눈을 똑바로 맞춘 채 깔깔 소리 내어 웃었다.

그녀의 말이 떠오른 건 윤석이 퇴직한 후 두달이 지났을 무렵이었다. 혜경은 새벽 첫차를 타고 사격장을 찾았다. 마을버스는 낮은 산을 넘은 뒤, 그보다 조금 더 높은 산에 위치한 사격장까지 혜경을 실어 날랐다. 승객은 혜경 한 사람뿐이었다. 버스에서 내리는 순간 혜경은 귀를 벨 듯 찬 바람과 날카로운 총소리에 정신이 번쩍 들었다. 총소리를 가까이에서 듣는 건 처음이었다. 혜경은 국제사격장 현판이 달린 건물 안으로 들어갔다. 체육복 차림의 직원 하나가 프런트에 앉아서 졸고 있었다.

"제가 총을 좀 쏘고 싶은데요."

직원이 슬그머니 눈을 뜨더니 빨간 볼펜으로 강좌 시간표 여기저기에 동그라미를 쳤다. 건물 밖 잔디밭 쪽에서 탕, 하는 총소리가 들려왔다.

"지금 들리는 저 소리는 뭐예요?"

그가 클레이 사격이라고 쓰인 강습을 손가락으로 가리켰다.

"이걸로 등록할게요."

혜경은 한번도 쓰지 않은 체크카드를 그에게 내밀었다. 강습료는 사격장 건설 보상금이 입금된 통장에서 빠져나갔다.

총은 생각보다 무거웠다. 본체에서 쇳내가 짙게 풍겼다. 방탄복을 입었음에도 긴장 때문에 몸이 뻣뻣해졌다. 실탄을 장전한 총구가 언제든 사람을 향할 수 있다고 생각하니 몸에 소름이 돋았다.

강사가 가르쳐주는 대로 어깨에 개머리판을 대고 총구를 표적에 겨눴다. 방아쇠를 당기자 개머리판이 그녀의 왼쪽 어깨에 부딪히며 강한 통증이 느껴졌다. 강사가 가르쳐준 대로 레버를 당기니 탄피가 옆으로 튕겨나왔다. 탄피에서 가는 연기가 피어올랐다. 사대 주위에는 화약 냄새가 진동했다. 귀마개가 자꾸만 이마 쪽으로 흘러내려서 시야를 가렸다. 산탄총이 꽤 무거워서 가만히 들고 서 있는 것만으로도 버거웠다. 다섯발을 쏘고 나자 혜경의 얼굴은 땀으로 범벅되었다.

　혜경은 집에 돌아온 뒤에도 화약 냄새가 신경 쓰여 옷 여기저기에 코를 가져다 대고 연신 킁킁거렸다. 윤석이 막 잠에서 깬 듯 하품을 하며 거실로 나왔다.

　"어디서 뭘 하고 온 거야?"

　"총 쐈어."

　"뭐?"

　"총 쐈다고."

　"아무나 된다고?"

　"되더라고."

　"몇발이나 맞혔어?"

　"한발. 첫 한발이었지. 운이 좋았어."

혜경은 표적이 공중에서 흩어질 때를 떠올렸다. 총알이 표적에 맞을 때의 둔탁한 감각이 여전히 손에 만져졌다.

샤워를 하고 난 뒤 혜경은 휴대전화로 에어코킹건을 검색했다. 집에서 자세 연습을 하고 싶다고 말하자 강사가 실물과 유사한 레플리카 모델을 추천해주었다. 탄알을 장전하지 않으면 위험할 일이 없고 방아쇠를 당겨도 소리가 크지 않다고 했다. 총이란 게 한번 손맛을 보면 쉽게 벗어나기 어렵다니까요. 강사가 신이 난 목소리로 말했다.

이틀 뒤, 인터넷으로 주문한 총은 길쭉한 상자에 포장되어 택배로 도착했다. 혜경은 창고 방, 한때는 민준이 쓰던 방에 들어가 상자를 뜯었다. 스티로폼 충전재 속에 묻힌 묵직한 방아쇠가 가장 먼저 눈에 들어왔다. 충전재를 걷어낸 뒤 총을 꺼냈다. 총 아래에는 플라스틱 탄알이 비닐로 여러겹 포장되어 있었다. 혜경은 개머리판을 겨드랑이에 꼈다. 사격장에서 쓰는 것보다 가벼웠지만 꽤 그럴싸했다. 총은 가늠자가 고정되어 있고 발사 후 레버를 젖히면 탄피가 옆으로 튀어나오는 방식이었다. 혜경은 플라스틱 탄알을 장전했다. 커튼 쪽을 향해 총을 조준한 뒤 방아쇠를 당기려다가 멈추었다. 문밖에서 윤석의 기척이 들렸기 때문이었다. 아무리 플라스틱 탄알이라고 해도 윤석이 있는 곳에서 총을 들고 싶지 않았다. 왠지 그러면 안 될 것 같았다. 혜경은 종이 박스에 총을 다시 집어넣어 책장 가장 위 칸에 올려놓은 뒤 조용히 방을 빠져나왔다.

*

A의 실종 기사가 보도된 다음 날, 윤석은 새벽 다섯시 반에 눈을 떴다. 퇴직 후 이렇게 일찍 눈이 떠진 건 처음이었다. 살짝 열린 문틈으로 빗소리가 요란했다. 혜경은 집에 없었다. 식탁에는 조간신문이 비닐에 싸인 채 그대로 올려져 있었다. 혜경이 사격장에 가기 전에 들여놓은 것 같았다. 윤석이 신문을 집어 올리자 비닐에 묻은 빗물이 식탁 위에 후드득 떨어졌다.

A의 기사는 하루 사이 사회면으로 자리를 옮겼다. 어제 오전에 정주못 근처에서 A를 보았다는 목격자가 나타났다. 남자 하나가 양복을 입고 여기에 풍덩 빠졌다니까요. 그의 진술에 따라 경찰이 어제저녁부터 정주못 지압길과 갈대밭을 중심으로 수색에 나섰다. 유서가 발견되지 않아서 자살을 단정할 수는 없었다. 이주 전 A가 혼외자로 추정되는 여성과 연락한 기록이 발견되었다. 그 여성은 A에

게서 심적 동요의 흔적을 느끼지 못했다고 진술했다. 그 사람이 밥을 먹자고 했어요. 이 근처 제일 맛있는 분식집에서 우동에 소주를 마시고 싶다고요. 그 여성은 A가 가끔 한번씩 전화로 실없는 이야기를 하다가 끊곤 한다고 말했다. A가 내시경을 받으러 내과에 자주 들른다는 수행 비서의 증언도 있었다. 위가 좋지 않다고 하셨거든요. 궤양도 있고 천공도 생겼다고 하셨어요. 맨날 내시경을 받았어요. 병원은 제가 예약했죠. 예약이 안 되면요? 때리죠. 막 발로 차기도 하고. 재떨이나 커피 잔을 던지기도 하고. 검사를 해야 잠을 잘 수 있다고. 잠을 못 자면 네가 책임질 거냐고. 수면 유도 주사 때문일지도 모르겠네요. 아니면 말고요. 기사에 실린 내용만 보면 A는 여전히 살아 있는 사람 같았다. 패기가 넘쳤고 그 못지않게 패악도 부렸다.

윤석은 신문에 인쇄된 정주못 사진을 한참 동안 바라보았다. 지압길 주변으로 노란색 폴리스라인이 얼기설기 쳐져 있었다. 사람 키만 한 갈대가 폴리스라인 안으로 삐죽삐죽 머리를 들이밀었다. 후련하거나 고소하지 않았다. 그저 견딜 수 없이 허전했다. 아주 오랫동안 자신을 지탱해주던 튼튼한 끈이 갑자기 툭 끊어진 기분이었다. 민준이 보고 싶었다. 윤석은 민준이라는 이름을 입안에서 굴려보았다. 목구멍이 틀어막힌 것처럼 소리는 나지 않고 입술만 달싹거렸다.

신문을 내려놓고 커피메이커 전원을 켰다. 물과 원두를 채우고 필터를 끼운 뒤 창문 쪽으로 갔다. 빗발이 거셌다. 빗방울은 창틀과 창문에 부딪혀 요란스럽게 튀어 올랐다. 산은 비와 안개에 가려 선명하게 보이지 않았다. 커피메이커가 끅끅 소리를 내며 커피를 뽑아내기 시작했다. 윤석은 머그잔에 커피를 넘칠 듯 가득 부었다. 커피 잔을 들고 거실 창문을 조금 연 뒤 눈을 지그시 감았다. 총소리가 들려왔다. 길게 꼬리를 빼면서 사라지는 총소리는 탄환이 표적에서 빗나갔을 때 나는 소리라고 혜경이 말한 적 있었다. 빗나가는 이유가 무엇이냐는 윤석의 물음에 혜경은 잘 모르겠다고 답했다. 멈출 곳을 잃어버렸기 때문이겠지,라고 혼자 중얼거릴 뿐이었다.

집에 돌아온 혜경은 화장실로 향하지 않았다. 대신 비에 젖은 바람막이를 식탁에 걸쳐놓은 뒤 수건으로 머리에 묻은 빗물을 털었다. 그러고는 설거지 건조대에서 마른 잔을 꺼내 커피를 부었다. 커피가 넘칠 듯 위태롭게 찰랑거렸다.

"A는? 찾았대?"

혜경이 눈을 신문에 고정하고 커피를 한모금 들이켰다.

"아니."

"그러면?"

"알 수 없지."

둘은 잠시 말을 잃었다. 거실엔 부부가 번갈아 커피를 들이켜는 소리만 가득했다. 난간에 부딪힌 비가 집 안으로 들이쳤지만 둘 중 누구도 창문을 닫지 않았다. 둘은 각자 생각에 잠겼다. 윤석이 마침내 감은 눈을 뜨고 혜경을 쳐다보았다.

"원한 관계에 있는 사람이 많았나봐."

"사람이 꼭 이유가 있어서 죽는 건 아니잖아."

윤석은 무심결에 고개를 끄덕였으나 곧바로 의문이 생겼다. 아무런 이유 없이도 사람은 언제나 죽을 수 있다는 말. 그 말을 윤석은 이해하지 못했다. 죽음에는 분명 이유가 있어야 한다고 생각했다. 아니 있어야 했다. 윤석은 빈 잔을 들여다보며 혼잣말하듯 물었다.

"죽었을까."

"아닐 거야."

"그렇겠지?"

"당신 어째 죽길 바라는 것 같다?"

"그런 건 아니고."

윤석은 젖은 커피 필터를 휴지통에 버리고 기계에 새 필터와 원두를 넣었다. 물도 채워 넣었다. 전원을 켠 지 삼십초도 지나지 않아 커피메이커에서 꺽꺽 소리가 들려왔다.

"딸이라는 여자 말이야. 좀 이상하지 않아?"

윤석이 미심쩍은 표정으로 혜경에게 물었다. 혜경은 빈 잔을 윤석에게 내밀었다. 윤석은 방금 추출된 커피를 혜경의 잔에 부어서 식탁 위에 올려놓았다.

"조심해."

"뭘?"

"커피."

커피에서 하얗게 김이 올라왔다. 윤석은 혜경의 옆자리에 의자를 빼고 앉았다.

"이 여자, 아무렇지도 않잖아. 아버지가 죽었을지도 모르는데."

"아버지 노릇도 못 했는데 뭘."

"아버지 노릇? 대체 그게 뭔데?"

윤석이 따지듯 물었으나 혜경은 답하지 않았다. 대신

윤석을 빤히 쳐다보고는 자리에서 일어나 창고 방으로 들어가버렸다. 윤석은 커피 잔을 들고 혜경을 쫓아갔다. 혜경이 생각하는 아버지 노릇이 무엇인지 이번엔 꼭 따지고 싶었다. 윤석은 노크도 하지 않고 방문을 열어젖혔다. 혜경이 화들짝 놀라 뒤로 돌아섰다. 에어건 총구가 윤석 쪽으로 향했다. 탕, 하고 짧은 총소리가 울려퍼졌다. 플라스틱 탄알이 커피 잔을 든 윤석의 손을 향해 날아갔다. 윤석이 외마디 비명을 지르며 바닥에 나뒹굴었다. 커피 잔은 바닥에 떨어져 박살이 나버렸다. 혜경이 총을 내려놓고 부엌으로 뛰어갔다. 냉장고에서 얼음을 꺼낸 뒤 비닐에 넣었다. 총알에 맞은 윤석의 손가락 부위가 금세 시뻘겋게 달아올랐다. 혜경은 얼음주머니를 윤석의 손가락에 가져다 댔다. 통증 때문에 윤석의 얼굴이 잔뜩 구겨졌다.

"괜찮아?"

"아니."

"방아쇠 안 당겼어."

"방아쇠도 안 당겼는데 총알이 튀어나오는 게 말이 돼? 그 말을 믿으라고?"

"모형이잖아."

"진짜 총이었대도 쐈겠지. 당신, 나 쏘고 싶은 거 아니었어? 잘됐네. 그래, 쏴보니까 기분이 어때?"

"실수였어."

"웃기시네."

윤석이 미친 사람처럼 욕지기를 쏟아냈다. 윤석 옆에 굳은 듯 서 있던 혜경이 갑자기 주저앉더니 울음을 터뜨렸다.

"끔찍해."

"내가 화를 내서? 아니면 소리를 질러서?"

"아니, 당신이 너무 잘 알고 있다는 거. 그게 너무 끔찍해."

통증이 조금 가라앉았는지 윤석이 엉거주춤 몸을 일으켰다. 부엌에서 행주 두개를 가지고 방으로 돌아와 깨진 잔 조각을 치운 뒤 바닥에 쏟아진 커피를 닦아냈다. 총알에 맞은 손가락이 화끈거렸다. 혜경은 계속 울기만 했다. 우는 혜경을 보고 있노라니 윤석도 같이 울고 싶어졌다. 윤석은 걸레질을 하다 말고 혜경 옆에 주저앉았다. 손으로 얼굴을 감싸고 소리 내 울었다. 소리 내어 운 게 얼마만인지 알 수 없었다. 서로에게 왜 우느냐 묻지 않았다. 묻지 않아도 대답을 들은 것 같았다.

*

　다음 날 아침, 혜경은 사격장에 가지 않았다. 윤석이 눈을 떴을 때 혜경은 모로 누워 자고 있었다. 비는 그치지 않았다. 지하 주차장 침수가 우려되니 차를 단지 밖으로 옮겨달라는 아파트 안내 방송이 스피커를 타고 흘러나왔다. 윤석은 창문 밖을 내다보았다. 높은 지대에서 아파트를 향해 흙탕물이 밀려왔다. 사람들은 거센 빗발을 이겨내지 못해 우산을 비스듬히 들고 물살을 거슬러 아파트 입구를 빠져나갔다.

　윤석은 침대에서 자는 혜경을 가만히 내려다보았다. 그녀는 일년 사이 많이 늙었다. 머리가 빠져서 두피가 훤히 드러났고 웃지 않는데도 눈가와 볼살이 처졌다. 자는 혜경의 모습을 지켜보는 건 참 오랜만이었다. 혜경은 단 한 번도 늦잠을 자는 법이 없었다. 적어도 민준이 죽은 후부터는 그랬다. 혜경은 가족 중 누구보다 긴 시간 눈을 뜨고 있는 사람이었다.

　총알에 맞은 손가락에는 시퍼런 멍이 생겼지만 붓기는 없었다. 다행히 뼈는 부러지지 않은 것 같았다. 옷장에서 반바지와 반소매 티셔츠를 꺼내 입었다. 양말은 신지 않왔다. 그는 정주못에 갈 생각이었다.

앞으로 걸을 때마다 비가 온몸에 들이쳤다. 추위에 몸이 오들오들 떨렸다. 우산은 쓸모가 없었다. 흙탕물이 들어찬 고무샌들이 자꾸만 벗겨지려 했다. 그는 오로지 앞으로 걷는 것에만 집중했다. 그게 지금 그가 할 수 있는 유일한 일인 것처럼.

정주못에 다다랐을 때 윤석은 머리에서부터 발끝까지 몽땅 젖어 있었다. 빗물이 시야를 가려서 한치 앞도 보이지 않았다. 정주못 앞 6차선 도로는 이미 차량 진입이 통제되었다. 도로 위에 바리케이드가 듬성듬성 세워져 있었다. 차는 못 빠져나가도 사람이 드나들기에는 충분한 간격이었다. 윤석은 바리케이드 사이로 몸을 밀어 넣었다.

못에 고인 물이 순식간에 불어서 벤치 다리까지 차올랐다. 윤석은 지대가 높은 갈대밭 쪽을 향해 걸음을 옮겼다. 노란색 폴리스라인은 비를 견디지 못하고 휘청거렸다. 현장에는 아무도 없었다. 그는 한쪽 다리로 폴리스라인을 넘어갔다. 진흙 때문에 발이 미끄러졌다. 윤석은 사고 현장 한가운데 섰다. 그의 손에는 우산이 없었다. 언제, 어디에서부터 우산을 쓰지 않았는지 기억나지 않았다.

윤석은 눈을 부릅뜨고 정주못을 노려보았다. 물에 불은

민준의 시신이 떠올랐다. 시신에 꼭 달라붙어서 오열하던 혜경의 모습도 떠올랐다. 마지막으로는 혜경의 문자를 보고도 휴대전화를 덮어버린 자신의 모습이 떠올랐다. 그날 윤석은 혜경에게 답신을 보낼 수도 있었다. 마음만 먹었으면 전화 한통 넣는 건 가능했다. 그러나 그는 아무것도 하지 않았다. 할 수 있는 것을 하지 않았다고 생각하는 대신, 할 수 없었다고 믿어왔다. 그 믿음이 지난 십이년간 윤석을 지켜주었다. 윤석을 버티게 한 건 A가 아니었다. 윤석은 얼굴에 흘러내리는 빗물을 계속해서 닦아냈다. 죄책감과 수치심이 솟구쳤다. 그런 자신의 마음에 지고 싶지 않아서 윤석은 불어나는 흙탕물을 더욱더 맹렬한 눈빛으로 노려보았다.

집에 돌아왔을 때 혜경은 식탁에서 신문을 보고 있었다. 커피 냄새가 났다. 그는 현관 옆 화장실로 들어가서 몸을 씻었다. 온몸이 빗물에 불어 있었고 오한 때문에 이가 딱딱 부딪힐 정도로 턱이 떨렸다.

샤워를 마친 그는 기운이 쏙 빠졌다. 혜경이 윤석에게 커피를 건넸다. 따뜻한 커피가 몸에 들어가자 졸음이 몰려왔다. 혜경은 오늘도 A의 실종 기사를 읽는 중이었다. 윤석은 가스레인지에 불을 붙였다. 전날 먹다 남긴 청국장이 냄비 안에서 끓기 시작했다.

"다른 소식이 있어?"

이제 더는 A의 소식에 관심 없었다. 그래도 윤석은 A에
관해 물었다. 자신이 아닌 혜경을 위해서, 그보다는 둘 사
이에 버티고 있는 침묵을 이겨내기 위해서였다.

"아니, 별로."

혜경이 의자에서 일어나 윤석 쪽으로 향했다. 가스레인
지 불꽃이 붉은색을 띠었다. 혜경은 입으로 후후 가스불
을 불었다. 열번 넘게 숨을 불어넣고서야 불꽃이 푸른색
을 띠었다.

"손가락은 좀 어때?"

"견딜 만해."

혜경은 윤석에게 아침부터 어딜 다녀왔느냐고 묻지 않
았다. 어쩌다가 홀딱 젖어서 돌아왔느냐고도 묻지 않았
다. 대신 둘은 마주 앉아 졸아붙은 청국장에 밥을 비벼 먹
었다. 비는 늦은 밤까지 그치지 않았고, 아파트 지하 주차
장은 침수되었다.

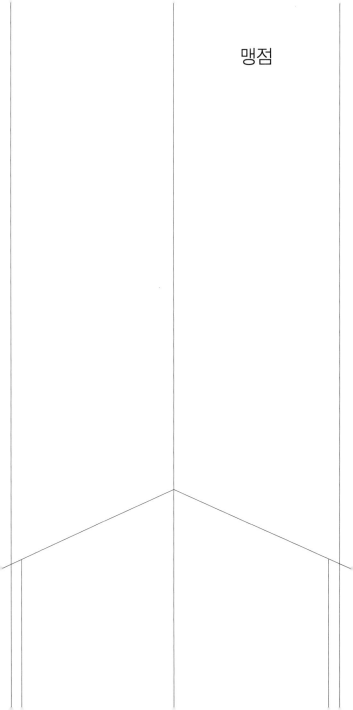

맹점

재복은 한 손으로 코 주위를 더듬으며 대기실 소파 한 가운데에 앉아 있었다. 허리를 꼿꼿이 세우고 『여성동아』 『보그』 『한끼 밥상』 같은 월간지를 차례대로 한장씩 넘겼다.

은애는 진료실 투명 가림막 너머로 재복의 동태를 살폈다. 재복이 손을 코에 가져갈 때마다 은애는 저도 모르게 제 팔뚝과 겨드랑이, 쇄골 근처에 코를 대고 킁킁거렸다. 병원에 떠도는 냄새의 출처가 자신일지도 모른다는 생각에서였다. 이년 전 어시장 내 상가에 병원을 개업하면서 몸에서 나는 냄새를 맡는 버릇이 생겼다. 보디로션과 향수 냄새는 금세 휘발되었다. 오래 남는 건 진짜 냄새, 즉 생물이 풍기는 냄새였다.

은애는 재복을 못 본 척하고 진료를 시작했다. 아침 아홉시 무렵, 대기 환자 수는 여덟명이었다. 이례적인 일이었다. 일주일째 폭우와 폭염이 번갈아 기승을 부리면서 눈이 충혈된 채 안과를 찾는 환자가 부쩍 많아졌다. 해전시 어시장에서는 장마철 유행성 결막염이 겨울 독감보다 빠르게 번졌다. 그 현상은 어시장 주변의 위생이 몹시 불량하다는 사실을 방증했다.

마지막 환자가 병원 문을 나서자 재복은 간호사가 말릴 틈 없이 불쑥 진료실로 들어왔다. 서류 가방을 품에 안고 360도 회전하는 환자용 의자에 걸터앉았다.

"잘 지내셨어요? 저는 잘 지냈습니다."

재복은 은애의 안부를 물은 뒤 묻지도 않은 자신의 안부를 덧붙이며 호탕하게 웃었다. 그의 웃음소리는 호의가 아닌 겁박처럼 느껴졌다. 은애는 통유리 칸막이로 진료실 내부가 훤히 보인다는 사실을 애써 상기해야만 했다.

사실 통유리 설치를 가장 먼저 칭찬한 사람은 다름 아닌 재복이었다. 재복은 이렇게 탁 트인 느낌을 주는 병원은 해전시 어시장에서 은애의 병원이 유일하다고 했다. 어시장 내 상가는 대부분 지은 지 삼십년이 넘었다. 어지간한 돈을 들이지 않고서는 개업해도 티가 나지 않았다. 실제로 은애는 꽤 큰 비용을 리모델링에 쏟아부었다. 나름의 차별화 전략이었다. 어차피 동네 의원에서 제공하는 의료의 질은 거기서 거기일 확률이 높았다. 은애는 음료수 냉장고와 아메리카노 머신, 최신형 LED 텔레비전, 최고 사양의 안마의자를 대기실에 들였다. 어시장에서는 쾌적함만큼 입소문 나기 좋은 장점은 없었다.

재복의 칭찬은 믿을 만했다. 그는 어시장 내 병원을 대상으로 영업한 지 십오년째였다. 영업사원치고는 숫기가 없고 말수도 적은 편이라 처음 본 사람들은 그와 꽤 좋은 친구가 될 수 있을 거라 착각했다. 술이 들어가면 달라지는 줄도 모르고……

술자리에서 재복은 능숙했다. 정보를 낚시찌처럼 던지며 은근슬쩍 대화를 주도했다. 은애가 개업 초기 검안사를 못 구할 때도 재복의 주사가 도움이 되었다. 재복은 술자리에서 근처 해전안과 검안사가 사표를 썼다는 이야기를 슬쩍 흘렸다. 해전시 에이스로 소문난 검안사였다. 은애는 다음 날 곧바로 그 검안사를 영입했다.

재복이 손에 든 종이가방을 은애에게 내밀었다. 가방 안에는 제과점 마크 스티커가 붙은 조그마한 상자가 들어 있었다. 은애는 SNS에서 그 제과점 사진을 본 적이 있었다. 대기가 기본 두시간인데다가 주차 공간이 없어서 불법 주차 신고를 당했다는 글이 심심찮게 포스팅되는 가게였다.

"하나 드시고 이야기하시죠."

재복이 상자 뚜껑을 열었다. 포장된 양갱 다섯개가 나란히 들어 있었다. 재복은 양갱을 사기 위해 아침 일곱시부터 줄을 섰노라고 너스레를 떨었다. 은애는 양갱의 포장지를 뜯었다. 말랑하고 불투명한 양갱은 백내장이 심한 안구를 떠오르게 했다.

"수술하고는 아주 잘 보이신답니다."

재복이 고개를 푹 숙이며 인사했다. 의아했다. 그럴 리가 없었다. 혹시 다른 병원에서 재수술을 받은 건가. 그러나 차트에는 수술 후 은애가 낸 처방 외엔 어떤 기록도 추가되지 않은 상태였다. 환자가 수술 효과를 과장했을 가능성도 있었으나 이해 안 되기는 마찬가지였다. 환자는 대부분 불평하는 존재였다. 여태껏 불편함을 호소하는 환자는 봤어도 효과를 과장하는 환자는 본 적이 없었다.

처음 재복이 병원에 아버지를 모셔 온 날, 은애는 3차 병원에 가보기를 제안했다. 재복의 아버지는 백내장이 심할뿐더러 안구 모양이 독특해서 어려운 수술이 될 가능성이 높았다. 은애가 거절하자 재복이 난감한 표정을 지으며 말했다.

"그럴 수 없는데요."

"의뢰서 잘 써줄게요."

"그럴 거라면 해전안과 김 원장에게 모시고 가지 않았겠습니까?"

"그럼 그렇게 하세요."

은애가 단호하게 대꾸했다. 재복의 표정이 어두워졌다. 은애는 재복의 표정을 무시하고 모니터로 시선을 옮겼다. 그러자 재복이 은애에게 바짝 다가앉아 나지막이 속삭였다.

"보험 됩니다."

"네?"

재복이 바투 다가앉아 '보험'이라는 두 음절을 천천히, 또박또박 발음했다. 은애의 한쪽 어깨를 쥔 재복의 손아귀에서 강한 힘이 전해졌다.

재복은 다초점 렌즈 수술에 적용 가능한 실비 보험을 말하는 것이 분명했다. 백내장과 노안을 한번에 해결할 수 있는 수술로, 수술비만 보통 구백만원 가까이 책정되었다. 심사가 까다롭지만 통과만 되면 청구 금액의 90퍼센트 이상을 돌려받을 수 있었다. 수술 한번으로 직원 한달 월급 절반이 해결되는 셈이었다.

"원장님. 제가 보험 보장되는 사람이라면 얼마든지 압니다."

재복이 씩 웃었다. 재복은 은애가 오랫동안 고액 수술을 맡지 못했다는 사실을 알 터였다. 병원의 수입은 소득세 신고액을 알면 짐작이 가능했다. 은애는 술에 취해 실수로 재복에게 세액을 언급한 적이 있었다. 분풀이할 사람이 필요했던 날이었다. 어시장 노인들이 괘씸해서였다. 자기 병원에서 갖은 편의를 누리던 노인들은 정작 수술할 때가 되면 연륜을 따지며 오래된 안과를 찾았다.

은애는 노인의 두 눈을 몇초간 뚫어져라 바라보았다. 그는 환자용 의자에 앉아서 몸을 비틀며 동공을 부산하게 움직였다. 재복이 노인의 팔뚝을 꽉 움켜잡았다. 재복의 손아귀에서 노인은 비로소 얌전해졌다.

남편이 약에 취해 있을 때면 은애 역시 남편을 두 손으로 제압했다. 그러나 은애는 재복처럼 힘이 세지 않았다. 힘의 세기로 따지면 은애는 오히려 노인 쪽에 가까웠다. 남편이 손을 뿌리치자마자 은애는 속절없이 나동그라졌다. 그 정도는 익숙했다. 괴로울 땐 남편의 요양원 비용을 떠올렸다. 그러면 자연스럽게 마음이 진정되었다. 정말 무서운 건 남편의 발악이 아니라 매달 뭉텅이로 빠져나가는 돈이었다.

열살 무렵, 은애는 엄마와 함께 매일 한번씩 아빠의 등을 드레싱했다. 아빠는 고속도로 공사 현장에서 회차를 안내하다가 차에 치인 뒤 척추가 손상되었다. 육개월간 일했던 간병인이 그만두면서 그 일은 오롯이 엄마와 은애의 몫이 되었다. 둘은 낑낑거리며 아빠의 두툼한 맨몸을 아래위로 맞잡아 모로 세웠다. 은애는 엄마가 소독약을 바르는 내내 아빠의 몸을 붙들고 버텨야 했다.

한번은 팔이 저려서 아빠의 몸에서 손을 떼고 말았다. 애써 세워놓은 아빠의 몸이 그대로 고꾸라지며 침대 위에 놓인 드레싱 키트가 몽땅 바닥에 쏟아졌다. 드레싱 키트 위로 엎어진 아빠의 몸은 함부로 구겨놓은 솜이불 같았다. 물먹은 솜이불. 언어능력을 상실한 아빠는 가래 섞인 신음을 뱉었다. 엄마가 손바닥으로 은애의 머리를 내리쳤다. 강렬하고 단호한 손찌검이었다. 은애는 얼떨떨했다. 아파서가 아니었다. 무슨 감정을 느껴야 할지 몰라서였다.

얼마의 시간이 흘렀을까. 별안간 엄마가 멀뚱히 서 있는 은애를 꽉 끌어안았다. 저리 꺼져,라는 저주를 반복하면서. 엄마의 품은 빈틈이 없었다. 은애는 숨통이 조이고 얼굴에 피가 쏠리면서 어지러워졌다. 하지만 그 품을 밀어내지 못했다. 엄마의 가슴팍에 온몸이 눌린 채 두 주먹을 꼭 움켜쥐고 견뎠다. 엄마의 절망을 함께 버텨야 한다고 생각했다. 은애의 삶에는 다른 여지가 없었다.

둘은 한동안 부둥켜안고 실랑이를 벌였다. 엄마가 밀어내면 은애가 껴안고 은애가 밀어내면 엄마가 껴안았다. 그러다가 엄마가 먼저 균형을 잃었다. 둘은 서로 몸을 붙든 채 동시에 쓰러졌다. 어디로? 욕창과 소독약이 엉겨 붙은 아빠의 등 위로. 감각 없는 아빠의 몸은 미동하지 않았다. 거스러미가 하얗게 일어난 입에서 그르렁거리는 소리만 냈다. 셋은 환자용 침대 위에 한데 엉켰다. 몸을 일으키려고 할 때마다 서로의 맨살에 손을 헛디디며 침대 위에서 허우적거렸다.

엄마가 아빠를 병원이나 요양원에 보내지 않은 이유를 어린 은애는 궁금해하지 않았다. 생각해보지 않아도 답을 내릴 수 있었다. 돈 때문일 테지. 아빠에게는 의술보다 돈이 필요했다. 돈이야말로 희망 없는 목숨을 연명하게 만들고 옆에서 버둥거리는 보호자를 구해준다고 믿었다. 돈이 없으면 서로의 몸을 밟고 밟히며 뒹구는 수밖에 별 도리가 없는 거다. 그때 은애는 자신의 믿음을 추호도 의심하지 않았다.

대학에 진학한 뒤에야 은애는 그것이 자신의 착각이라는 걸 깨달았다. 돈보다 중요한 게 있었다. 엄마는 자신의 책임감을 보여주려고 악착같이 버틴 것이었다. 책임감은 엄마의 마지막 자존심이었다. 사람은 때로 자신을 증명하기 위해 무슨 일이든 해낸다.

개업 후 은애는 환자를 손님, 진료를 영업이라고 칭하곤 했다. 동료들이 자신을 향해 돈이면 만사형통인 애라고 비아냥거리는 걸 모르지 않았다. 은애는 그런 비난에 심드렁했다. 오히려 그들에게 묻고 싶었다. 너희는 사명감만으로 일하느냐고. 적어도 은애는 그렇지 않았다. 그 사실이 딱히 부끄럽지도 않았다. 직업과 꿈의 불일치는 특별한 불행이 아니라 보편적 일상이었다. 삶을 버티게 해주는 건 대부분 후자였다.

환자는 대개 좋아질 가능성보다 나빠질 가능성이 컸다. 은애는 진료든 수술이든 눈 상태가 최악에 이르지 않도록 유지하는 걸 목표로 했다. 환자의 삶이 나아지기보다 무너지지 않도록 최선을 다했다. 큰 의료사고는 완벽하게 해보려고 욕심내다가 일어나는 경우가 많았다. 사고가 생기면 은애의 일상은 부서질 것이었다. 은애의 삶을 지탱하는 보편적 일상이.

그런 점에서 재복의 아버지는 수술하지 않아야 할 사람이었다. 나빠질 가능성이 현저히 높았기 때문이었다. 그러나 은애는 재복의 부탁을 무작정 거절할 수는 없었다. 재복에게 받은 게 많았다. 법의 선을 넘은 경우는 없어도 재복의 입장은 다를 수 있었다. 주는 걸 확실히 주고 받을 걸 확실히 받는 게 영업사원의 본분이었다.

불행히도 수술은 무난히 끝나지 않았다. 재복의 아버지는 동공이 작고 각막도 얇았다. 거기다 수술하는 데에 전혀 협조가 되지 않았다. 메스를 대면 동공이 눈꺼풀 속으로 숨어버렸다. 결국 은애는 기존 렌즈를 완전히 걷어내는 데 실패했다. 찌꺼기가 남았다. 새 렌즈 삽입도 난관의 연속이었다. 은애는 수술실 천장에 대고 꽥, 소리를 질렀다. 환자가 겁을 먹었는지 숨었던 동공이 나타나서 양옆으로 정신없이 움직였다.

수술이 끝난 후 은애는 재복에게 상황을 설명했다. 아니, 실은 정확히 설명하지 않았다. 항생제를 쓰면서 얼마간 상태를 지켜보자고 했다. 찌꺼기가 감염을 일으키지 않으려면 관리를 철저히 하면서 예후를 지켜보아야 했다.

문제가 일어나도 재복이 대놓고 무례하게 굴지는 않을 것이다. 재복이 은애를 곤경에 빠뜨릴 방법은 얼마든지 많았다. 재복은 술자리에서 어수룩한 말투로 다른 사람들에게 은애의 약점을 흘릴 것이다. 취한 척하며 은애가 내원 빈도를 늘리거나 비슷한 성분의 약을 중복 처방한다고 이야기할 것이다. 근처에 새로 개업한 정안과와 가장 오래된 해전안과 대표 원장은 재복의 말을 가장 신뢰하는 사람들이었다. 은애가 건물에 들어오는 조건으로 병원 간판 비용을 내준 일층 국민약국장과 의료기구사 민 사장도 마찬가지였다. 아직 그들과 은애의 관계는 나쁘지 않았다. 그러나 그들과 재복의 관계에 비하면 언제든 틀어질 수 있을 만큼 가벼운 사이였다. 그들은 회식과 개인 모임, 심지어 가족 야구장 나들이에도 재복을 불렀다. 재복은 법인카드로 고깃값, 커피값, 치킨값을 냈다. 합법적인 선 안에서 책정된 홍보비 사용 한도를 위태롭게 지켜나갔다. 결제 날짜를 나누거나 영수 항목을 달리하는 방식으로. 꽤 위험한 일이었다. 실수 한번이면 얼마든지 선을 넘을 수도 있었다.

재복은 빈 양갱 포장지를 주머니에 욱여넣으며 근처

새로 생긴 일식당에 저녁 식사를 예약해두었다고 했다. 아버지 수술을 맡아준 데 대한 감사 표시라고 했다. 진료를 마친 은애는 재복과의 약속 장소로 가기 위해 병원을 나섰다. 시장 입구를 빠져나온 뒤에야 슬리퍼를 벗고 종이봉투에 넣어온 구두를 꺼내 신었다. 슬리퍼에서 비린내 나는 검은 물이 뚝뚝 떨어졌다. 어시장 바닥은 한번도 바싹 마른 적이 없었다. 매일같이 생선 내장과 비늘, 도마와 칼에 묻은 피가 물에 섞여 바닥에서 한데 뒤엉켰다. 은애는 다시 제 몸의 냄새를 맡다가 얼른 가방에서 향수를 꺼내 목에 뿌렸다.

사람이 찾지 않는 해수욕장 상가에는 점포 임대라고 적힌 종이가 덕지덕지 붙어 있었다. 황량한 상가 건물 한가운데에 재복이 예약한 식당이 자리했다. 일본어로 쓰인 사절지만 한 간판은 작은 크기에도 밤바다 위에 뜬 오징어 배처럼 단번에 눈에 띄었다.

은애가 문을 열고 식당에 들어갔을 때 홀에 있는 손님은 재복뿐이었다. 좌석은 여덟개가 전부였는데 나머지 일곱개에는 테이블 세팅이 되어 있지 않았다. 식당은 얼마 안 가 폐업할 운명으로 보였다. 다가올 불행을 모르는 척 주방장이 첫번째 음식을 내어놓았다. 재복은 가방에서 가

저온 술을 꺼냈다.

"닷사이23이라는 술입니다. 쌀알의 23%만 남기고 정미했다는 말이죠. 숫자가 낮을수록 좋습니다. 이게 제일 낮은 숫자고요."

재복이 은애의 빈 술잔에 술을 채웠다. 잔을 들자 술이 흘러넘쳐 손목을 적셨다. 은애는 술이 묻은 손목을 혀로 살짝 훑었다. 술맛이 달고 가벼웠다.

"이 술을 처음 권해준 사람이 해전안과 원장이에요."

"그분 잘 지내시죠?"

"정말 궁금해서 묻는 겁니까?"

재복이 되물으며 미간을 찌푸렸다. 은애는 조금 놀랐다. 재복은 공손하지 않았다. 부탁하는 직업의 본분을 잊은 듯했다. 은애는 재복을 동등한 위치로, 그러니까 업계 동료로서 존중한다고 확신해왔다. 하지만 막상 재복이 공손한 태도를 버리자 기분이 상했다.

"그 양반, 돈을 너무 많이 벌었어요."

재복이 고개를 절레절레 저으며 술을 한번에 털었다.

"그 양반 사모의 꿈이 뭔 줄 아세요?"

"뭔데요?"

"엘에이 할머니."

"네?"

"일년 중 육개월은 한국에서, 나머지 육개월은 볕 좋은 엘에이에서 사는 거요. 원장님, 그런 걸 꿈이라고 부릅니까?"

은애가 씁쓸한 표정으로 술을 한모금 들이켰다. 사모가 꿈꾸는 삶은 대체 어떤 삶일까. 은애는 그 삶의 실체를 모르지만 딱히 부럽지는 않았다. 은애에게 유유자적한 삶은 살아 있는 게 아니었다. 그런 삶은 자신의 쓸모를 증명하려고 최선을 다하는 사람에게 모욕감을 느끼게 했다. 사람은 누구나 쓰임이 있다. 쓰임을 찾지 못하는 인생은 불행하다.

은애의 남편은 쓸모를 찾지 못했다. 그는 은애와 같은 병원 신경외과에서 수련의 과정을 밟다가 병원을 그만두었다. 그는 밝고 자신감 넘치는 사람이었다. 국가고시 성적도 좋았고 인간관계 역시 더할 나위 없이 훌륭했다. 응급실 담당일 때는 환자나 보호자에게 불평 한번 듣지 않았다. 드레싱, 채혈, 보호자 대면 같은 인턴 업무를 마치 여러번 수련한 사람처럼 실수 없이 해냈다. 그런 남편을 동료들은 좋아하면서도 미워했다. 호감과 미움이 밀접한 감정이라는 걸 은애는 그때 처음 깨달았다.

은애에게는 아직도 풀리지 않는 궁금증이 있었다. 남편이 왜 자신을 선택했느냐는 것이었다. 학교에서든 병원에서든 존재감이 없던 은애였다. 사람들은 남편이 은애와 사귀는 것을 두고 수군거렸다. 은애는 그 의심의 눈길이 불편하지 않았다. 오히려 그 시선 덕에 자존감이 높아졌다.

은애의 남편은 결혼 후 일년도 채 되지 않아서 병원을 그만두었다. 적성에 맞지 않아서인 줄 알았는데 신경외과 내부에서 대대로 내려오던 가혹행위에 맞섰다는 소문이 들렸다. 금시초문이었다. 자신에게 속내를 털어놓지 않은 남편에게 서운했다. 그러나 남편을 탓하지 않았다. 이유가 있겠지. 허튼짓을 할 사람은 아니니까.

은애의 괴로움은 남편이 자신의 쓸모를 이용하면서부터 시작되었다. 병원에서 내몰리듯 사직한 후 그는 은애에게 수면유도제, 마약성 진통제를 구해달라고 닦달했다. 그가 언제부터 진통제에 손을 대기 시작했는지 알 수 없었다. 아무래도 은애를 만나기 전부터인 것 같았다. 진통제나 신경안정제에 중독된 의사가 종종 있다는 말은 들었지만 남편이 그리되자 은애는 대처할 방법을 찾지 못했다. 남편은 난생처음 겪는 시련을 딛고 일어서는 방법을 몰랐다. 그것이 남편의 유일한 단점이었다.

남편이 요양원에서 처음 외박을 나온 날, 은애는 남편을 병원 기숙사로 데리고 왔다. 남편을 맡길 데가 달리 없었다. 은애는 외박을 반려하고 싶었으나 요양원 측에서 난감해해 어쩔 수 없었다. 그때 은애는 서울의 한 대학병원에서 전임의 과정을 밟고 있었다.

　은애가 커피메이커를 작동시켰다. 기숙사에는 기계 작동 소리만 가득했다. 곧 커피 냄새가 방 안에 진동했다. 그때 남편이 반밖에 열리지 않는 창문으로 몸을 비집어 넣기 시작했다. 은애가 창에 낀 남편에게 달려들어 허리춤을 잡아당겼다. 바지가 벗겨져 허벅지에 아슬아슬하게 걸렸다. 남편의 몸은 결국 하의가 벗겨진 채 좁은 창문 틈을 통과해서 바닥으로 곤두박이고 말았다.

　남편은 갈비뼈에 경미한 골절상을 입었다. 애초에 죽으려던 게 아니었다. 은애의 기숙사는 고작 이층이었다. 남편은 은애에게 보여주고 싶었던 것 같았다. 자신이 죽으면 은애도 불행해질 거라는 사실을 말이다.

　은애는 자주 그날의 일을 떠올렸다. 그때마다 가만히 눈을 감고 잔상이 사라지길 기다렸다. 사실 은애는 남편의 허리를 놓치지 않았다. 두 팔에 실린 힘을 서서히 풀었을 때 강렬한 희열이 온몸을 사로잡았다. 은애는 그 순간의 열망을 기억했다. 진심으로 남편이 죽기를 바랐다.

"원장님. 저는 그런 걸 꿈이라고 부르기로 했습니다."

은애는 눈을 동그랗게 뜨고 재복을 쳐다봤다. 재복이 씽긋 웃었다.

"잘 생각해봐요. 엘에이에 쭉 살면 그만이지, 왜 육개월은 한국에 들어와 살겠다는 걸까요?"

"향수병?"

"에이 원장님도 다 아시면서."

"뭘 알아요?"

"보험이죠. 우리나라처럼 의료보험 체계가 잘되어 있는 곳은 세계 어디에도 없습니다."

재복은 어시장을 드나드는 보험설계사를 여럿 알았다. 그들의 고객은 어시장 노인들이었다. 보장 범위가 넓은 보험 상품이 풀리면 그들은 어시장 노인들을 일일이 찾아다녔다. 보험 가입시키고 고등어 한손 사고, 또다른 보험 가입시키고 반건조 오징어 한포 사는 식으로 꾸준히 노인들의 불안을 손에 쥐었다.

"어시장 노인 중 보험 안 든 사람은 없습니다. 너도나도 보험 가입하던 시절이 있었죠."

"다들 보기보다 주머니가 두둑하시다더니……"

"많으면 뭐 합니까? 쓸 줄도 모르는데. 건어물 가게 노인처럼."

"아버지 아니었어요?"

"아버지가 따로 있습니까? 어시장 노인들은 다 제 아버지고 어머니죠."

재복은 그 노인을 보험설계사에게 소개받았다고 했다. 평소에 가깝게 지내는 어른인데, 백내장과 노안이 심한데도 병원 갈 생각을 안 했다고 투덜거렸다. 아니, 투덜거리는 척했다.

"설계사는 어시장에 모르는 양반이 없습니다. 그리고 백내장과 노안은 누구에게나 옵니다. 예외가 없습니다. 원장님이 가장 잘 아시잖아요."

은애는 술이 묻어 촉촉해진 아랫입술을 윗입술로 핥았다. 달짝지근하고 깊은 맛이 느껴졌다. 잔이 비면 곧장 다음 잔을 기다리게 되었다. 은애는 궁금했다. 자신의 인생에서 끊어낼 수 없는 존재가 있었던가. 남편이 모르핀을 끊지 못하는 것처럼. 엄마가 아빠를 버리지 못했던 것처럼. 은애는 두 사람을 도무지 이해할 수 없었다. 돈으로도 해결할 수 없는 집착이라니.

재복의 계획은 이러했다. 수술이 끝나면 보험설계사와 재복, 은애는 수술비를 일정 비율로 나눠 갖는다. 환자를 재복이 제공하면 보험설계사는 서류를 심사에 통과시키고 은애는 수술을 진행하면 된다.

"불법이 아닙니다. 틈새죠."

재복은 술을 따라주면서 찰나의 기회임을 강조했다. 신청 건수가 많아지면 보험 심사가 까다로워질 테고 곧 보장 대상에서 제외될 것이었다. 그게 의료보험 시장에서 틈새가 이용되고 사라지는 수순이었다.

"원장님. 이 어시장에 우리 꿈이 있습니다."

재복은 테이블을 손으로 툭툭 건드렸다. 꿈이라니. 흥분이 느껴졌다. 돈 때문은 아니었다. 알 수 없는 이 흥분의 정체는 대체 무엇일까. 알고 싶었다. 은애는 술을 가득 채운 자신의 잔을 재복이 든 술잔에 맞대었다.

다음 날 재복은 약속대로 80세 할머니 한 사람을 데려왔다. 어시장 후문 길가에서 쌈 채소와 콩나물을 파는 할머니였다. 할머니는 꼬리를 다듬어야 비로소 먹을 만한 콩나물이 된다고 또렷하게 말했다. 그러나 자신이 가입한 보험에 대해서는 전혀 알지 못했다. 다음 날은 401호 활어회 식당 주인, 그다음 날은 201호 철물점 사장이 재복과 함께 병원을 찾았다. 모두 보호자가 없었다. 자식도 배우자도 친지도 없었다. 짐작은 했지만 이렇게 많은 노인이 혼자 살아간다는 사실에 은애는 새삼 놀랐다. 그들은 다행히도 재복의 아버지(인 줄 알았던 남자)에 비해 눈 상태가 좋았다. 심지어 백내장이 거의 진행되지 않은 상태였다. 당장 수술이 필요치 않은 경우도 있었다.

은애는 수술비 결제 명세를 확인할 때마다 불안감과 죄책감이 동시에 느껴졌다. 양심의 문제였다. 직업윤리의 문제이기도 했다. 양심이라면 그 어떤 의사보다 둔감한 은애도 막상 일을 벌이고 나니 두려운 건 어쩔 수 없었다. 그때마다 은애는 재복이 한 말을 떠올렸다. 이건 불법이 아닌 틈새이며, 자신이 아니어도 결국 다른 누군가가 이용할 거라고 최면을 걸었다.

한달 동안 은애 혼자 열두건의 다초점 렌즈 수술을 했다. 해전안과에서 반기 동안에도 채울 수 없는 수술 건수였다. 은애는 약속된 비율로 재복과 보험설계사에게 수술비를 나눠주었다. 직원에게 맡길 수 없는 보험 관련 서류는 은애가 직접 작성했다. 별도의 업무가 생기면서 은애는 몹시 바빠졌다. 닥친 일을 바쁘게 처리하다보니 머릿속이 단순하고 명쾌해졌다. 불안하지도 않았다.

첫달 수술 건을 정산하는 날도 둘은 해수욕장 앞 일식당에서 닷사이23을 마셨다. 술에 취한 은애는 비슷한 정도로 취기가 오른 재복에게 물었다.

"대체 왜 이런 일을 시작한 거예요? 돈 때문에?"

"돈이 아니라 돈으로 생기는 역학을 증명하고 싶었다고 해두죠."

"역학?"

"원장님, 제가 해전시 어시장에서 영업 일만 십오년째입니다. 의사들에게 나는 뭘까요?"

"제약회사 영업사원이죠."

"바로 그거예요. 사실 우리는 동종업계 종사자예요. 동업자."

재복의 말에 본능적으로 은애의 인상이 찌푸려졌다.

"그런데요. 난 한번도 동업자라는 기분을 느껴본 적이 없어요."

재복은 확실히 선을 넘고 있었다. 그러나 은애는 술을 마시는 것 외엔 별달리 할 수 있는 일이 없었다.

"원장님."

"네?"

"제가 필요하시죠?"

재복이 술을 입에 털어넣으며 그렇다고 답하라는 듯 종용하는 눈빛으로 은애를 쏘아보았다. 은애는 입안에서 술을 굴리며 답을 피했다. 그러자 재복이 조금 더 은애에게 얼굴을 붙였다.

"제가…… 필요하시죠?"

은애의 시선이 재복의 빳빳한 와이셔츠 깃에 멈추었다. 이미 술기운이 오른 은애가 또렷하게 식별할 수 있는 건 재복의 얼굴도 손도 아닌 빳빳한 깃뿐이었다.

다음 날 저녁, 은애는 요양원을 찾았다. 마지막 면회가 석달 전이었다. 요양원에서 남편을 보호자가 버린 환자로 취급했기에 더는 방문을 미룰 수 없었다. 요양원은 해전시에서 차로 두시간 정도 떨어진 시외에 자리했다. 반경 5킬로미터가 허허벌판인데다가 길도 좁아서, 한번 들어가면 영원히 나오지 못할 것 같은 기분이었다.

은애는 야외 휴게실 테이블에서 남편을 기다렸다. 남편은 오랫동안 햇빛을 보지 못한 사람 특유의 말간 낯빛으로 나타났다. 곧 얼굴에서 곰팡이가 피어오를 것만 같았다. 그는 맞은편 의자에 앉더니 푹 파인 눈으로 은애를 뚫어져라 바라보았다.

헐렁한 환자복 소매 사이로 끈에 쓸려 벌겋게 부어오른 흉터가 눈에 띄었다. 요양원 측에서 남편의 자살 충동을 제지하기 위해 한동안 침상에 사지를 묶어두었다고 했다. 은애는 전화로 그 처치에 동의했다. 남편이 맨발로 논두렁을 건너서 국도 한복판으로 뛰어들었기 때문에 어쩔 수 없었다. 남편은 국도변에 있지도 않은 버스정류장을 봤다고 우겼다.

"당신한테 말할 게 있어."

"뭐?"

"난 그것 없이 살 수가 없어."

"그게 뭔데. 똑바로 말해봐."

"그것."

"똑바로!"

"약, 주사, 모르핀."

남편은 코를 킁킁거리며 작은 목소리로 느릿느릿 말을 이었다. 그는 마지막 외박 기간에 약에 손을 댔다고 실토했다. 통증의학과 전공의 동기를 통해서 약을 구했다. 그런데 약 구할 통로를 마련하고도 남편은 왜 자신을 놓지 않는 걸까.

"약 때문에 나랑 산다고 말해."

은애가 남편에게 고함을 질렀다. 온몸이 바위에 짓눌리는 기분이 들어서 은애는 곧장 화장실로 달려갔다. 먹은 게 별로 없어서 누런 위액만 잔뜩 토해냈다. 얼굴을 변기에 대고 물 위에 떠 있는 위액을 내려다보았다. 변기에서 죽은 생선 냄새가 났다.

은애는 입 주변의 물을 제대로 닦지도 않은 채 남편과 접견용 테이블에 마주 앉았다. 남편은 어깨를 오들오들 떨면서 환자복 주머니에 들어 있는 거즈 수건을 은애에게 건넸다.

"자업자득이야."

남편이 은애의 눈을 쳐다보며 또렷한 발음으로 말했다.

남편이 의국 내 가혹행위를 문제 삼겠다고 했을 때 은애는 어디에 있었나. 은애는 남편과 뜻을 함께한 안과 전공의가 그만둔 뒤 그 공석을 차지했다. 금시초문이라는 건 대외적 발언이었다. 은애는 정확히 알았다. 여성 의사를 기피하는 현장에서 성적이 좋지 않은 은애에게 놓칠 수 없는 기회가 찾아온 것이었다. 은애는 면접에서 교수에게 했던 말을 똑똑히 기억했다. 사람의 눈은 생명만큼 중요한 거예요. 발로 차든 주먹으로 때리든 어떻게 해서라도 가르치는 게 교수님의 본분이죠.

은애는 오랫동안 과거가 자신의 치부인 줄 알았다. 남편이 언제나 그런 식으로 비아냥거렸다. 은애는 자신의 선택이 옳았다는 것을 남편에게 보여주고 싶었다. 그래서 병원비를 꼬박꼬박 내고 몰래 약을 마련해주면서도 남편 옆에서 버텼다. 자, 봐! 내 선택이 당신을 살리고 있다고!

그러나 지금은 생각이 달라졌다. 모든 사람이 불행한 일을 겪을 때마다 남편처럼 자신을 망가뜨리는 선택을 하지는 않는다. 은애는 애초에 아무것도 증명할 필요가 없었다. 엄마처럼 자신의 선택을 확신하는 데에 여생을 바칠 이유가 없었다.

"날 벌주고 싶어? 그럼 이렇게 생각해봐."

은애는 테이블에 놓인 빈 음료수 캔을 지그시 찌그러뜨렸다.

"당신이 내가 받은 벌이야."

남편이 천천히 고개를 들었다. 은애를 노려보려고 안간힘을 썼지만 시선조차 똑바로 맞추지 못했다. 은애는 의자에서 일어나 남편에게 가까이 다가갔다. 그러고는 남편의 마른 뺨에 입술을 붙이고 두 사람 말고는 아무도 듣지 못할 작은 목소리로 속삭였다.

"난 당신이 죽어도 상관없어."

요양원 통유리창 밖은 사방이 산이었다. 산 너머로 노을이 내려앉았다. 은애는 남편이 병실로 올라가는 모습을 끝까지 보지 않고 돌아섰다. 차를 몰고 국도에 다다랐을 때는 사위가 컴컴해진 뒤였다. 은애는 룸미러로 멀리 조그맣게 반짝이는 요양원 간판을 보았다. 꿈이래도 믿을 만큼 아득히 멀었다. 은애는 속으로 다짐했다. 다시는 이곳에 오지 않을 거야. 만약 꿈이라면, 다시는 같은 꿈을 꾸지 않을 거야.

남자가 병원에 찾아온 건 다음 날부터였다. 기껏해야 마흔살 정도로 보이는 남자는 깔끔한 흰색 티셔츠에 면바지 차림이었다. 어시장에서 쉽게 찾아볼 수 없는 복장이었다. 남자는 접수도 하지 않은 채 대기실 의자에 앉아서 캔 음료를 마시며 은애의 진료실을 노골적으로 들여다보았다. 한개를 다 마시면 또다른 음료를 따서 마셨다. 그렇게 한시간 정도 진료실 소파에 앉아 있다가 유유히 병원 문을 빠져나갔다.

다음 날 남자는 다시 병원을 찾았다. 이번에는 데스크 직원이 남자에게 다가가 접수를 권했다. 남자는 대꾸하는 대신 흰 치아를 드러내며 의미심장한 미소를 지었다. 그러고는 책꽂이에 꽂힌 잡지를 꺼내어 읽기 시작했다. 벌레를 잡는지 가끔 탁, 하고 탁자나 소파 내리치는 소리가 들렸다. 그때마다 사람들의 눈과 귀가 남자를 향했다. 데스크 직원이 남자를 어떻게 할 거냐고 물었다. 내쫓고 싶었지만 명분이 없었다. 그는 누구에게도 위협을 가하지 않았다. 그가 하는 일은 기껏해야 무료 음료수를 두캔 마시고 안마의자를 이용하는 것뿐이었다. 새삼스럽게 트집 잡을 일이 아니었다. 은애의 병원에는 그런 노인이 많았다.

남자는 세번째 방문에 드디어 외래 진료를 접수했다. 그의 이름은 김인수였다. 은애는 긴장한 기색을 숨길 수 없었다.

"어디가 안 좋으세요?"

은애가 물었다. 목소리가 떨렸다. 환자용 의자에 앉은 김인수는 몸집이 컸다. 그가 몸을 살짝 비틀자 의자가 비명을 지르듯 삐거덕거렸다. 그의 몸에서 익숙한 냄새가 났다. 오랜 시간 몸에 밴 듯한 그 냄새는 어시장의 고인물비린내처럼 은근하며 고약했다.

"날이 너무 덥습니다."

김인수가 손으로 부채질하며 엉뚱한 말을 했다. 목소리가 진중해서 농으로 들리지 않았다. 칼처럼 반듯하게 잡힌 바지 앞 주름이 은애의 눈에 띄었다. 그는 햇빛에 그은 어시장 사람들과 달리 피부에 잡티나 기미도 없었다. 한마디로 김인수는 어시장에 어울리는 사람이 아니었다. 냄새만이 유일하게 그와 어시장을 이어주는 고리였다.

"원장님. 사람의 눈은 어디에도 연결되어 있지 않습니다."

"네?"

"목은 코와 귀랑 연결되어 있고 식도는 위, 대장, 소장으로 연결되어 있습니다. 피부 속 혈관들은 심장과 연결되어 있죠."

은애는 김인수의 말을 가만히 듣고 있었다. 아주 틀린 말은 없었으나 너무 빤한 탓에 오히려 무언가 작정한 듯한 인상을 주었다.

"생각해보면요. 눈이 아파서 죽는 사람은 없단 말이에요. 그러니까 여기서는 마사지도 받고 커피도 마실 수 있는 거죠."

무언가 아는 듯한 낌새와 은근한 협박. 그 순간 왜 남자의 바지 앞 주름에서 재복의 셔츠 깃을 떠올렸을까.

"그런데 선생님. 눈에 뵈는 게 없다는 말 아시죠? 눈 가리고 아웅 한다는 말도 아실 테고요. 눈이 안 보이는 건 생각보다 위험한 일이에요. 주로 자신보다는 남부터 해치거든요. 그래 놓고 몰랐다고 하면 뭐…… 끝이죠."

김인수가 자리에서 일어섰다. 의자가 빠른 속도로 뱅글뱅글 돌았다. 김인수는 그대로 진료실을 나가는가 싶더니 다시금 은애를 향해 고개를 돌렸다. 그가 소리 나지 않게 입을 크게 벙긋거렸다. 다 압니다.

김인수가 진료실을 나가자마자 은애의 주머니 속 휴대전화가 진동했다. 재복에게 문자가 왔다. 마지막 수술 환자의 서류가 심사를 통과하지 못했다는 내용이었다. 그러면 거절된 환자의 수술비는 어떻게 하느냐고 은애가 물었다. 재복은 셋이 돈을 모아 그 환자에게 보험금만큼 돌려주고 적당히 입단속시키는 게 좋지 않겠느냐고 답했다.

처음으로 치욕스러운 기분이 들었다. 일이 끝나자 오로지 돈의 거래만 도드라져 보였다. 오기도 생겼다. 정말 이게 끝이라고? 은애는 아직 이 일을 놓고 싶지 않았다. 답을 찾지 못했다. 자신이 왜 불법과 합법의 선 사이를 아슬아슬하게 걷는지 그렇게 해서 무얼 증명하고 싶은지.

은애는 김인수의 환자 기록을 뒤져서 전화번호를 알아냈다. 그에게 전화를 걸었지만 계속해서 받을 수 없다는 응답만 돌아왔다.

그날 저녁 재복은 어시장 앞에서 은애를 기다리겠다고 했다. 앞으로의 일을 어떻게 할 것인지 상의해야 했다. 은애는 어시장 입구에 도착해서도 신발을 갈아 신지 않았다. 힐을 신고는 한발짝도 걸을 기운이 없었다.

은애가 슬리퍼 뒤축을 질질 끌며 건어물 상가 쪽으로 걷는데 털이 길고 통통한 고양이 한마리가 느린 걸음으로 은애 앞을 지나갔다. 고양이의 몸이 눈처럼 하얬다. 잿빛 털에 오수를 묻히고 다니는 어시장 고양이들과 달랐다. 은애는 고양이를 향해 손을 뻗었다. 인기척을 느꼈는지 고양이는 재빨리 몸을 일으켜 시장 안쪽으로 달아났다.

고양이는 건어물 상가 골목을 지나 횟집 사이의 좁고 축축한 골목에 몸을 숨겼다. 은애가 골목 안쪽으로 몸을 비집어넣었다. 고양이의 노란 눈동자와 은애의 시선이 마주쳤다. 고양이는 물고 있던 생선 머리를 바닥에 내려놓고 입을 가져다 댔다. 입 주위의 흰 털이 생선 피와 비늘, 내장으로 범벅이 되었다. 은애가 신음을 뱉자 고양이가 별안간 은애 쪽을 쳐다보았다. 고양이는 느릿느릿 다가와 은애의 발을 혀로 맹렬하게 핥았다. 은애는 황급히 뒷걸음질 쳐서 골목을 빠져나왔다. 슬리퍼가 벗겨지면서 한쪽 발이 물웅덩이에 빠졌다. 차고 미끈한 물이 스타킹에 스며들었다. 은애는 허겁지겁 슬리퍼를 꿰어 신고 달아나듯 어시장 입구를 나섰다.

재복은 어시장 입구에서 은애를 기다리고 있었다. 둘은 해수욕장 쪽으로 걸었다. 은애의 젖은 발바닥은 걸을 때마다 질퍽거렸다. 해가 지기 시작한 해수욕장은 인적이 끊겨서 을씨년스러운 분위기를 풍겼다. 은애와 재복은 나란히 백사장에 앉았다. 재복은 서류 가방에서 캔맥주를 꺼냈다. 그간 재복이 사 온 물건 중 가장 유행과 무관한 것이었다. 재복이 맥주를 따서 은애에게 내밀었다.

"다 김인수 짓인 거 같아요."

은애가 말했다.

"김인수?"

"그 사람 몰라요?"

재복은 아무래도 그가 맞은편 건물에서 개업하는 안과의 총무 같다고 했다. 의사가 연고지에서 불미스러운 일을 겪고 해전시에 도피하듯 개원하는 모양이었다. 그게 아는 내용의 전부냐고 묻자 재복은 더는 모르겠다고 말끝을 흐렸다. 중요한 정보는 끝내 말하지 않는 것이 재복의 특기라는 걸 은애는 그제야 기억해냈다.

"그 사람이 뭘 할 수 있겠어요. 원장님 협박하고 보험회사에 말이나 흘렸겠죠."

"대체 왜 그러는 거죠? 의사가 시켰을까요?"

"그 의사 그런 사람 아니에요."

재복이 그렇게 말해놓고 아차 싶었는지 입을 가렸다.

"김인수도 뭔가 보여줘야 하지 않았을까요."

"뭘요?"

"힘이요. 나는 필요한 사람이라는 증명."

사람은 자신을 증명하려고 무슨 일이든 해낸다는 사실을 은애는 잊고 있었다. 그렇게 생각하니 김인수의 행동이 이해 안 될 것도 없었다. 김인수의 말처럼 눈에 보이는게 없는 상황은 남을 해칠 수 있을 만큼 절박한 상태라는 뜻이기도 했다.

"정말 더는 아무 짓도 안 할까요?"

"걱정 마세요. 협박 빼곤 할 수 있는 게 없을 테니까. 제가 제일 잘 알지요."

"우리 일은요? 이제 끝이에요?"

"유통기한이 다 됐어요. 자그마치 서른두건이에요. 충분하지 않나요?"

"혹시 더 할 수는 없을까요?"

"원장님 돈 필요하세요?"

"에이, 아니요."

은애가 맥주를 꿀꺽꿀꺽 들이켰다. 재복이 맥주를 입에 머금고 가만히 은애의 얼굴을 바라봤다.

"그럼 버티세요."

"네?"

"이유가 뭐든 그냥 버티시라고요."

무엇을, 어떻게 버티라는 걸까. 맥주 한캔을 다 비웠을 때도 은애는 재복의 말이 무슨 뜻인지 알 수 없었다. 그러나 당장은 그 일에 몰두하지 않고도 살아갈 수 있을지 자신이 없었다. 은애에게 필요한 건 흥분의 이유가 아니었다. 흥분 그 자체였다. 그러나 은애는 여전히 삶에서 흥분이 왜 필요한지 어째서 그것이 살아 있는 기분을 주는지 이해할 수 없었다.

은애는 손으로 모래를 한움큼 쥐었다. 은애가 힘을 줄수록 모래는 손가락 사이로 빠르게 흘러내렸다. 은애가 모래를 쥐던 손을 들어 재복에게 불쑥 내밀었다.

"혹시 내 몸에서 냄새나요?"

재복이 화들짝 놀라며 몸을 뒤로 뺐다. 은애가 더 가까이 팔뚝을 들이밀었다. 재복이 마지못해 코를 슬쩍 대고 킁킁거렸다.

"잘 모르겠는데요."

"김인수한테서도 냄새가 났어요."

"어시장 사람치고 냄새 안 나는 사람 있어요?"

재복이 피식 웃었다.

"지금은 김인수가 더 큰 짓을 벌이지 않길 바라야죠."

"만약 우리가 보험회사에 지목되면 어떻게 하죠? 뉴스
에 나고 폐업 운동이 벌어지고 뭐 그런 걸까요?"

은애가 재복에게 물었다.

"할 수 없죠, 뭐. 모멸감도 견뎌보세요. 원장님이 망하
기도 전에 사람들은 잊을 거예요."

은애는 손을 치마 속으로 집어넣어서 스타킹을 벗었다.
동그랗게 말린 스타킹을 모래 위에 던졌다. 맨발에 스며
드는 모래의 촉감을 가만히 느꼈다. 보드랍고 따뜻했다.
연신 하품이 났다. 마치 오랫동안 잠을 자지 못한 사람처
럼 피곤했다.

은애는 자리에서 일어나 바다를 향해 걸었다. 젖은 모
래는 늪처럼 은애의 발을 끌어당겼다. 그때 전화벨이 울
렸다. 요양원이었다. 은애는 전화를 받지 않았다. 견뎌보
기로 했다. 견디려는 의지로 진동이 잠잠해질 때까지 전
화기를 손에 꼭 쥐었다. 엄마의 품에서 주먹을 움켜쥐었

던 것처럼.

끝없이 울릴 것만 같았던 진동은 한참 만에 잠잠해졌다. 은애는 먼바다를 향해 휴대전화를 던졌다. 휴대전화가 포물선을 그리며 날아가다가 바닷속으로 자취를 감추었다. 은애는 전화기가 자취를 감춘 지점을 한동안 물끄러미 바라봤다. 어떤 것들은 다시 돌아오지 않는다. 그 사실이 은애에게 작은 위안을 주었다.

언캐니 밸리

당신의 목적지는 언제나 청한동 꼭대기였다. 저택이 줄줄이 늘어선 언덕을 차로 오분 정도 올라가면 그 집이 보였다. 크기가 다른 자갈을 촘촘히 이어붙인 외벽과 담벼락 덕분에 멀리서도 단번에 그 집을 알아볼 수 있었다.

나는 매일 새벽 야간 운행을 마친 뒤 그 집 담벼락에 기대어 담배를 피웠다. 언덕 꼭대기에서 행인을 마주친 적은 없었다. 새벽이 되면 이상하게도 청한동의 공기가 그리웠다. 검은 세단이 지나가거나 담 너머에서 개 짖는 소리가 들릴 때에야 비로소 이 동네에 사람이 산다는 걸 실감했다.

언덕 위에서는 이 도시 어디에서도 맡을 수 없는 청량한 공기가 코로 밀려들었다. 맞은편 산등성이를 따라 가로등이 켜진 스카이웨이가 보였다. 나는 턱 밑까지 점퍼

깃을 올렸다. 자갈이 뿜어내는 차가운 기운이 잘 벼린 칼날처럼 등을 찔렀다. 압도적인 높이의 담에 잡아먹히는 기분이 들 때는 두렵기보다 무기력해졌다. 내가 당장 여기에서 사라진다고 해도 과연 누가 알아챌 수 있을까.

작업실로 돌아오면 아침 일곱시였다. 청한동은 도시의 북쪽, 작업실은 서남쪽 구석이었다. 작업실은 청한동에서 차로 사십분 떨어진 동네의 낡은 상가 건물 이층에 있었다. 일층에는 영업한 지 이십년 된 통닭집이 자리했다. 가게는 보통 오후 네시에 문을 열었지만 새벽 공기에는 항상 기름 냄새가 짙게 배어 있었다.

도시의 지대는 북쪽에서 서남쪽을 향해 미세하게 내려앉은 모양새였다. 청한동은 북쪽에서도 가장 고도가 높은 지역이었다. 도시 어느 곳에서든 멀지만 또렷하게 보였다. 한마디로 청한동은 달과 같았다. 어디에서나 보이지만 결코 가까워질 수 없는 곳이었다.

비가 내릴 때는 고도의 차이가 엄청난 결과를 만들곤 했다. 청한동 언덕에서 낮은 지대로 빗물이 흘러내리면 통닭집에는 물이 무릎까지 차올랐다. 올여름에도 마찬가지였다. 사장과 나는 비를 맞으며 손으로 하수구를 팠다. 낙엽과 쓰레기가 끝도 없이 나왔다. 가게 안에 고인 물 위로 묵은 기름이 둥둥 떠다녔다. 고무대야로 물을 퍼내는 동안 온몸에 오한이 들었다. 몸이 사정없이 떨리는데 청한동에서 피우는 담배 한모금이 간절하게 생각났다.

작업실 구석에 놓인 일인용 간이침대에 누워 잠을 청했다. 스프링이 조악한 매트리스는 몸을 조금만 움직여도 요란스럽게 삐거덕거렸다. 침대 옆에는 그간 그린 크로키와 팔리지 않은 캔버스 패널이 먼지를 뒤집어쓴 채 쓰레기 더미처럼 쌓여갔다.

졸업 후 내가 판 그림은 딱 한점이었다. 그것은 당신을 그린 그림이었다. 그 작품은 최근 열린 미술협회 단체전 마지막날 팔렸다. 익명의 구매자. 나는 아직도 그 사람의 이름을 모른다. 큐레이터는 내 작품을 산 사람이 실소유자가 아닌 대리 구매자 같다고 했다. 대리 구매는 흔한 일이니 굳이 자세히 알 필요는 없다고 잘라 말했다.

야간 택시 운전은 나의 밥벌이였다. 누군가 직업을 물어보면 크로키 작가라고 답할 수 없었다. 그림을 판 돈으로 먹고산 적이 없기 때문이었다. 편의점 아르바이트나 심야 배달도 해봤지만 석달을 채우지 못하고 그만두었다. 편의점에서는 시간이 너무 느리게 흘렀고 위태롭게 걸터앉은 오토바이 위에서는 너무 빠르게 지나갔다. 택시 안에서는 느리지도 빠르지도 않게 흘렀다. 라디오를 듣거나 눈 붙일 겨를도 생겼다. 운이 좋을 땐 경치가 괜찮은 길을 달릴 수도 있었다. 사장이 비밀리에 요구한 사납금은 근교로 나가는 손님을 네명 정도 태우면 절반쯤 메울 수 있었다. 앱 연동 콜택시 시스템 덕분이었다. 앱을 요령껏 이용하면 빈 차로 돌아다니는 시간이 줄어들었고 장거리 손님을 태우기도 훨씬 수월했다.

나는 장애인고용공단에서 운수회사에 보급해준 택시를 몰았다. 내가 모는 택시는 왜소증이 있는 사람이 운전할 수 있도록 개조한 것이었다. 액셀러레이터와 브레이크에 다리가 닿지 않기 때문에 페달 대신 핸드 컨트롤러가 장착되었다. 나는 장애인등록증을 발급받지 않았지만 구인을 서두르던 사장이 눈감아줬다. 내게 배려란 주로 상대편 사정이 급할 때 베풀어지는 것이었다.

나는 주로 택시에 탄 승객을 그렸다. 신호에 걸린 틈을 타서 룸미러에 비친 승객의 얼굴을 관찰했다. 그렇게 훔쳐보다 승객과 눈이 마주치면 혹시 불편한 건 없느냐고 능청스럽게 물었다. 의미 없는 질문 하나만으로도 열에 아홉은 경계심을 늦추었다. 한명은 꼭 대꾸하지 않았다. 아무래도 상관없었다. 그 순간만큼은 내가 시선을 받는 사람이 아닌 주는 사람이 된다는 사실이 중요했다.

손님이 없는 한가한 시간에는 차를 세운 뒤 보조석 수납함에서 크로키북을 꺼냈다. 시간이 흐르면 기억은 휘발했다. 따라서 작업은 불완전한 기억에 의존했다. 그것도 나쁘지는 않았다. 기억의 왜곡 덕분에 예상치 못한 그림을 그릴 수 있었다.

룸미러를 통해 볼 수 있는 부분은 승객의 하관과 어깨선 정도였다. 얼굴 전체가 보이는 때도 있기는 했다. 만취해서 좌석에 몸을 푹 파묻은 사람을 태우면 그랬다. 술에 취한 사람은 얼굴에 드러나는 사연이 모호했다. 얼굴만 봐서는 마음을 읽을 수 없었다. 나는 술에 취하면 진심이 드러난다는 말을 믿지 않았다. 대개는 진심 속에 감춰져 있던 야만성이 드러나곤 했다.

룸미러로 볼 수 없는 부분은 상상으로 그려넣었는데 주로 강한 이미지를 지닌 동물을 동원했다. 이를테면 뱀의 혀, 말의 다리 같은 동물의 신체 일부를 차용했다. 다리에서 배와 등으로 이어지는 단단한 근육, 뻣뻣한 털, 사막처럼 퍼석하게 갈라진 피부, 동공이 큰 눈동자, 주름진 눈꺼풀을 최대한 세밀하게 그려넣었다. 정밀하게 표현된 동물의 신체는 그림에 힘을 불어넣었다. 나는 강한 힘과 약함

의 조합에서 나오는 뒤틀린 균형이 마음에 들었다. 결핍
은 강한 힘과 맞붙을 때 아름다움을 불러낸다고 믿었다.

역겹다, 그만해라. 전시회를 본 동기는 그런 문자를 보
내왔다. 또다른 동기는 변태라는 두 글자만 보냈다. 그나
마 지도교수는 정중한 편이었다. 조금 더 가려보세요, 김
군. 다 드러내는 건 결코 아름답지 않아.

동기들은 내 그림을 아무도 사지 않을 거라 했다. 전업
작가로 살겠다는 내 의지를 비웃었다. 그 비웃음에서 악
의를 압도하는 혐오감이 느껴졌다. 손님 없는 밤길을 달
리다보면 그들의 말이 환청처럼 들려왔다. 그럴 때는 헤
어날 수 없을 만큼 쓸쓸한 기분에 휩싸이곤 했다.

*

1월 말이었다. 누군가 작업실 철문을 정중하게 두드렸
다. 그 사람은 청한경찰서에서 나왔다고 자신을 소개했다.
너는 살면서 경찰과 판사만 만나지 않아도 인생 성공한
거다. 엄마는 술에 취하면 내 좁고 굽은 어깨를 양손으로
움켜쥐고 말했다. 엄마 말대로라면 이제 나는 성공한 삶에
필요한 최소한의 조건조차 만족하지 못하게 된 셈이었다.

작업실에 들어온 경찰은 뜸들이지 않고 장신영이라는 사람을 아느냐고 물었다. 나는 모른다고 답했다. 처음 듣는 이름이었다. 경찰은 휴대전화를 꺼내더니 갤러리에 저장된 증명사진 하나를 보여주었다. 사진 속 여자는 분명 당신이었다. 그제야 당신의 이름이 장신영이라는 사실을 알았다. 혼란스러웠다. 내가 아는 이름은 달랐다. 당신은 자신을 김승민이라고 소개했고 모든 SNS 플랫폼에서 김승민이라는 이름을 썼다.

경찰은 1월 22일에 그 사건이 일어났다고 했다. 들어서 아시지요? 그가 물었다. 청한동에서 그 정도의 사건이 일어났는데 모를 리가 없지 않으냐는 투였다. 당연히 알았다. 청한동 염산 테러사건.

이 도시에서는 하루에도 대여섯건씩 사건 사고가 일어났다. 라디오 정시 뉴스만 들어도 소식을 알 수 있었다. 오늘은 아버지를 때린 이십대 아들과 상습적으로 이웃집 문앞을 서성이던 여자가 구류되었다. 내일 더 심각한 뉴스가 들려온대도 놀랍지 않을 것 같았다. 이 도시에서는 오늘의 사건이 어제의 사건을 덮었다. 사람들은 무슨 일이든 빠르게 잊었다.

그러나 염산 테러사건은 조금 달랐다. 청한동의 물리적

위치와 인식 때문이었다. 청한동은 도시에서 완전히 분리된 동네였다. 사람들은 청한동 언덕에 사는 사람들의 안위에 별 관심이 없었다. 그들은 어떤 경우에도 안전한 삶을 누릴 거라 여겼다.

"생각보다 보안이 허술한 곳이죠."

경찰이 말했다. 담벼락 모서리나 뒷문에 CCTV 사각지대가 많을뿐더러 아예 방범 시스템이 작동하지 않는 집도 있다고 했다. 마크만 붙여놓고 요금을 내지 않아서 서비스가 종료된 경우였다.

경찰은 사건 발생 전 당신을 마지막으로 만난 사람이 나라고 했다. 당신은 그날 밤 청한동 꼭대기에서 괴한이 뿌린 염산을 뒤집어쓰고 병원으로 실려 갔다. 농도 35퍼센트, 2리터가량의 염산이었다. 잠자던 개들이 당신의 비명 소리에 깨어나서 동시에 짖었다. 개 짖는 소리와 당신의 날카로운 비명 소리가 계속 이어지자 동네 주민 한 사람이 경찰에 신고했다. 목격자는 없다고 했다. 당신이 얼굴을 부여잡고 아스팔트를 뒹구는 동안 아무도 주위를 지나가지 않았다는 말이었다.

당신은 얼굴, 팔, 어깨에 3도 화상을 입었다. 각막에 염산이 흘러들어가서 시력을 잃을 가능성이 높다고 했다.

의식이 돌아온 지 나흘째지만 여전히 말을 하지 못했다. 입술과 턱 부근의 피부가 녹아서 앞으로 말을 할 수 있을지 장담할 수 없었다. 수시로 업데이트되던 당신의 SNS가 일주일간 잠잠했던 이유였다.

경찰이 확보한 사고 당일 CCTV 영상은 택시가 주차된 곳에서 찍혔다. 영상에는 택시에서 내린 나와 당신이 언덕 방향으로 사라지는 모습이 담겨 있었다.

"키가 작으시군요. CCTV 화면에는 그렇게 안 보이던데."

"그냥 언덕 입구까지만 데려다줬어요. 보시다시피 전 오래 못 걷거든요. 그날 눈이 많이 온 건 아시죠? 그런 날 언덕 꼭대기까지 차 없이 걸어 올라가는 건 불가능하다고요. 저 같은 사람들은 모두 그렇죠."

"장애인 등록이 되어 있지 않으시네요?"

"키가 작은 것도 장애가 됩니까?"

그가 미심쩍다는 시선으로 내 몸을 위에서 아래로 훑었다. 나는 키가 140센티미터지만 신체 기능에는 별다른 문제가 없었다. 잔병치레는 손꼽았고 호르몬 수치도 정상이었다. 독감 정도는 약 없이도 이틀이면 거뜬히 이겨냈다. 동기들처럼 수능과 실기시험을 치르고 미대에 입학했다. 특수 개조한 차량이지만 운전도 하지 않는가. 병원에서는 내가 왜소증으로 분류되어도 신체 기능과 수명은 비장애인과 다를 바 없다고 했다. 그래서 장애인 등록을 하지 않은 것이었다. 장애인 등록을 하고 나면 나는 정말 장애인이 되니까.

물론 내 외모가 눈에 띄는 건 부인할 수 없었다. 두꺼운 상체와 짧은 팔다리, 세개처럼 보이는 굵은 손가락. 그런 신체적 특징은 시선을 빼앗기에 충분했다. 그 시선이 아무렇지도 않다면 거짓말이었다. 그저 익숙해졌다고 믿었다. 그러나 그건 착각이었다. 당신이 내 몸을 처음 본 순간 잊었다고 믿었던 수치심이 순식간에 되살아났던 것이다.

어쩌면 자격지심이 과한 탓인지도 모르겠다. 정작 당신은 나를 보고 놀라거나 겁먹지 않았으니까. 눈 덮인 언덕을 물끄러미 바라보는 당신의 시선은 공허해 보일 정도로 차분했다.

"몇시간 동안 의자에 가만히 앉아 있으면요. 몸과 정신이 완전히 분리되는 기분이에요. 그러니까 타인처럼 내 몸을 볼 수 있죠. 그 기분이 반복되면 다른 사람을 볼 때도 몸이 아닌 영혼이 보여요."

"나는 어떤가요?"

"당신은……"

당신은 한참 뜸을 들이다가 답했다.

"기괴해요."

나는 일부러 소리 내어 웃었다. 당신은 웃는 나를 말없이 지켜보았다. 상처받았다는 걸 들키고 싶지 않았지만 이미 그 마음조차 들킨 것 같았다.

경찰에게 걸어서 언덕을 오를 수 없다고 한 말은 거짓이었다. 1월 22일. 나는 당신과 함께 그 언덕을 올라갔다. 그날 이후, 당신을 다시 보지 못했다.

*

당신을 처음 택시에 태운 날에는 때 이른 첫눈이 내렸다. 11월 중순이었다. 나는 구도심 번화가 노변에 차를 세운 채 예약 표시등을 켜놓고 장거리 콜이 뜰 때까지 기다렸다. 라디오에서는 막 아홉시 뉴스가 시작되었다. 뉴스는 도시 서남쪽 지역 일대의 정전 소식으로 시작해 오늘 자정 3센티미터의 적설량을 기록할 거라는 기상예보로 끝맺었다.

뉴스가 끝날 무렵, 당신이 택시에 올라탔다. 예약 표시등이 켜져 있는데도 망설이는 기색이 없었다. 택시 잡기 힘드네. 당신은 그렇게 중얼거리며 옷에 묻은 싸라기눈을 손으로 털었다. 시트와 유리창에 튄 눈은 금세 녹아 물이 되었다.

"청한동이요."

당신은 무심한 표정으로 시트에 몸을 파묻고 눈을 감았다. 택시가 출발하지 않아도 상관없는 것처럼 보였다. 예약 표시등을 못 볼 정도로 바쁜 사람치고는 기사를 재촉하지도 초조하게 몸을 뒤척이지도 않았다. 나는 당신이 남들보다 무심한 사람일 거라고 짐작할 뿐이었다.

터널 안은 조용했다. 드물게 맞은편에서 차가 나타나 윙, 바람 소리만 내고 환영처럼 지나갔다. 당신은 눈을 감은 채 창 쪽으로 고개를 돌렸다. 터널을 완전히 빠져나왔을 때도 눈을 뜨지 않았다. 뒷좌석에서 길고 불규칙한 숨소리가 들려왔다. 당신은 분명 잠들지 않았다. 나는 잠든 사람과 자는 척하는 사람을 누구보다 잘 구분했다.

깨어 있는 거지? 나는 자주 엄마에게 물었다. 엄마는 거실 소파에 기대 눈을 감곤 했다. 자느냐고 물어보면 언제나 힘없이 응, 하고 대답했다. 후쿠오카에서 살던 시절, 엄마와 나는 번화가 한복판에 자리한 상가 이층에서 여러명의 이모와 함께 지냈다. 입학하기 전이었으니 아마도 예닐곱살쯤이었던 것 같다. 엄마는 이모들을 직장 동료라고 칭했다. 이모들은 한국어와 일본어, 혹은 전혀 들어본 적 없는 언어를 섞어 썼다. 정확히 기억나지 않지만 엄마는 후쿠오카 번화가에서 밤마다 어떤 일을 했다. 당시 나는 그 일이 무엇인지 잘 몰랐다. 그러나 엄마가 이모들을 거느리고 찍은 사진이 '라라클럽'이라는 자막과 함께 번화가 전광판에 번쩍이던 기억만큼은 또렷했다.

엄마가 일하지 않는 날에는 영문도 모른 채 엄마와 이모들 손에 끌려 나카스 유흥가로 나섰다. 그때 나는 중단발 길이로 머리가 길었는데 이모들이 손으로 머리카락을 헝클어뜨려서 꼭 자다 일어난 사람처럼 보이게 했다. 엄마는 내게 흰 버선과 높은 게다를 신기고 여성용 기모노를 입혔다. 거리에는 흰색 와이셔츠와 검은 정장바지 차림으로 서류 가방을 든 남자들이 무리 지어 오갔다. 주로 인근에서 일하는 회사원이었다. 엄마는 인도 한복판에 나를 세웠다. 나는 한 손에 빨간색 대나무 우산을 들고 엄마를 올려다봤다. 엄마는 내 기모노의 한쪽 어깨를 확 끌어내렸다. 순식간에 가슴팍이 드러났다.

누군가 통이 긴 렌즈가 부착된 카메라를 들고 사진을 찍기 시작했다. 네온사인 때문에 플래시 불빛을 구분할 수 없었다. 나는 어디에 시선을 두어야 할지 몰라서 주위를 두리번거렸다. 짧은 간격으로 반복되는 셔터 소리는 상점에서 흘러나오는 시끄러운 음악에 묻혔다. 엄마는 카메라 뒤에서 내 이름을 부르며 요란스레 손뼉을 쳤다. 이모들과 사진 기사가 나를 향해 엄지손가락을 치켜세웠다. 예쁘다는 말을 들은 건 그때가 마지막이었다. 그 순간을 떠올릴 때면 수치심을 참을 수 없었다.

그 사진은 모두 어디로 갔을까. 나는 엄마가 그 사진을 내다 팔았을 거라 짐작했다. 나카스 유흥가를 오가던 회사원 중 몇몇은 내 사진을 사서 자신이 아는 가장 비밀스러운 곳에 숨겨두었을지 몰랐다. 상상만으로도 역겨웠다. 그러나 나는 사진 찍히는 일이 싫다고 말하지 않았다. 엄마를 돕고 싶었다. 어린 내 눈에도 엄마는 경제적으로 궁지에 몰린 것처럼 보였다. 일을 나가는 날보다 소파에 기대어 조는 날이 훨씬 많았다. 엄마는 한국으로 돌아갈 계획을 세웠다. 이제 여기서 볼일은 다 봤어. 엄마는 목단 무늬 담요를 덮은 채 눈을 감고 중얼거렸다.

이 도시에 정착한 뒤부터 키가 자라지 않았다. 그 사실 자체는 견딜 만했다. 문제는 시선이었다. 노골적인 익명의 시선. 정수리에서 발아래로 움직이는 눈동자. 도무지 적응되지 않는 은밀한 혐오. 지난 십여년 동안 나는 견뎠다. 나카스 거리에 서 있던 순간을 떠올리면 못 견딜 일도 아니었다. 그러나 견디는 건 옳은가. 익숙해지는 건 필연인가. 나는 아직 답을 몰랐다.

"창문 조금만 열어도 될까요?"

당신은 내 대답을 기다리지 않고 창문을 손바닥 너비만큼 열었다. 문틈으로 들이친 눈송이가 오른쪽 뺨과 뒷덜미에 들러붙었다. 타이어가 젖은 도로를 달리는 소리가 요란했다.

"눈이 계속 올까요?"

당신이 물었다. 내가 대답 대신 고개를 끄덕이려는데 이번에도 당신은 기다리지 않고 다음 말을 이어갔다. 당신의 질문은 혼잣말이어서 굳이 대답을 필요로 하지 않았다.

"청한동은요. 눈이 쌓이면 차가 꼼짝할 수 없어요. 운전기사를 둔 사람들도 죄다 걸어야 하죠. 누가 그랬어요. 눈은 비랑 다르다고. 모두에게 공평하다고요."

그 말을 듣는 순간, 당신이 청한동에 살지 않을지도 모른다는 생각이 들었다. 그렇다면 이 시간에 대체 당신은 청한동에 무얼 하러 가는 걸까. 나는 몹시 궁금해졌다. 눈이 와도 청한동 언덕을 올라가야 하는 당신, 계절에 맞지 않는 시스루 블라우스를 입은 당신, 지친 눈으로 창밖을 응시하는 당신, 그러나 청한동 언덕에 살지 않는 당신.

나는 처음부터 당신이 좋았다. 당신은 분명 미인에 속했다. 그러나 모든 미인이 괜찮은 그림의 모델이 되는 건 아니었다. 모델에게는 결핍이 필요했다. 그것이 그림에 자연스러움을 더했다. 당신은 목이 굽고 양쪽 어깨의 비대칭이 심했다. 지치고 피곤한 상태임이 자세에서 그대로 드러났다. 물론 그런 모습 때문에 당신에게 매력을 느낀 건 아니었다. 내가 주목한 건 당신의 눈, 피곤을 견디려고 부릅뜬 두 눈이었다. 당신의 동공은 부엉이와 닮았다. 색이 짙고 투명했다. 크로키를 하는 동안 나는 당신의 두 눈에 야만성을 담으려고 최선을 다했다. 그리고 언젠가는 당신이 배반하길 바랐다. 자신을 지치게 하는 일과 그 일에 품은 열망을.

*

내가 당신을 마지막으로 본 건 1월 22일, 27년 만에 도시의 최고 강설량이 경신된 날 밤이었다. 지금이 12월이니 벌써 열달 전이었다. 당신은 그날 앱으로 콜택시를 불렀다. 근처를 서성이던 내가 당신의 콜에 응했다. 당신은 내 택시를 몇번이나 거절했다. 그때마다 당신에게 오백원씩 취소 수수료가 부과되었다.

나는 당신의 SNS를 지켜보면서 근처를 맴돌았다. 당신이 SNS 게시물을 올릴 때 현재 위치를 태그하는 습관은 내게 큰 도움이 되었다. 그 덕분에 당신이 있는 장소와 택시 부를 타이밍을 파악하기 쉬웠다. 처음 당신을 청한동에 데려다준 날, SNS에서 당신을 검색했다. 통화를 엿듣다가 알게 된 당신의 이름을 어렴풋이 기억했다. 검색창에 김승민을 입력하면 끝도 없는 리스트가 이어졌다. 그중 온통 청한동 사진뿐인 계정. 서른일곱번째 계정이 당신의 것이었다.

내 작전을 당신이 몰랐을 거라고 생각하지 않았다. 하지만 어쩌겠는가. 당신에겐 선택권이 없었다. 그 시각, 눈 쌓인 청한동 언덕 꼭대기로 승객을 태우고 갈 기사는 없었다. 내키지 않는 건 나도 마찬가지였다. 물론 손님이 당신이라면 다른 이야기였지만.

택시가 청한동 터널을 지났을 때는 눈이 너무 많이 쌓인 상태였다. 바퀴에 체인을 감아도 언덕을 오를 수 없을 지경이었다. 나는 언덕 입구에 택시를 세웠다.

"도저히 못 올라가겠습니다."

내 말에 당신은 한숨을 크게 내쉰 뒤 말없이 차에서 내렸다. 그러고는 운전석 쪽으로 와서 창문을 똑똑 두드렸다. 창을 내리자 당신이 내 귀에 얼굴을 바싹 붙이고 말했다.

"혹시 언덕 중턱까지만 같이 걸어가주실래요?"

당신은 내 몸을 본 적이 없었다. 작은 키를 들키기 싫었지만 당신의 부탁을 거절하고 싶지 않았다. 당신과 가까워질 기회였다. 나는 차에서 점프하듯 내려 땅에 다리를 내디뎠다. 발이 미끄러지면서 하마터면 눈 위에 나뒹굴 뻔했지만 태연하게 차 문을 붙잡고 균형을 잡았다. 당신은 코트 주머니에 손을 찌른 채 언덕 위를 올려다보는 중이었다.

"언덕길에 가로등이 별로 없거든요. 혼자 올라가기 무섭네요."

무시당하는 기분이었다. 자존심이 상했다. 당신에게 묻고 싶어졌다. 나는 무섭지 않나요? 사람을 해칠 만큼 힘이 세 보이지 않아요? 왜소한 몸과 짧은 팔다리로는 어떤 위협도 가할 수 없다고 생각하나요? 왜죠?

그러나 나는 아무것도 묻지 못했다. 그저 요청대로 말

없이 언덕을 오를 뿐이었다. 발이 미끄러지지 않도록 허벅지에 힘을 꽉 주고 평소보다 몇배 빠른 속도로 걸음을 옮겼다. 종아리와 발바닥이 금세 부어올랐다. 당신은 나보다 열걸음 정도 앞서 걸었다. 롱부츠를 신은 당신도 발이 미끄러지는 건 마찬가지였다.

언덕은 무서우리만큼 조용했다. 언덕 밑에서 들리던 자동차 배기음이 멀어지면서, 오로지 발아래에서 눈 으스러지는 소리만 들렸다. 저택 문을 지나갈 때마다 담벼락 안쪽에서 개가 낮고 사납게 짖었다. 이곳에서는 개 짖는 소리마저 크고 길게 울려퍼졌다. 장딴지에 터질 듯 열이 올랐다. 땀이 흐른 얼굴에 차가운 공기가 닿으면서 어지럼증이 몰려왔다. 당신이 걸음을 멈추고 뒤돌아섰다. 당신의 입에서 거칠게 흰 김이 뿜어져나왔다.

"조금만 더 가면 마을버스 정류장이 나와요. 거기서 잠깐 쉬었다 갈까요? 바빠요?"

나는 대답 대신 고개를 저었다. 숨이 차올라서 목소리가 입 밖으로 나오지 않았다. 감각이 거의 마비된 다리를 끌고 십분 정도 더 걸었을 때 갈림길 한가운데 위치한 마을버스 정류장이 눈에 들어왔다. 지붕이 없는 좁은 벤치에는 한뼘 높이만큼 눈이 쌓여 있었다. 벤치 옆에 놓인 녹슨 커피 자판기 한대가 눈에 들어왔다. 먼저 도착한 당신이 가방에서 동전을 꺼내 자판기에 넣었다. 놀랍게도 버튼에 불빛이 들어왔다. 나는 다리에 힘이 풀려 벤치에 털썩 주저앉았다. 밀려난 눈뭉치가 벤치에서 발아래로 후드득 떨어졌다. 당신은 김이 올라오는 종이컵을 내게 건넸다.

"미안해요. 몰랐어요."

나는 계속해서 허벅지를 세게 주물렀다. 뭉친 근육이 자극되면서 신음이 새어나왔다. 당신은 그동안 내 허벅지를 물끄러미 쳐다보았다. 이렇게 힘들어할 줄 알았더라면 부탁하지 않았을 거라 했다.

"청한동 사람들은 모두 차를 가지고 다니던데요."

"다 그런 건 아니에요. 저는 여기 안 살아요. 이 시간에는 마을버스가 안 다니는데 그렇다고 차를 몰 형편도 아니고요."

청한동 언덕을 오르는 마을버스는 아침 아홉시부터 오후 여섯시까지 한시간에 한번 운행되었다. 주민들을 위한 노선이 아니었다. 가사도우미나 과외 선생들이 주로 이용했다. 해가 진 뒤에야 청한동에 도착하는 당신은 마을버스를 이용할 수 없었다. 택시마저 잡히지 않을 땐 택시비를 두배, 세배 더 지불해야 한다고 했다.

"콜 받아줘서 고마워요."

"고맙다는 말은 좀 이상한데요? 당신은 오늘 내 콜 승낙을 여러번 거절했잖아요."

"이 택시에만 연결되는 게 좀 이상해서요."

"부근에 장거리 손님이 많거든요. 대기하다가 그쪽한 테 콜이 들어온 거예요. 그게 다예요."

나는 다른 꿍꿍이가 없다는 듯 무심한 표정으로 어깨를 으쓱했다.

"운전을 어떻게 하는지 궁금해요."

당신이 조심스러운 말투로 물었다. 벤치에 앉을 때부터 내 다리에서 시선을 떼지 못한다는 걸 알았다. 각오했다고 괜찮은 건 아니었다. 나는 커피를 한모금 들이켰다. 뜨거운 커피가 목을 지나 배 속으로 흘러들었다. 굳은 몸이 조금 이완되었다.

"사실 나는 크로키 화가예요."

택시 운전은 생계유지 수단일 뿐이라고 말했을 때 당신은 웃지 않았다. 오히려 누구나 두세개쯤 다른 일을 하며 살지 않느냐고 되물었다. 이 언덕에 사는 사람들은 일하지 않아도 잘살아요. 신기하죠? 그렇게 말하며 당신은 쓸쓸한 미소를 지었다.

나는 휴대전화에 저장해놓은 그림을 당신에게 보여주었다. 당신은 그림을 한장씩 유심히 보았다. 사람의 사타구니에 말의 다리를 붙인 그림을 보면서 얼굴을 찡그렸다. 그러나 싫다는 말은 하지 않고 끝까지 참을성 있게 사진을 넘겼다.

"이 그림들에는 문제가 있어요."

당신이 휴대전화를 내게 돌려주며 말했다.

"동물과 사람을 붙였잖아요. 근데 너무 매끈해요. 처음부터 하나였던 것처럼."

"그래서요?"

"어딘가 좀…… 아녜요. 신경 쓰지 말아요."

나는 실망한 기색을 감추고 휴대전화를 주머니에 찔러넣었다. 당신이 내 그림에서 특별한 점을 발견해주길 바랐지만 헛된 희망이었다. 남은 커피를 입에 털어 넣었다. 커피는 어느새 식어서 쓰고 텁텁했다.

"그 집에도 그림이 엄청 많아요. 그림이나 조각품 모으는 게 이 동네 사람들 취미라고 하더라고요."

익명의 구매자 대부분이 청한동에 산다는 이야기를 들은 적이 있었다. 그들의 손에서 작가의 가치와 미래가 결정되곤 한다는 사실도. 그러나 당신은 그런 이야기에 별 관심이 없었다. 미술 사조, 작가의 생애나 창작 배경 같은 건 알고 싶어하지 않았다. 당신은 청한동의 분위기, 상상 못할 만큼 부유한 삶, 필요한 건 무엇이든 가질 수 있는 능력에 감탄할 뿐이었다.

"그 집에서 뭘 해요?"

내 물음에 당신이 종이컵을 두 손으로 쥐고 나를 향해 몸을 돌려 앉았다. 허리를 쫙 펴고 다리를 가지런히 모은 뒤 내 눈을 똑바로 바라보았다.

"이렇게, 앉아 있어요, 거실 소파에."

"뭐라고요?"

"그냥 앉아 있다고요. 그 사람들이 원하는 거거든요."

나이 든 부부라고 했다. 남편은 혼자서 거동도 못해 휠체어를 타고 아내는 성인용 보행기에 의지해 겨우 집 안을 돌아다니는 부부. 가사도우미가 퇴근하고 나면 둘은 차려진 밥을 먹고 하염없이 당신이 오기를 기다린다고 했다.

"이상한 요구는 안 해요. 몸을 만지지도 않고요. 나는 그런 일 하는 사람이 아니거든요."

"그러면요?"

"거실 소파에 앉아 있는다니까요. 말할 필요도 없어요. 같이 밥 먹을 의무도 없고요. 내가 하고 싶은 거 하면 돼요. 책 읽고, 영화 보고."

그렇게만 하면 돈을 준다고 했다. 처음에는 의심스럽고 눈치도 보였지만 이제는 편하게 쉬다 오는 기분이 든다고도 했다. 돈은 월급처럼 받는다고 했다. 매달 말일이 되면 당신은 오만원권 일흔장이 담긴 흰색 봉투를 받았다. 노부인은 그 돈을 작품 대여비라고 불렀다.

나는 불쾌한 기분 탓에 얼굴이 굳었다. 그 일이 편하다는 말을 믿을 수 없었다. 무방비 상태로 타인의 시선을 받는 일이 얼마나 고통스러운지 나만큼 잘 아는 사람이 있을까.

"그렇게 쳐다보지 마요. 그쪽이 무슨 생각 하는지 알아요."

당신이 아랫입술을 살며시 깨물었다. 잠시 망설이더니 작정했다는 듯 코트 주머니에서 플라스틱 병 하나를 꺼냈다. 주먹보다 작은 크기의 약병이었다.

"비밀이 하나 있어요. 그쪽한테만 알려주는 거예요."

당신은 뚜껑을 열어 손바닥에 내용물을 쏟아냈다. 흰색 알약들이었다. 당신이 검지로 알약 더미를 흐트러뜨렸다. 서른개는 족히 넘어 보였다.

"훔친 거예요. 노부인은 몰라요."

다량으로는 구할 수 없는 수면제였다. 처방전이 없으면 마약 취급을 받는 약이었다. 노부인은 거실 콘솔 서랍에 약병을 모아둔다고 했다. 당신은 노부인이 자리에 없을 때 서랍을 열었다. 어떤 날은 한알, 또다른 날은 두알, 새 약병이 눈에 띄는 날은 서너알씩 꺼내서 주머니에 넣었다.

"그리고 이 향기."

당신이 코트 깃을 내리고 고개를 한쪽으로 치켜든 뒤목을 내 코 가까이 가져다 댔다. 아무 향도 나지 않는다고 했더니 더 깊게 숨을 들이마시라고 재촉했다.

"노부인의 집에 다닌 뒤로 내 몸에서 그 집 향이 나요. 난 이 냄새가 너무 좋아요."

당신은 상상만으로도 전율이 인다는 듯 몸을 떨었다.

"세상엔 돈으로도 구할 수 없는 게 참 많아요."

당신 말이 맞았다. 나는 그제야 당신이 언덕을 오르는 이유를 알 것 같았다. 이 도시 어디에도 없는, 그러나 청한동 언덕에는 존재하는 것들을 당신은 열망했다. 어쩌면 그 열망이 당신을 지치게 하는지도 몰랐다. 나는 상기된 당신의 얼굴을 외면했다. 종이컵을 손으로 꽉 쥐었더니 남은 커피가 손목을 타고 흘러내렸다. 당신은 결코 제 발로 노부인의 집을 빠져나오지 못할 것이었다.

눈발이 굵어지기 시작했다. 나는 무릎에 쌓인 눈을 털고 벤치에서 일어났다. 구겨진 종이컵을 버리려고 주위를 두리번거리다가 자판기에 가린 쓰레기통을 발견했다. 눈이 쌓인 쓰레기통 안은 가득 차 있었다. 대체 얼마나 많은 사람이 언덕을 오르는 걸까. 나는 쓰레기통을 한참 바라보다가 들고 있던 종이컵을 던져 넣었다.

*

당신이 마지막으로 택시에 탄 그날 이후로도 나는 청한동 언덕으로 올라가는 손님을 여럿 태웠다. 승차 위치는 죄다 언덕 초입이었다. 기본요금밖에 나오지 않는 거리이기 때문에 마을버스를 놓친 사람들은 거부당할 각오와 함께 혹시나 하는 심정으로 콜을 불렀다. 그들은 고맙다는 말을 연발하다가 운전석에 복잡하게 설치된 운전 보조 장치를 발견하고는 입을 꾹 다물었다. 그러나 누구도 차를 세워달라고 말하지 않았다. 모두가 두려움을 견디면서도 기어이 언덕을 올랐다.

당신이 드나들던 집 앞에 차를 세운 사람도 있었다. 예순살 정도 되어 보이는 남자로 낡은 체크무늬 모직코트를 입고 있었다. 유행은 지났지만 고급스러운 태가 나는 옷이었다. 그가 차에 타자마자 나프탈렌 냄새가 택시 안에 진동했다.

남자에게 목적지가 언덕 꼭대기 집이냐고 묻자 그렇다고 답했다. 중후한 목소리에 피곤함과 짜증이 옅게 묻어났다. 조금 더 가까이 가주면 좋고. 남자가 반말을 툭 던졌다. 남자의 무릎 위에 올려진 플라스틱 연장통에서 연신 달그락거리는 소리가 났다.

나는 룸미러로 남자를 힐끗 쳐다보았다. 남자는 감기는 눈꺼풀을 억지로 치켜떴다. 언덕에 진입하자마자 남자는 한 손으로 연장통을 감싸안고 다른 손으로 휴대전화를 들었다. 전화기 너머로 신호음이 들려왔다. 남자는 제 시각에 도착할 수 있을 거라고 말했다. 업무 지시를 받는 데 익숙한 듯했다.

짧은 통화만 엿듣고도 남자가 반드시 그 집에 가야 한다는 걸 눈치챌 수 있었다. 꽤 절박한 일 같았다. 절박한 일은 대체로 위험과 두려움을 동반하는 법이었다. 전화를 끊은 남자는 연장통을 더 세게 끌어안았다. 경사가 가팔라질수록 통 속에서 연장이 덜거덕거리는 소리가 격렬해졌다.

그를 내려준 뒤 나는 평소처럼 담배를 피울 요량으로 담벼락 끝에 차를 세웠다. 내가 내리자 남자가 뒤돌아보았다. 남자가 악, 하고 짧고 굵은 괴성을 질렀다.

나는 주머니에서 담배를 꺼내서 손에 쥐고 남자가 볼 수 있도록 흔들었다. 그러나 남자는 다시 악, 하고 소리를 지르면서 연장통을 바닥에 떨어뜨렸다. 입을 벌린 연장통에서 작은 병과 알코올 솜, 비닐에 싸인 주삿바늘이 쏟아졌다. 남자가 쭈그려 앉아서 주름진 손으로 쏟아진 물건들을 주섬주섬 챙겼다. 코트 끝자락이 아스팔트에 이리저리 쓸렸다. 그사이 작은 병 서너개가 순식간에 내 발밑까지 굴러왔다. 남자는 허겁지겁 주운 물건을 두 손 가득 거머쥐었다. 나는 남자가 겁을 먹을까봐 병을 바닥에 그대로 둔 채 뒷걸음질 쳤다.

마침내 남자가 내 앞에 굴러온 병을 손에 넣었다. 나는 그가 오해하지 않도록 담벼락에 등을 붙이고 서서 꼼짝하지 않았다. 몸을 일으킨 남자가 내게 다가와 낮은 목소리로 말했다.

"말하면 안 됩니다."

"네?"

내가 되묻자 남자가 병을 든 손을 앞으로 뻗었다.

"이거요. 말하면 안 된다고요. 큰일 납니다."

"누가요? 제가요?"

"아니, 저 말입니다. 제가 큰일 난다고요."

나는 그 큰일이 무엇인지 묻지 않았다. 다만 연장통에서 쏟아진 의료용품이 적법한 물건이 아니라는 것쯤은 눈치챘다. 내가 고개를 천천히 끄덕이자 남자는 안심했다는 듯 연장통을 들고 저택을 향해 발길을 돌렸다. 초인종을 누른 뒤에도 내가 서 있는 쪽을 자꾸만 힐끗거렸다. 그는 낡은 모직코트 깃을 세워서 얼굴을 가렸다. 잠시 후 대문이 육중한 소리를 내며 열렸다. 남자는 재빨리 문안으로 사라졌다.

반쯤 태운 담배꽁초를 담벼락에 문질렀다. 매끈하게 다듬어진 자갈 표면 위에서 담뱃불이 사그라졌다. 그사이 맞은편 스카이웨이 너머로 해가 밝아왔다. 언덕을 비추던 가로등 조명이 일제히 꺼진 순간, 다시 대문 열리는 소리가 들렸다.

노부인이 보행기에 몸을 지탱한 채 저택 문을 빠져나왔다. 나는 손에 들고 있던 꽁초를 황급히 바닥에 버리고 발로 비볐다. 노부인은 알 수 없는 미소를 띠고 내 눈을 뚫어져라 바라봤다. 굽은 등 때문에 나와 눈높이가 비슷했다. 그러나 노부인이 멈춰 서서 꼿꼿이 등을 세우자 형언할 수 없는 위압감이 느껴졌다.

"누굴, 기다립니까?"

노부인은 턱을 덜덜 떨면서도 단어를 하나씩 꼭꼭 씹어 발음했다. 알아듣지 못할 말은 하나도 없었다.

"김승민 씨는 집에 갔습니까?"

"누구요?"

"김승민이요."

내가 김승민이라는 이름을 한 글자씩 또박또박 발음하자 노인이 피식 웃었다. 주름진 얼굴이 더욱 심하게 일그러졌다. 웃는 건지 찡그리는 건지 파악할 수 없었다. 표정을 읽을 수 없다는 사실 때문에 나는 깊은 공포감에 휩싸였다.

"비슷한 사람이 워낙 많아서……"

"이 집에 드나들었던 걸로 아는데요."

"이 나이엔 뭐든 기억이 잘 안 나. 내일이 되기 전에 당신을 만난 것도 잊을 거요."

노부인은 점점 더 심하게 턱을 떨었다. 그녀가 내게 다가왔다. 담배꽁초가 보행기 바퀴에 재차 짓이겨져 납작하게 바스러졌다.

"방금 우리 집에 들어온 사람이 택시비를 안 췄다기에."

노부인은 어깨에 걸친 카디건 주머니에서 십만원권 수표 한장을 꺼냈다. 분명 요금을 받은 것 같은데 받지 않은 기분이 들었다.

"이거면 충분하지요?"

나는 손사래를 치며 돈을 받지 않겠다는 의사를 표시했다.

"기본요금 거린데요."

"우리 집에 오는 사람은 다들 조금씩 더 챙겨 가지. 약이든 돈이든 장물이든. 그게 내 계산법이야."

노부인이 눈을 슬쩍 치켜뜨면서 두 손으로 수표를 내밀었다. 돈을 받을 때까지 손을 거둘 생각이 없어 보였다. 나는 쭈뼛거리며 돈을 받아들었다. 그제야 노부인의 표정이 밝아졌다.

노부인은 왔던 방향으로 천천히 보행기 머리를 돌렸다. 내일부터는 자갈에 담배꽁초를 비비지 말라는 말을 남기고 대문 쪽으로 향했다. '내일부터'라는 말이 귀에 꽂혔다. 그건 일종의 협박이었다. 내 습관을 알고 있으며 앞으로도 지켜보겠다는 뜻이었다.

노부인은 한 손을 보행기에 지탱하고 다른 한 손을 최대한 뻗어 초인종을 눌렀다. 저택 문이 열리자 노부인은 곧바로 자취를 감추었다. 나는 그녀가 집 안으로 들어간 후에도 한동안 문에서 눈을 떼지 못했다.

*

　　경찰은 당신이 청한동 꼭대기 집에서 매주 노부부에게 요가를 가르쳤다고 말했다. 그 집에 드나드는 사람들 모두 그렇게 증언했다. 노부인은 여든아홉살이었다. 그 몸으로 요가를 배운다는 말을 경찰은 정말 믿는 것일까. 노부부가 뭔가를 감추고 있는 게 틀림없었다. 어쩌면 범죄행위를.

　　"거짓말이에요."

　　"그 사람들이 뭐하러 거짓말을 합니까?"

　　나는 경찰에게 김승민, 그러니까 장신영의 SNS를 보여주었다. 경찰은 피드를 하나씩 살펴보다가 미간을 찌푸렸다.

　　"이게 장신영 씨 SNS라는 보장이 있습니까?"

　　"네?"

"얼굴도 안 보이고 글 한줄 없고, 풍경사진만 있는데? 청한동 스카이웨이에서 사진 찍는 사람이 얼마나 많은 줄 아십니까? 이걸로 뭘 확신할 수 있겠습니까."

경찰의 말이 맞았다. SNS를 다시 확인해보니 거기에는 당신이 김승민, 아니 장신영이라고 확신할 만한 정보가 없었다. 저택이 보이는 사진을 찍어 올렸다고 해서 이 계정의 주인이 당신이라는 보장은 없다는 사실을 나는 미처 염두에 두지 않았다.

그렇다면 내가 매일 밤 지켜본 SNS는 누구의 계정인가. 내 택시를 탔던 사람은 누구인가. 언덕에서 자판기 커피를 함께 마신 사람은? 김승민, 장신영, 아니면 또다른 사람인가. 그들이 모두 동일인이기는 한 걸까.

다행히 경찰은 나를 용의선상에서 제외한 상태였다. 사고가 일어난 시각, 청한동 언덕 밑에서 도심으로 향하는 손님을 태운 사실이 콜택시 앱 기록으로 확인되었다. 경찰이 나를 찾아온 건 당신이 내게 단서가 될 만한 정보를 흘렸나 알고 싶었기 때문이었다.

"그 여자는 그냥 앉아 있는다고 했어요. 내가 아는 것도 그게 전부입니다."

가끔 노부인이 당신에게 무엇을 원한 건지 궁금했다.

건강하고 젊은 사람 특유의 생기와 아름다움 같은 것이었을까. 그런 건 당신이 아니라 다른 사람도 제공할 수 있지 않나. 나는 노부인이 당신의 이름을 기억할 거라고 생각지 않았다. 그녀는 수많은 김승민을 알았을 테니까. 아무 일도 하지 않고 소파에 앉아 있는 여자, 여자들, 혹은 사람들.

나는 노부인이 당신에게 염산을 부었다는 가정을 접었다. 경찰의 말처럼 거동이 불편할뿐더러 당신을 해칠 만한 동기가 없었다. 무엇보다 그들이 귀찮고 수고로운 일을 벌일 리 없었다.

그러나 한편으로는 노부인이야말로 무엇이든 할 수 있는 사람이라고 짐작했다. 수면제를 수시로 약병에 채워 넣고, 연장통 든 남자의 뒷배를 봐주며, 대리인을 통해 그림을 사 모았다. 어쩌면 노부인만이 당신의 아름다움을 살 수도 해칠 수도, 끝내 간직할 수도 있는 사람 아닐까.

*

나는 여전히 야간 택시를 몬다. 경찰이 다녀간 뒤에도 습관처럼 청한동 꼭대기에 올라가 담배를 피운다. 그러나 시간이 흐르고 날씨가 더워지면서 점점 청한동에 발길을 끊는다.

라디오에서 청한동 염산 테러사건에 대한 새로운 뉴스를 듣는다. 청한동 일대 저택의 조경을 담당하는 기술자가 강력한 용의자로 지목되었다. 그는 장신영이라는 이름을 모른다고 주장한다. 그의 주장은 일관성이 없고 바로 그 점이 경찰의 의심을 증폭시킨다. 뉴스를 듣다가 웃음이 터진다. 아직도 장신영이 누군지 제대로 아는 사람이 없다는 사실에 기가 막힌다.

올겨울에도 눈이 많이 내린다. 도시의 최고 적설량은 수시로 경신된다. 구도심 거리에는 여전히 택시를 잡으려는 손님이 넘친다. 나는 길가에 차를 세워두고 장거리 콜이 들어오길 기다린다. 라디오에서 아홉시 뉴스가 흘러나온다. 지하철 2호선 일부 구간에서 전기 공급 장애로 열차 운행이 지연되고, 구도심 인근 아파트 지하주차장에서 불이 났다는 소식이 전해진다.

그때 누군가 택시 문을 연다. 시트가 푹 꺼지면서 공기 빠지는 소리가 난다. 손님은 내게 청한동으로 가자고 말한다. 터널 초입에 다다르자 라디오에서 잡음이 들리기 시작한다.

여자는 언덕 입구로 가달라고 말한다. 나는 여자의 안

내대로 운행하다가 언덕 앞 신호등에 걸려 차를 세운다. 좌회전 신호가 들어온다. 여자는 요금을 두배로 줄 테니 언덕 꼭대기에 위치한 집까지 가달라고 부탁한다.

　나는 여자의 말을 못 들은 척한다. 여자는 언덕으로 올라가자는 말을 못 들었느냐고 목소리를 높인다. 나는 신호가 바뀌어도 액셀을 밟지 않는다. 여자가 초조한 나머지 몸을 운전석 쪽으로 바싹 당긴다. 그제야 특수 운전 장치를 발견한다. 여자는 처음으로 내가 위험한 사람일지 모른다고 생각한다.

　여자의 우려와 달리 나는 얌전히 청한동 꼭대기 집 앞에 차를 세운다. 여자는 거스름돈은 필요 없다고 말하며 만원짜리 지폐 세장을 조수석에 던진다. 나는 그 돈을 집어서 요금함에 넣는다. 여자는 대문을 향해 종종걸음 치며 택시에서 멀어진다. 걷는 내내 한번도 뒤돌아보지 않는다. 마침내 대문이 열리고 여자는 황급히 문안으로 사라진다.

　이번엔 내가 택시에서 내린다. 아무리 주머니를 헤집어도 담배가 없다. 담뱃갑을 어디에 흘렸는지 기억을 더듬는 동안 어느새 나는 저택 문 앞에 서 있다. 문틈으로 마른 잔디가 보인다. 그제야 한번도 이 집의 내부를 본 적이 없다는 걸 깨닫는다. 나는 있는 힘껏 손을 뻗어 초인종을 누른다. 문은 열릴 기미가 없다. 초인종 소리는 대답 없는 질문처럼 허공에서 사라진다.

고개를 들어 문을 감싼 담벼락을 살핀다. 자갈은 크기가 제각각이다. 담에 한쪽 뺨을 가져다 댄다. 살을 에듯 차가운 기운이 전해진다. 나는 조금 뒤로 물러서서 담을 올려보다가 불룩 튀어나온 자갈 위에 왼발을 올린다. 자갈은 시멘트에 단단히 박혀 있다. 발에 힘을 주면서 두 손을 뻗어 어깨쯤 위치한 자갈을 하나씩 움켜쥔다. 떨어지지 않으려고 손아귀에 꽉 힘을 준다. 담을 반쯤 올라갔는데도 방범 경보음은 울리지 않는다. 담 너머에서 개가 사납게 으르렁거린다.

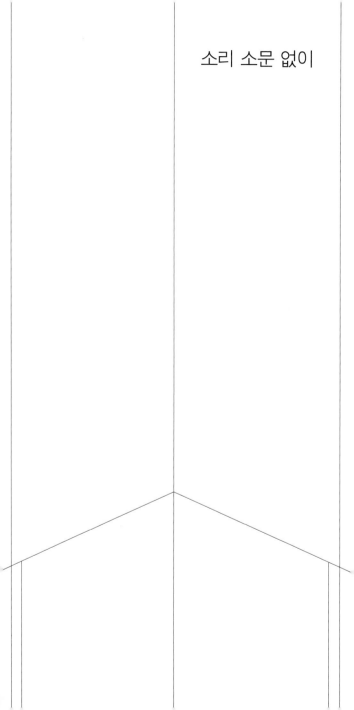

소리 소문 없이

청한동 6길 23번지는 붉은 벽돌로 지은 삼층 저택이었다.

저택은 언덕 꼭대기에 위치했는데 경사면을 깎아서 지은 걸로 추정되었다. 대문에 들어서서 차고 옆으로 난 계단을 열댓개 오르면 잔디밭이 나타났다. 차고 위에 잔디밭이 있는 셈이었다. 일층은 잔디밭보다 무릎 높이만큼 낮았다. 그곳이 바로 내가 고등학교 3학년 한해 동안 머물게 될 공간이었다.

내가 다니는 T예술고 학생들 사이에서 자취는 흔한 일이었다. 물론 흔하다고 누구나 선택할 수 있는 일은 아니었다. 부모에게 금전적 여유와 자식에 대한 믿음이 있어야 했다. 내 자취를 밀어붙인 사람은 엄마였다. 엄마는 당시 내 성적을 올리기 위해서라면 무엇이든 할 기세였다.

아빠는 포터에 짐을 싣는 순간까지 지금의 결정을 못마땅해했다. 엄마가 회사를 그만두고 나와 함께 살기를 원했지만, 불가능하다는 걸 알았다. 둘 중 한 사람이라도 회사를 그만두면 학비와 레슨비를 감당할 수 없기 때문이었다.

포터는 언덕 끝까지 올라가다가 '등산로 입구까지 100미터'라고 쓰인 표지판 앞에 마침내 멈추었다. 집주인인 고수일 박사가 저택 차고를 등지고 포터를 향해 손을 흔들었다. 차고에 붙어 있는 방범 업체 마크 옆으로 고 박사의 아내 성 박사가 고개를 쑥 내밀었다.

짐은 인부들이 직접 들어 옮겼다. 사다리차를 쓸 방법이 없었다. 노송으로 만든 계단과 일렬로 늘어선 석상 위는 눈과 흙이 엉겨 붙은 채 얼어 있었다. 성 박사는 석상에 흠집이 날까봐 인부들이 드나드는 길목을 초조하게 서성였다. 계단을 오르내리던 인부들이 여러번 발을 헛디뎠는데 그때마다 그녀는 깊고 짧게 탄식했다.

잔디밭 위에 서면 거실 통유리창을 통해 집 안이 훤히 들여다보였다. 몸을 숨길 구석이 없었다. 더욱 당황스러운 것은 집 안에서 밖을 볼 때였다. 무릎 높이의 잔디밭에 가려 나무, 하늘, 앞집 담벼락은 삼분의 일밖에 보이지 않았다. 거실과 안방은 볕이 들지 않아 컴컴했고 바람이 불

때는 얇은 유리창이 깨질 듯 흔들렸다. 그러니까 일층은 별 기능을 못하는 '죽은 공간'이었다. 진짜 집은 이층과 삼층이었다. 그곳에 고 박사 내외가 살았다.

뭐가 아쉬워서 세를 놓았을까. 계약서를 쓰고 돌아오는 차 안에서 엄마는 중얼거렸다. 엄마는 모든 일에 의심을 품는 사람이었고 그걸 딱히 숨기지 않았다. 그러나 이번엔 내게도 의문스러운 구석이 있었다. 밤늦게 연습해도 된다는 성 박사의 표정에서 묻어나는 절박함이 의심을 부추겼다.

모두 집을 떠난 뒤 나는 침대에 누워 벽 모서리에 핀 곰 팡이 자국을 멍하니 바라보았다. 그제야 혼자라는 사실이 실감 났다. 창문을 덮은 미색 커튼에 소나무 그림자가 어른거렸다. 나는 이불 속으로 몸을 깊이 파묻었다. 그러나 고 박사나 성 박사가 잔디밭에 서서 집 안을 들여다볼 수 있다는 생각에 도저히 눈을 감을 수 없었다.

다음 날 아침 평소보다 일찍 눈을 떴다. 동이 트기 전이라 방 안은 컴컴했다. 나는 이불 속에서 몸을 뒤척이며 습관적으로 머리맡을 손으로 더듬었다. 아무것도 잡히지 않았다. 엄마는 항상 손이 닿을 만한 곳에 물이 담긴 텀블러와 비타민을 놓아두었다. 그러나 이제 모든 걸 스스로 해야 했다. 엄마는 집을 떠나기 전 약병을 식탁 위에 올려놓으며 '밥은 안 먹어도 약은 꼭 챙겨 먹으라'고 신신당부했다.

생수가 없어서 급한 대로 수돗물을 먹기로 했다. 수전을 건드리자마자 냉수가 콸콸 쏟아졌다. 나는 입에 비타민을 털어 넣고 두 손으로 물을 받아 먹었다. 물은 이가 깨질 듯 차가웠다.

컴컴한 거실 안으로 창밖 가로등 불빛이 가늘게 새어 들어오고 있었다. 까치 한마리가 마른 잔디 위를 이리저리 돌아다녔다. 무릎 높이에 펼쳐진 잔디밭은 도무지 익숙해지지 않았다. 나는 하루 만에 바닥으로 꺼져버린 기분이 들었다. 그것도 이 도시에서 가장 지대가 높은 청한동에서.

그때였다. 둔중한 무언가를 망치로 깨부수는 소리가 들렸다. 소리는 현관으로 넘어왔다. 까치가 놀란 듯 후루룩 담 너머로 날아갔다. 소리는 두어번 들리다가 멈추었다. 나는 창 너머 잔디밭 가장자리를 살폈다. 가로등 불빛이 닿지 않는 곳이었다. 그곳에서 다른 어둠을 발견했다. 깊고 괴괴한 어둠. 그리고 어둠 속에서 성 박사를 보았다. 그녀는 망치로 컴컴한 허공을 힘껏 가르는 중이었다.

나는 도망치듯 방으로 돌아와 이불 속에서 한동안 꼼짝하지 않았다. 소리는 몇번인가 들려오더니 곧 멈추었다. 그러나 망치를 내리치는 성 박사의 뒷모습은 도무지 잊히지 않았다. 그녀는 대체 무엇을 부수고 있던 걸까.

커튼 너머로 사위가 밝아오기 시작했다. 일곱시 반이 훌쩍 넘은 시각이었다. 교복을 입고 현관을 나섰을 때는 잔디밭에 아무도 없었다. 나는 여덟시 정각에 도착하는 마을버스를 놓치고 말았다. 청한동 언덕을 오르내리는 버스는 한시간에 한대씩 다녔다. 어쩔 수 없이 언덕을 걸어내려갔다. 담 너머에서 개가 으르렁거렸다. 나는 개에게 쫓기기라도 하듯 빠르게 걷기 시작했다. 그사이 검은 세단 두대가 내 옆을 지나쳤지만 진한 선팅 탓에 내부는 보이지 않았다.

*

고 박사 부부는 같은 대학에 재직했다. 청한동 근처에 위치한 4년제 사립대학교였다. 고 박사는 경제학을, 성 박사는 정치외교학을 가르쳤다. 고 박사는 성 박사보다 열네살이나 많았다. 그는 살집이 두툼한 얼굴에 항상 미소를 짓고 다녔다. 풍채와 인상은 좋지만 별 매력은 느껴지지 않는 중년 사내였다. 성 박사는 마르고 키가 컸다. 심지어 고 박사보다 머리 하나만큼 더 컸다. 그녀는 과하게 짙은 화장을 즐겼는데 화려한 외향에 비해 말수는 적었다. 그러나 한번씩 입을 열면 낮고 거친 목소리로 단호하고 짧게 할 말만 해서 상대를 주눅 들게 했다. 내게 불편한 건 없는지 부모님은 잘 계시는지 미주알고주알 묻는 고 박사와 달리 성 박사는 만나면 눈인사 정도만 건넸다. 그런 성 박사의 모습은 어딘지 비밀스러운 데가 있어 보였다.

내가 고 박사 내외의 사정을 듣는 건 주로 장목련 아주머니를 통해서였다. 장목련 아주머니는 고 박사의 집에 상주하는 가사도우미였다. 그녀는 매주 화요일 오후마다 일층에 내려와서 네시간씩 집안일을 하고 반찬을 만들었다. 빈둥대는 아주머니를 차마 자르지 못한 성 박사가 결정한 일이었다. 아주머니는 부뚜막에 앉은 살찐 고양이 같았다. 약고 게을렀다. 내가 성 박사였다면 일찌감치 목련 아주머니를 해고했을 것이다. 성 박사가 그녀를 지금껏 고용한 이유는 단지 그녀가 돈을 적게 받았기 때문이었다. 아주머니는 방 한칸을 사용하는 조건으로 한국인 가사도우미의 절반 가까운 임금만 받았다.

아주머니는 일하는 내내 큰 목소리로 많은 양의 말을 쏟아냈다. 주로 고 박사 부부에 관한 이야기였다. 고등학생인 내가 다소 충격을 받을 만한 이야기도 이불 먼지 털 듯 툭툭 털어놓았다.

"어제 성 박사의 전남편이 왔다 갔어. 그 사람은 목사야. 젊은 신도와 바람이 났지."

연습 중이던 나는 건반에서 손을 떼고 목련 아주머니 쪽으로 몸을 돌렸다. 아주머니는 신경 쓰지 않고 침대와 책상 사이 조그마한 공간을 반복해서 걸레질했다.

"애들 친아빠거든. 성이 최씨야."

고 박사네 두 자녀를 말하는 것이었다. 남자아이는 초등학생이고 여자아이는 나보다 두살 아래였다. 둘은 미국 시민권자로 국제학교에 다니고 한국말이 서툴렀다. 피터와 레베카라는 이름과 그 둘이 차고에서 서로를 향해 자주 욕을 퍼붓는다는 것이 내가 아는 전부였다. 두 아이가 고 박사와 혈연관계가 아니라는 사실은 그날 처음 알았다.

"그런데 그 남자 전에 또다른 남편이 있었어. 그 사람은 조울증 환자였어."

"네?"

내가 되물었다. 아주머니는 걸레질하다 말고 고개를 돌

려 나를 슬쩍 처다보다가 다시 침대 밑에 들어가서 먼지를 훔치기 시작했다. 침대 밑으로 삐져나온 아주머니의 엉덩이와 다리가 버둥거렸다. 나는 믿기지 않는다는 듯 아주머니에게 다시 물었다.

"그러니까 고 박사가 성 박사의 세번째 남편이라고요?"

그날 밤 나는 엄마와 통화하면서 아주머니에게 들은 이야기를 전했다. 나도 모르게 목소리가 상기되었다. 엄마는 "쓸데없는 참견하지 말고 연습이나 해라"라고 핀잔을 주었다. 그러나 전화를 끊을 때쯤에는 노골적으로 묻기 시작했다. 그럼 그 여자, 세번 결혼했단 말이니?

세번 결혼한 여자. 나와 엄마는 이 말이 주는 일탈의 이미지에 사로잡혀 좀처럼 흥분을 숨기지 못했다. 내 주변 어디에도, 심지어 그때까지 내가 본 일일연속극에도 세번 결혼한 여자는 없었다.

"아무래도 위자료 때문인 모양이다. 세놓은 이유 말이야."

엄마가 확신에 가까운 말투로 말했다.

"위자료가 뭐야?"

"죄 있는 쪽이 상대방에게 치르는 대가지. 죄를 지은 대가."

엄마가 실실 웃었다.

"옷이랑 화장을 봐. 뻔하지. 그쪽으로 재주가 좋은 모양이네."

엄마는 "내가 널 붙들고 무슨 말을 하니"라며 혀를 찼다. 결혼 횟수와 외모, 그 사이에는 명확한 상관관계가 없는데 엄마는 둘을 그럴싸하게 연결 지었다. 내가 전화를 끊자고 말하자 엄마가 한숨을 쉬며 덧붙였다. "연습 열심히 해라. 네 실기 성적표를 볼 때마다 정말이지 아파트에서 뛰어내리고 싶구나."

아침 여덟시 청한동 언덕을 순환하는 마을버스는 만원이었다. 주로 저택에 출근하는 사람들이 버스를 이용했다. 아주머니들은 무늬가 빽빽하게 프린트된 나일론 백팩을 메고 버스에 탔다. 아침인데도 이미 온몸에 지친 기색이 역력했다. 그들은 의자에 앉자마자 각자 일하는 집 이야기를 야단스레 끄집어냈다. 이혼, 바람, 본처, 후처 같은 단어가 포함된 말들이 어지럽게 오갔다. 한바탕 말을 쏟아낸 뒤에야 얼굴에 생기가 돌기 시작했다. 그들은 여러 명의 장목련 아주머니였다. 대화를 듣노라면 마치 청한동에 대해 속속들이 아는 듯한 착각에 빠졌다. 그러나 한편으로는 완전히 이질적인, 진실에서 점점 멀어지는 기분에

사로잡혔다. 그들의 이야기는 비현실적인 설정의 일일연
속극 같았다.

하굣길에 현관 앞에서 성 박사와 마주쳤다. 그녀를 바
라보는 마음이 달라졌으나 티를 내지 않으려고 애썼다.
다행히 성 박사는 어떤 낌새도 알아차리지 못한 것 같았
다. 그녀는 예의 거친 목소리로 나를 불러 물었다. 아주머
니는 일 잘하죠? 힘은 좋은 사람이니까.

*

선화는 마을버스에 탄 나를 처음 발견한 동급생이었다.
외제차가 즐비한 등굣길에 선화 엄마의 빨간색 모닝이 눈
에 띄었다. 선화는 내 오른쪽 팔을 움켜잡았다. 너 왜 이사
했다고 말 안 했니?

선화는 내가 청한동에 산다는 사실을 가장 알리기 싫
은 사람 중 하나였다. 실기 성적이 바닥이라는 이유로 우
리는 단짝이 되었지만 나는 선화에게 점점 싫증이 나는
중이었다. 선화가 실기가 우수한 아이들에 대해 이런저런
말을 하고 다닌 탓이었다. 진위가 확인되지 않은 말들이
었다.

나는 T예술고 학생을 셋으로 분류했다. 첫번째 부류에는 실기 재능이 뛰어난 아이, 두번째 부류에는 돈이 많은 아이, 세번째 부류에는 돈도 없고 실기도 못하는 아이가 속했다. 첫번째 부류는 두번째 부류와 앙상블을 하지 않았다. 연주의 질을 타협하기 싫어서였다. 동급생 중에 돈과 재능 모두 가진 아이는 없었다. 그 점이 다행인지 불행인지 모르겠다. 재능이 돈보다 공평하다는 착각은 학교에 녹아 있는 분류 체계를 공정한 결과로 받아들이게 만들기 때문이었다.

나와 선화는 세번째 부류였다. 나는 일찌감치 주제 파악을 했다. 대학만 졸업하면 바로 피아노를 그만둘 생각이었다. 반면 선화는 피아노에 미련을 버리지 못했다. 선화의 불행은 거기서부터 시작되었다. 선화는 실력으로 우수한 아이들을 따라잡지 못하자 못된 상상력으로 좌절감을 채웠다. 나는 선화와 같은 부류의 인간이 되고 싶지 않았다. 그것이 내 마지막 자존심이었다.

내가 거리를 두는 걸 선화는 분명 눈치챘을 것이었다. 선화는 나와의 연대가 느슨해지는 걸 못 견뎌 했다. 행동은 그대로였지만 알 수 있었다. 선화는 전과 다름없이 나를 대함으로써 관계가 변하지 않았다는 걸 확신하고 싶어했다.

우리가 쌓아온 연대란 이런 것이었다.

나와 선화는 문자메시지나 교환 편지보다 더 은밀한 방법으로 무언가를 전달하곤 했다. 한 사람이 연습실 1번방 피아노 본체에 물건을 숨기면 다른 사람이 찾아갔다. 우리는 쪽지나 USB를 업라이트 피아노 가장 높은 음의 현과 해머 사이에 끼워놓았다. 장기적으로 악기를 심각하게 손상시키는 일이었다. 혹시 물건이 현 사이로 빠지기라도 하면 악기를 복구하는 전문가의 도움이 필요할 수도 있었다.

쪽지에는 동급생에 대한 비하나 욕설을, USB에는 더러운 영상이나 사진을 담았다. 때론 둘 다 비어 있었다. 내용은 아무래도 상관없었다. 어차피 우린 파일을 열어보지도 않았으니까. 우리에게 중요한 건 그 행위가 주는 작은 위안과 긴장감이었다.

어째서 아무도 알아채지 못했을까.

그건 세번째 부류가 학교에서 완전히 관심 밖이라는 걸 방증했다. 우리는 물건을 주고받는 일에 점점 흥미를 잃었다. 이년 만에 우리는 그 일을 그만두었다. 위험하지도 치명적이지도 않은 일. 누구의 입에도 오르내리지 않는 일.

선화는 조금 더 자신에게 이목을 집중시킬 수 있는 방법을 찾았다. 실기 일등 이예성에 대한 루머를 퍼뜨리는 일이었다. 이예성이 집중력을 강화하는 마약성 약물을 복용한다는 소문이었다. 소문은 몸집을 키워갔다. 예성이 협연자 오디션 때 심사위원에게 로비했다더라, 돈만 준 게 아니라더라, 더한 것도 췄다고 하더라…… 더한 것이 무엇인지에 대해서는 함구한 채 각자의 상상에 맡겼다. 좌절한 아이들은 무모하고 잔인했다.

예성은 소문에 대해 끝까지 입을 다물었다. 진위를 확인해주지 않음으로써 아이들이 곁을 침범하지 못하게 만들었다. 나는 그런 예성을 내심 응원했다. 사실이 아니라고 대신 해명해주고 싶었다. 그러나 끝내 아무 말도 하지 않았다. 내게도 질투가 조금은 있었으니까.

그날 오후 목련 아주머니는 고 박사 내외가 밤새 싸웠다고 전했다. 아주머니는 음식물을 게워내듯 험담을 쏟아냈다.

"술병 던지고, 술잔 던지고. 그거 치우다가 유리 조각이 발바닥에 박혔지 뭐야. 유리창에 눌어붙은 술 자국은 어떻게 지운담."

아주머니는 ×자 모양으로 일회용 밴드를 붙인 맨발바닥을 내 눈앞에 불쑥 내밀었다. 그러고는 평소보다 우렁찬 목소리로 푸념을 늘어놓았다. 성 박사는 파티와 모임에 미친 여자다, 고 박사는 성 박사가 주최하는 각종 모임에 진력났다, 이 저택은 성 박사 어머니가 죽기 전에 남긴 유산이고 고 박사는 빈털터리다, 고 박사는 원래 결혼은 생각도 없었는데 성 박사가 매달린 거다, 성 박사가 고 박사 전처에게 양육비를 대신 지급한다, 양육비를 보내는 날이면 둘이 밤새 소리 지르며 싸운다, 고 박사는 입에 담기 힘든 욕을 퍼붓고 위스키병을 집어 던진다……

"그만 좀 하시면 안 돼요?"

내가 짜증 섞인 목소리로 말했다. 아주머니가 걸레질하다 말고 몸을 홱 돌려 나를 쳐다보았다. 동그랗게 뜬 두 눈에 원망의 기색이 비쳤다. 아주머니는 걸레를 들어 화장실 바닥에 휙 던진 뒤 말없이 사라졌다.

나는 아주머니의 지긋지긋한 험담, 그 오염된 말들을 잊고 싶어서 연습에 집중하려고 안간힘을 썼다. 그러나 머릿속에 맴도는 단 하나의 말은 끝내 잊히지 않았다. 성 박사가 고 박사를 더 사랑한다는 말. 장목련 아주머니가 한 말 중 가장 이해하기 어려운 동시에 유일하게 진실처럼 느껴진 말.

3월 마지막 날에는 함박눈이 내렸다. 기상청도 예상하지 못한 뒤늦은 폭설이었다. 담벼락에 핀 개나리 위로 흰

눈이 쌓였다. 그날 오전 장목련 아주머니는 울면서 저택 문을 나섰다. 그녀는 끝까지 현관문 앞에서 버텼으나 성 박사가 단호하게 문을 닫고 다시 열어주지 않았다. 나는 커튼 틈으로 그 광경을 잠자코 지켜보았다. 아주머니는 집 밖으로 내몰리며 노송으로 만든 계단 위에서 발을 동동 굴렀다. 그녀의 발소리가 내 심장을 때렸다.

나는 아주머니가 갑자기 짐을 싼 이유를 알지 못했다. 내가 그 소식을 전했을 때 엄마는 예상했다는 듯 말했다. 그 아줌마가 입을 함부로 놀렸잖아. 성 박사가 모를 리 없지. 하여간 정말 무서운 여자야.

그 말이 끝나기가 무섭게 나는 전화를 끊어버렸다. 반감이 솟았다. 고 박사 내외에 대해 누구보다 궁금해한 사람이 엄마니까. 장목련 아주머니의 말을 가장 즐긴 사람도 엄마니까. 아주머니의 불행을 강 건너 불구경하듯 말하는 엄마는 야비했다.

아주머니의 짐가방은 노송 계단에 쌓인 눈 위에 어지러운 흔적을 남겼다. 학교를 마친 성 박사의 아이들은 낄 낄거리며 그 흔적을 밟고 이층으로 올라갔다. 창 너머로 아이들의 말이 들렸다. 댓 레이디 디저브 잇.(그 여자는 당해도 싸.)

나흘 뒤, 나보다 열살 많은 필리핀 여성이 짐을 메고 이층에 들어왔다. 그녀는 한국말을 한마디도 할 줄 몰랐다.

*

잔디가 무성해질 무렵 성 박사는 망치 대신 잔디깎이를 손에 쥐고 직접 정원을 관리했다. 잔디밭 가장자리에 꽃도 심었다. 그녀가 잔디밭에 오래 머물수록 내가 방 안에서 지내는 시간은 길어졌다.

나는 봄이 되어서야 구글을 열어 성 박사의 이름을 검색했다. 거기에는 장목련 아주머니의 이야기 속 방탕한 여자가 아닌 사회에서 꽤 인정받는 성 박사가 있었다. 맨 처음 화면에 뜬 이미지는 한때 텍사스 주지사였던 부통령 JB와 함께 찍은 사진이었다. 제인(Jane) 성. 그녀가 미국에서 쓰는 이름이었다. 그녀는 JB의 주지사 선거캠프의 주축으로 일했다. 세계무역센터에 비행기가 충돌하고 아프가니스탄에 공중 폭격이 시작되기 훨씬 전이었고, 성 박사가 고 박사와 결혼하기 삼년 전쯤이었다. 그녀가 텍사스 주립 대학교에서 종신교수 자리를 마다하고 한국으로 온 건 아무리 봐도 고 박사 때문임이 틀림없었다. 고 박사의 어떤 면 때문에? 넉넉한 인상? 넉살 좋은 말투? 도 저히 이해할 수 없었다.

나는 어느 학술지에 게재된 성 박사의 인터뷰를 읽다 가 고 박사에 대한 언급을 발견했다.

그 사람은 나보다 훨씬 똑똑한 사람이에요. 세상을 잘 읽는 사람이죠.

성 박사의 말에서 남편을 향한 존경과 애정이 느껴졌 다. 장목련 아주머니의 말이 맞았다. 화려한 과거와 상관 없이 성 박사는 이곳에서 고 박사와의 삶을 잘 꾸리기 위 해 노력하는 중이었다. 그건 파티를 연다는 통보를 받은 날 더욱 자명해졌다.

주말 오후, 레슨 갈 준비를 하는데 성 박사가 일층 문을 두드렸다. 부탁이 있다며 다음 날 잔디밭에서 바비큐 파 티를 한다고 했다. 동료 교수와 미술가, 발레단 단장, 문화 회관장이 모이는 부부 동반 파티였다. 성 박사는 예술계 사람들과도 친분이 두터운 모양이었다. 처음에는 성 박사 가 나를 초대하려는 줄 알았다. 그러나 그녀는 생각지도 못한 말을 꺼냈다.

"그날 일층에 불을 다 꺼주면 좋겠어요. 거실을 오가는 일도 삼가시고요."

일층에는 사람이 없는 것처럼 보여야 한다는 말이었다. 나는 얼떨결에 그리하겠노라 답했다. 성 박사가 돌아간 뒤에야 끔찍한 굴욕감이 몰려왔다. 그녀가 나를 들어서 저택 담장 밖으로 내던진 것 같았다. 파티가 열리는 동안 집을 비울 방법을 고심했지만 일요일 저녁에는 마땅히 가 있을 곳이 없었다. 부모님은 벌써 지방에 사는 할머니 댁으로 출발한 뒤였다.

결국 나는 성 박사가 시키는 대로 했다. 불을 끄고 침대에 납작하게 누워 이불 속으로 몸을 숨겼다. 시차를 두고 손님들이 계단을 오르는 소리가 들렸다. 문틈으로 숯불에 고기 굽는 냄새가 새어들고 간간이 식기가 부딪히는 소리, 영어와 불어가 섞인 대화와 웃음소리가 들려왔다. 성 박사는 걸걸한, 그러나 어느 때보다 활기 넘치는 목소리로 손님을 맞이했다. 미색 커튼에는 여러개의 다리가 엉킨 실루엣이 일렁거렸다. 까치가 다리 사이를 종종거리며 돌아다녔다. 나는 휴지를 둥글게 말아서 귀를 막고 눈을 감았다. 그러나 정원을 오가는 사람들의 실루엣은 장목련 아주머니의 혼잣말보다 더 선명하고 또렷하게 전해졌다.

만약 그날 저녁 고 박사가 나를 불러내지 않았다면 어땠을까. 술에 취한 고 박사가 일층 문을 두드렸을 때 집에 없는 척 끝까지 시치미를 뗐더라면.

내가 문을 열었을 때, 고 박사 뒤에 서 있던 낯선 사람들과 성 박사의 표정이 기억난다. 누군가는 귀신을 본 듯 소스라쳤고 누군가는 웃음을 삼켰다. 헛것이 보여! 베레모를 쓴 남자는 술에 잔뜩 취한 채 호들갑스럽게 소리를 질렀다. 나는 먼저 고 박사를 보았다. 그는 몸에 꽉 끼는 흰색 셔츠의 윗단추를 풀고 와인을 홀짝였다. 그때 나는 그의 처진 눈매에서 고집스럽고 매서운 눈빛을 읽었다. 그는 성 박사를 괴롭히고 싶은 게 분명했다. 성 박사는 고 박사 뒤에서 빈 와인 잔을 들고 그저 가만히 서 있을 뿐이었다. 그녀는 슬퍼 보였다. 그리고 그 슬픔을 숨기려고 안간힘을 쓰는 중인 것 같았다.

성 박사가 고 박사를 더 사랑하거든. 참 안됐어. 장목련 아주머니의 말이 생각났다.

왜요? 내가 물었다.

외로워서 자꾸 사람들을 모으는 거야. 쯧쯧. 바닥을 닦는 장목련 아주머니가 엉덩이를 좌우로 흔들며 말했다.

케이터링 업체 직원들은 밤늦게까지 사람들이 먹고 마신 흔적을 치웠다. 나는 계속 침대에 누워 있었다. 머리가 복잡해서 잠이 오지 않았다. 그때 예성에게 문자가 왔다.

CD를 돌려준다는 내용이었다. 이 음반 말이야. 튜닝이 영 이상해. 반에 반음쯤 낮아. 도저히 못 듣겠어.

예성의 문자를 읽자마자 왈칵 울음이 터졌다. 나는 그 음반에서 이상한 점을 전혀 발견할 수 없었다. 그렇다. 그 것이 문제였다. 어째서 나는 문제점을 발견하지 못하는 가. 내 귀는 대체 왜 이 모양인가.

잠이 살포시 들 즈음 누군가 문을 두드렸다. 필리핀 도 우미였다. 그녀는 남은 파티 음식을 켜켜이 쌓아서 담은 일회용 접시를 내 손에 쥐여주었다. 식은 양고기에서 누 린내가 스멀스멀 올라왔다.

다음 날 아침 등굣길에 마을버스 정류장에서 성 박사 를 만났다. 선팅이 된 벤츠의 창문이 열리더니 성 박사가 내게 조수석에 타라고 손짓했다. 차 문을 열자 성 박사가 좌석에 놓인 서류들, 논문처럼 보이는 자료 뭉치를 뒷좌 석으로 황급히 옮겨 앉을 곳을 마련해주었다. 나는 가방 을 끌어안고 긴장한 자세로 조수석에 앉았다. 차가 흔들 릴 때마다 텀블러에서 커피 냄새가 났다.

"저기……"

"응?"

"새벽에 망치로 뭘 했던 거예요?"

"그걸 어떻게 알았어요?"

성 박사가 묻더니 내 대답을 듣기도 전에 말해주었다.

"다 부숴버리려고요. 고 박사의 물건들."

내가 눈을 동그랗게 떴다.

"대체 왜……"

"그 사람한테 소중한 걸 망가뜨리고 싶었어요."

고 박사와 헤어지고 싶으냐고 묻고 싶었다. 왜 고 박사를 사랑하느냐고도 묻고 싶었다. 그러나 난 아무것도 묻지 못했다. 그저 성 박사와 고 박사 사이에 내가 모르는 빛나는 순간이 있었으리라 믿을 뿐이었다. 장목련 아주머니가 짐작할 수도 없는 순간 말이다.

사실 지금의 나는 차 안에서 성 박사와 나눈 대화 중 그무엇도 확신할 수 없다. 어쩌면 우리는 안부만 물었을 수도 있었다. 그러니까 내 기억은 집 안에서 바라본 잔디밭 풍경과 비슷하다고 볼 수 있다. 삼분의 일쯤만 또렷한 기억.

*

예성은 어째서 그 일에 대해 아무 말도 하지 않았을까.

파티 다음 날 나는 학교에서 누군가를 무너뜨리고 싶

다는 욕망에 사로잡혀 있었다. 고 박사의 미움, 성 박사의 사랑 그리고 나의 굴욕감이 한데 엉겨서 그런 열망을 만들어냈다. 선화는 내 감정이 풍기는 악취를 귀신같이 맡았다.

"너 무슨 일 있구나?"

선화가 쉬는 시간에 내 어깨를 툭 치면서 귓속말로 물었다.

"선화야."

"응?"

"너는 왜 없는 말 지어내니?"

선화의 눈빛이 흔들렸다.

"예성이 소문. 모르는 척하지 마."

"그게 어째서 거짓말이야."

"그럼, 참말이야? 네가 봤어?"

"두고 볼래?"

선화가 대거리하듯 쏘아붙였다. 나는 선화에게 그러자고 했다. 예성을 시험해보고 싶었다. 그녀가 무너지길 바랐다. 아니다. 무너지지 않길 바랐다. 그것도 아니다. 어느 쪽이라도 상관없었다. 선화의 눈빛이 심술궂게 반짝였다. 이제 나는 선화와 다른 부류라고 자부할 수 없었다.

나는 종이에 영양제 두알을 넣고 접은 뒤 연습실 1번 방 피아노 본체에 넣어두었다. 엄마가 매일 머리맡에 놓아두는 영양제였다. 나는 그 알약이 영양제가 아닌 걸 알았다. 엄마는 어떻게 그 약을 구했나. 그 질문은 옳지 않다. 약물에 대한 소문은 T예술고 학생 상당수가 어떤 식으로든 그 약을 안다는 걸 의미했다. 대학에 입학하면 약과 멀어질 수 있을까. 평생 약을 먹어가며 연습하고 연주해야 하는 걸까. 나는 자신이 없었다. 평생을 약에 취해 살고 싶지 않았다.

나는 예성이 그 약을 먹지 않는다고 믿었다. 실기시험 날 대기실에서 직감할 수 있었다.

"떨려?"

내가 예성에게 물었다.

"연습을 믿는 거지."

예성이 담담하게 답했다. 그 순간 나는 아이들이 예성을 질투하는 이유를 단박에 깨달았다. 더러움이 묻지 않은 일등. 동급생들이 죽어도 믿고 싶지 않을 사실이었다. 열망의 크기로 넘을 수 없는 벽은 필사적으로 현실을 부정하게 만들고는 했다.

"너한테 비밀 하나 알려줄까."

점심시간에 예성에게 연습실 피아노 안에 숨겨둔 쪽지를 찾아보라고 말했다.

"너희 여태 그런 일을 하고 다닌 거야? 재밌네."

예성이 신난다는 표정을 지었다. 그러고는 약속대로 방과 후 1번 방 연습실을 찾았다. 예성은 업라이트 피아노의 해머와 현 사이에 손을 집어넣어 약을 싼 종이를 찾아냈다. 예성은 손바닥에 약을 올려놓고 신기한 듯 이리저리 살펴보았다.

예성은 그 약을 종이에 싸서 피아노 안에 도로 넣어두었다. 약을 본 예성이 어떤 표정을 지었는지 나는 알지 못한다. 실제로 연습실 유리 창문으로 그 모습을 지켜본 사람은 내가 아닌 선화였기 때문이다. 나는 선화의 말을 전해 듣고 그 장면을 상상했다. 그때 선화가 어떤 표정을 지었는지도 궁금했다.

겨우 이게 다야? 선화에게 문자가 왔다. 걔가 얼마나 약아빠졌는데, 넌 그걸 몰라? 오분 간격으로 알람이 울렸다. 나는 답하지 않았다. 그동안 연습실 피아노에서 쪽지와 알약을 꺼내 주머니에 넣었다.

넌 불행해. 꼭 장목련 아주머니 같아. 선화에게 열두통째 문자가 왔을 때 마침내 답을 보냈다.

장목련? 그게 누군데? 선화에게 답장이 왔다.

그런 사람이 있어. 힘은 좋은데 불행한 사람.

다음 날 예성이 매점 앞에서 나를 불렀다.

"혜진아."

"왜?"

내가 신경질적으로 대꾸했다.

"너 앙상블 시간에 드뷔시 칠 때 말이야. 음색이 정말 맑았어. 감탄했어."

"고마워."

"사실인데 뭘."

예성이 어깨를 으쓱했다. 그날 우리는 하굣길에 버스정류장 벤치에 앉아서 꽤 긴 대화를 나눴다. 예성은 장목련 아주머니 이야기를 특히 좋아했다.

"혜진아."

"응?"

"나 무서워."

내가 코웃음 쳤다. 그러나 예성은 진지했다.

"나는 연주자가 될 수는 없을 것 같아."

"네가 그런 말을 하니까 기분이 나쁘네."

"미안해. 그런데 좀 들어줄래? 지난번 콩쿠르 때 봤어? 1학년 남자애, 미치도록 잘 치더라. 그런 애가 살아남겠지."

내가 고개를 끄덕였다. 달리 해줄 말이 없었다.

"있잖아, 그 소문 말이야. 너 알고 싶니?"

"아니."

"그래, 그럼."

우리는 발밑에 떨어진 매미 사체를 발로 툭툭 건드리며 청한동 언덕 쪽에서 불어오는 바람을 가만히 맞았다. 나는 그 순간 우리가 서로를 어떤 나쁜 감정으로부터 구해냈다고 믿었다.

반면 나와 선화의 관계는 회복되지 않았다. 우리의 실기 성적도 변함없이 바닥이었다. 나는 등수에 맞추어 대학을 선택했고 다행히 합격했으며 점점 더 피아노와 멀어졌다. 한번은 선화가 마을버스에 올라타려는 내 팔을 붙들었다.

"다신 안 그럴게."

나는 선화의 말에 대꾸하지 않았다. 선화가 왜 갑자기 태도를 바꾸었는지 모를 일이었다. 어쨌거나 나는 여전히 선화를 믿지 않았다.

지금까지 이해되지 않는 일은 그해 여름방학 때 일어

났다. 그해 장마철에는 비가 무척 많이 왔다. 나는 태어나서 처음으로 수해를 입었다. 잔디밭과 현관 사이에 고인 물이 삽시간에 집 안으로 밀려들어왔다. 산에서 떠내려온 모래와 흙, 낙엽이 배수구를 막은 탓이었다. 피아노 다리와 침대, 악보가 모두 물에 잠겼다. 마룻바닥은 온통 진흙 천지가 되었다. 엄마 아빠는 소식을 듣고 할머니 댁에서 부랴부랴 출발했지만 적어도 다섯시간 뒤에야 청한동에 도착할 수 있었다.

도와주겠다고 나선 사람은 선화가 유일했다. 반장을 통해 내 소식을 들은 선화는 피자를 사서 청한동으로 온다고 문자를 보냈다. 나는 끝내 문자에 답하지 않았다. 집 주소도 알려주지 않았다. 대신 홀로 바닥에 주저앉아서 고인 물을 퍼내고 흙을 닦았다. 선화는 밤 열시에 마지막으로 전화한 뒤 더는 연락하지 않았다. 빗물이 폭포수처럼 흘러내리는 청한동 언덕을 초조하게 오갔을 선화 엄마의 빨간색 경차를 나는 지금도 가끔 떠올리곤 한다.

선화도 언제나 허공에 손을 휘젓고 있었다. 그러나 나는 그 손을 잡는 척 놓아버렸다. 다독이다가 돌연 미워했다. 예성이 내게 그랬던 것과 달리 나는 끝내 선화를 나쁜 감정으로부터 구해내지 않았다.

한창 대입 실기시험을 치를 즈음 고 박사는 집을 떠났다. 성 박사의 두 아이는 미국에 있는 기숙사 학교에 입학했다. 저택에는 성 박사만 남았다. 더는 파티가 열리지 않았다. 집을 찾는 손님도 없었다. 망치 소리도 들리지 않았다. 성 박사가 깨부술 만한 물건은 고 박사가 다 가져간 듯했다. 나는 집에 들어올 때마다 차고 앞에 주르르 놓인 빈 위스키병을 집어서 분류배출함에 집어넣곤 했다.

성 박사는 자주 울었다. 필리핀 도우미는 가슴팍을 주먹으로 꾹 누르는 시늉을 하며 그녀가 얼마나 깊이 우는지 알려주었다. 그러나 나는 졸업 후 그 집을 떠나는 날까지 이층 문을 두드리지 않았다.

*

피아노는 친정 안방 한가운데에 놓여 있다. 엄마는 피아노를 팔지 않았다. 이사를 할 때마다 피아노를 짊어지고 다니는 수고를 함으로써 나에게 최선을 다해 상처 주고 있었다. 우리는 말을 많이 섞지 않았다. 엄마는 내가 음악대학을 중퇴한 데에 여전히 화가 나 있었다.

졸업 후 나는 동창들과 연락을 이어가지 않았다. 결혼

식장에는 단 한명의 동창도 참석하지 않았다. 결혼한 뒤에는 신도시에서 살면서 약국에서 일했다. 아이의 어린이집에는 내가 약사라는 말이 돌았지만 사실 사촌의 약국에서 처방전을 입력하는 아르바이트생일 뿐이었다. 그러나아무에게도 그 소문에 대해 해명하지 않았다. 나는 약장에 있는 인데놀을 하루에 한알씩 꺼내 먹었다. 한알만 먹고 그만두려 했는데 어쩌다보니 매일 먹게 되었다.

사촌은 참다못해 내게 해고를 통보했다. 그날 나는 예성을 신도시 대학가에서 우연히 만났다. 놀랍게도 우리는서로를 알아보았다. 예성은 일주일 뒤 이곳 아트센터 리사이틀홀에서 독주회를 한다고 했다. 미국으로 유학하러갔다가 돌아온 지 삼년째였다.

예성은 내 전화번호를 물었다. 나도 예성의 연락처를 받았다. 예의를 차린 행동일 뿐 다시 연락할 일은 없을 것 같았다. 그런데 이틀 뒤 예성에게 문자가 왔다. 나를 독주회에 초대하고 싶다는 것이었다. 내 이름으로 초대권을 맡겨놓았으니 연주회 당일 매표소에서 찾으면 된다고 했다.

나는 예성의 독주회에 참석했다. 야근하는 남편을 대신해서 아이는 엄마가 맡아주었다. 엄마에게는 동창의 독주회에 초대받았다고 말하지 않았다. 엄마가 애써 모른 척하고 살아온 절망을 부추기고 싶지 않았다.

공연장은 텅 비어 있었다. 객석 가운데 열에 지인으로 보이는 사람들이 나란히 앉아 텅 빈 객석을 심란한 얼굴로 두리번거렸다. 뒷줄에 낯익은 얼굴 몇명이 보였다. 동창이었다. 나는 그들을 알아봤지만 그들은 나를 알아보지 못했다.

피아노 소리가 빈 객석 위로 공명했다. 예성이 두려워했던 것은 바로 이런 장면이었을까. 그러나 예성은 연주를 포기하지 않았다. 예성은 마지막 곡을 마치고 웃으며 무대에서 퇴장했다. 나는 누구보다 오래 박수를 보냈으며 마지막까지 객석에 남아 있었다.

공연이 끝나고 예성이 로비로 나왔다. 지인들에게 둘러싸인 예성을 멀찌감치 지켜보다가 예성과 눈이 마주쳤다. 예성이 같이 사진을 찍자고 했다. 나는 어쩔 수 없이 예성 옆에 섰다. 우리는 친한 사이처럼 다정하게 팔짱을 꼈다. 웃으려고 힘을 쥐어짰으나 굳은 얼굴이 쉽게 펴지지 않았다. 피곤이 몰려왔다. 연주 내내 한꺼번에 되살아나는 과거, 그 불확실한 기억과 싸운 탓이었다. 두려움을 느낀 사람은 예성이 아니라 나였다.

그날 밤은 친정에서 잠을 자기로 했다. 내가 돌아오기

전에 아이가 잠들어버렸다. 엄마는 안방에 이불을 깔아놓았다. 아이는 이불 한복판에 누워 잠든 몸을 뒤척였다. 나는 아이 곁에 파고들어 몸을 뉘었다. 잠이 오지 않았다. 약국을 그만두면서 훔쳐온 항우울제를 꺼내어 침으로 삼켰다. 컴컴한 방 벽에 등을 기대앉자 피아노가 나를 내려다보았다.

피아노 뚜껑을 연 게 얼마 만인가. 나는 뚜껑의 무게가 여전히 익숙하다는 사실에 놀랐다. 타건을 기다리는 가지런한 88개의 건반 중 가온 다음을 찾았다. 소리가 나지 않도록 천천히 건반을 누르며 해머와 현이 부딪히는 모습을 상상했다. 처음 피아노를 배우던 날이 떠올랐다. 건반을 누르면 나는 소리가 신기해서 같은 음을 몇번이고 반복해서 눌렀다. 급기야 피아노 의자를 딛고 일어나 업라이트 피아노 뚜껑을 열어보기도 했다. 그 기억을 오래 잊고 지냈다.

그사이 아이가 잠에서 깨어 내 발밑으로 기어 왔다. 처음에는 내 양다리를 붙잡고 서더니 이내 손을 뗐다. 처음 혼자 선 것이었다. 나는 아이를 번쩍 안아서 뺨에 입술을 비볐다. 아이의 뺨에서 딸기우유 향이 났다. 일년 중 밤이 가장 긴 날이었다.

뼈와 살

동도 시영아파트. 이것이 1979년 지어진 이 아파트의 정식 명칭이다. 동도시민들 대부분은 아파트의 이름과 위치를 정확히 알지 못했다. 동도천 육교 아래 낡은 아파트라고 설명하면 그제야 어렴풋이 기억난다는 표정을 지으며 되물었다.

거기에 아직도 사람이 산다고?

그렇다. 이곳은 유령 같은 공간이었다. 모두가 들어봤지만 아무도 행방을 모르는 곳. 내가 이 아파트에 입주한 건 지난해 3월이었다. 운이 좋았다. 도시 재생 계획의 일환으로 아파트 일부를 매입해 예술가들에게 작업실로 임대하는 시의 정책 덕분이었다. 셋으로 분할된 18평 넓이의 공간은 작업실로 썩 적당하지 않았다. 하지만 가릴 처지가 못 되는 작가가 더 많았다. 나도 그중 하나였다.

그해 겨울 작업실에 찾아온 이선의 사정도 다르지 않았다. 이선은 낡은 잔스포츠 백팩을 메고, 오른손에는 큼지막한 나일론 천 가방, 왼손에는 검은색 비닐봉지를 든 채 현관문 앞에 서 있었다. 다짜고짜 선배, 나 들어가도 돼요?라고 묻더니 검은 봉지에서 500밀리리터 맥주 두캔을 꺼냈다. 우리는 바닥에 앉아 각자의 맥주를 손에 들었다. 캔이 얼음장처럼 차가웠다.

"어떻게 지내?"

내가 묻자 이선은 뜻을 알 듯 모를 듯한 미소를 지었다. 학창 시절부터 자주 짓던 미소였다. 그녀의 표정은 가끔 의도를 읽을 수 없어서 답답했다. 나는 말이나 표정이 아닌 모서리가 닳은 백팩과 옷깃이 해진 코트에서 답을 대신 찾았다.

"요즘 작업은 하니?"

"돈이 없는데 어떻게 해요."

이선에게 돈이 없다는 말을 들을 줄은 몰랐다. 이선은 또래 중 가장 먼저 작가로 성공한 재목이었다. 교수들이 앞다투어 칭찬하던 미술계의 미래. 졸업 직전 조소 작업을 포기하고 퍼포먼스 아티스트로 전향했을 때, 이선의 명성에 노골적으로 올라타려던 사람들이 떠올랐다. 그러나 지금 이선 곁에는 아무도 없었다.

"지원금은?"

이선이 고개를 저었다. 이선의 마지막 개인전이 열린 건 이년 전이었다. 그때 이선은 시 외곽에 자리한 소규모 갤러리에서 'Being: 존재의 의지'라는 퍼포먼스를 선보였다. 크로마키 천으로 만든 옷으로 몸을 감싼 이선은 벽 사이의 공간을 빠른 속도로 걷는 중이었다. 카메라가 실시간으로 그 모습을 비춰, 갤러리 밖에 설치된 110인치 프로젝터에 송출했다. 크로마키 천을 뒤집어쓴 이선의 움직임은 당연히 영상에 보이지 않았다. 관객들은 이선의 움직임을 잠깐 주의 깊게 보다가 이내 지루한 표정으로 자리를 떠났다. 저녁이 다 되어서 갤러리에 도착한 나는 한쪽 벽면에 기대어 이선을 지켜보았다. 이유도 목적도 없는 가쁜 걸음을 보고 있으니 지루하기 짝이 없었다. 그러다가 어느 순간부터 이선이 아닌 내가 걷고 있는 것만 같은 착각이 들기 시작했다. 열심히 궤도를 걷지만 누구에게도 보이지 않는다는 좌절감과 나의 실재에 대한 회의는 이선이 걸을 때마다 한없이 깊어졌다.

이선은 총 1,240번의 정해진 궤를 걷는 데에 성공했다. 그것이 이선이 자신에게 부과한 '일'이었다. 퍼포먼스를 시작한 지 열일곱시간 만인 자정에야 그 일은 완료되었다. 나를 포함한 관객 세명, 갤러리 관계자 두명만이 끝까지 자리에 남아 있었다. 공연이 끝나자마자 이선이 입원했다는 소식을 동기에게 전해 들었다. 과로와 탈수, 영양실조가 원인이라고 했다.

이선의 퍼포먼스는 주로 신체를 극한으로 밀어붙이는 작업이었다. 참신한 작업은 아니었다. 오래전부터 누군가, 어딘가에서 해오던 작업이었다. 물론 새롭지 않다고 하찮은 건 아니었다. 이선의 작업은 체력과 의지 없이 허영이나 욕심만으로는 불가능하다는 걸 누구라도 알았다. 그래서 가치가 있었다.

그날 갤러리에서 집으로 돌아오는 길, 나는 이상한 정념에 사로잡혔다. 질투심과 자괴감이 들끓었다. 이선을 인정할 수밖에 없었다. 이선의 퍼포먼스는 완성도를 수명과 바꾸는 방식이었다. 그녀는 마르고 체구가 작았지만 의지와 체력, 집중력 모두 대단했다.

반면 나는 무얼 하고 있었나. 매일 작업실 바닥에 누워 아이디어가 떠오르지 않는다며 투덜거리거나 음주로 시간을 허비했다. 부끄러웠다. 나는 이선이 나를 좌절과 슬픔으로 데려간 그 경지에 결코 다다를 수 없을 것이다.

"이번에 시에서 큰 프로젝트를 한대. 지원금 규모가 꽤 크다던데."

"알아요."

"요즘 예산이 남아도는 모양이야."

"나 이번엔 꼭 선정되어야 하는데……"

"안되면 어떻게 할 거야?"

"차라리 어떻게 살 거냐고 물어요."

이선이 쓴 미소를 지으며 마른 땅콩을 입에 털어 넣었다. 사실 그 질문은 잘라낸 천과 철근만 잔뜩 쌓아놓은 채 소득 없이 하루를 보내는 내게 더 어울렸다.

"저 요즘 돈 벌어요. 베이비시터. 한달에 백오십만원. 나쁘지 않죠? 아침 일곱시 반부터 저녁 여섯시까지 근무. 엄마가 학교 선생님이라 출퇴근이 좀 빨라요."

나는 대답 없이 고개만 끄덕였다. 내심 착잡했다. 아이는커녕 결혼도 안 한 이선이 어쩌다 남의 아이를 돌보는 일까지 하게 된 건지 모르겠다. 아니, 알고 싶지 않았다.

"저 체력 하나는 끝내주잖아요. 막 24개월 되었는데, 귀여워요. 엄마는 말이 늦다고 걱정이지만."

"24개월에 말을 해야 돼?"

"아이 엄마 말이, 생애주기마다 완성해야 할 정상적인

발달과업이 정해져 있대요. 걷고 뛰고 말하고 학교 다니고 돈 벌고. 궁극적으로는 독립과 자립이 목표라나."

'정상'이라는 단어가 옅은 수치심을 일으켰다. 아이 엄마의 말대로라면, 나와 이선은 삼십대에도 자립에 실패했으니 '정상적인' 발달과업을 이루지 못한 셈이었다. 나는 서른 중반인데 집도 없고 생활비도 부족했다. 기껏해야 시에서 마련해준 유령 같은 아파트를 가진 게 전부였다. 이곳에서 내년 봄에 퇴거하면 아무런 대책이 없었다. 돈을 벌지 못하는 대가로 대단한 명성을 얻은 것도 아니었다.

"CCTV도 있어요. 절 감시하려고요. 안전 때문이라고는 해도."

"너무하네."

"사각지대 찾는 중이에요."

이선을 따라 웃으려 했지만 표정이 이상하게 일그러지고 말았다. 이선은 그런 나의 표정을 보고 다시 씁쓸한 미소를 지었다. 이선의 일인데 내 자존심이 상했다. 그러나 나는 이선과 분명 입장이 달랐다. 적어도 아직은 아르바이트를 할 필요가 없었으니까.

대학 시절부터 지금까지 나는 늘 비슷한 작업을 해왔다. 다양한 재료로 공간에 관련된 조형물을 만드는 일. 불과 일이년 전만 해도 모두가 입 모아 진부하다고 평했다. 그런데 이선이 공모에서 탈락할 즈음 공교롭게도 내 작품이 심사위원의 주목을 받기 시작했다. 나는 지금도 그 이유를 알지 못했다. 작품에도 유행이 있는 건지, 심사위원이 바뀌면 선정 기준이 달라지는 건지 모를 일이었다. 심사 과정이 투명한지도 알 수 없었다. 얼마간 공정하고 또 얼마간 불공정했을 테다. 동료들이 이선에게 품었던 의심은 나를 향했다. 의혹과 의심에 답할 방법이 없었다. 결과를 보여주는 것만이 최선이었다.

자네가 앞으로 무슨 걱정이 있겠나. 지도교수는 내 마지막 시립미술관 개인전 리셉션에서 연어가 올라간 크래커를 먹으며 웅얼거렸다. 그는 한때 어느 자리에서건 이선을 칭찬하느라 바빴던 사람이었다. 개인전을 마무리한 뒤 지원금에 대해 더는 깊이 생각하지 않기로 했다. 내 손을 떠난 문제라는 사실을 받아들이는 수밖에 없었다.

나는 주로 천으로 집을 지어 공중에 거는 작업을 했다. 넓은 작업 공간과 비싼 재료가 필요해서 가성비가 떨어지는 작업이었다. 다들 내 작품 가격에 놀라곤 했다. 작업에 투입된 시간과 재료를 떠올리면 전혀 놀랄 일이 아니었다. 물건 파는 장사치가 되는 기분이 싫어서 일일이 설명하지 않을 뿐.

작년 봄과 가을. 나는 동도시 중심가 통신사 빌딩에 설치 작품 두점을 팔았다. 굵직한 지원금을 몇번 받고 시립 미술관 청년 작가에 선정된 뒤부터 작품 파는 게 예전만큼 어렵지 않았다. 가격을 낮게 불러도 팔리지 않던 작품이 순식간에 판매되기도 했다. 이제는 알았다. 작품의 가격은 들어가는 비용에 비례해 책정되지 않는다. 컬렉터들은 끊임없이 요구했다. 작가의 에토스! 너의 위치를 말하라!

가끔 혼자 빌딩 로비에 들러 내 작품을 물끄러미 바라보고는 했다. 돌아오는 길에는 호프집에 가서 생맥주 한잔을 단숨에 들이켰다. 술기운이 오른 상태로 다시 건물 로비로 향했다. '실크로 만든 집'은 거대한 투명 상자에 갇혀 있었다. 바람과 자연광이 통과해야 비로소 완성되는 작품이었다. 집과 환경, 작품과 삶이 서로 완전히 녹아들어야 비로소 완성되도록 설계했다. 그러나 지금은 어떠한가. 유리 상자 안에서 내 작품은 늙지도 변하지도 않았다. 먼지가 내려앉거나 색이 바래지도 않았다. 유리 상자 안에 갇힌 작품은 이제 '물건'일 뿐이었다. 좋은 점이라면 단 한가지, 더는 가격의 당위성을 설명하거나 흥정할 필요가 없다는 점이었다.

"작업 아이디어는?"

"돈에 맞추는 거죠. 언제나 그렇잖아요."

이선의 말이 맞았다. 작업 예산은 늘 계산이 맞지 않았다. 매번 예산보다 많은 돈이 들었다. 실패할 때 드는 비용은 어디에도 드러나지 않았다. 지원금 예산서에도 실패에 대한 비용은 청구할 수 없었다.

"선배는 같은 작업 하는 거죠?"

"그런 셈이지. 사이즈도 키우고 재료도 이것저것 써보고 싶어."

"넓은 공간, 비싼 재료? 꿈이 크네. 그래서 난 선배가 좋더라."

이선이 자리에서 일어났다. 작업대에 놓인 푸른 천을 들고 조도가 낮은 형광등에 대어 보았다. 천을 통과한 빛이 작업대 위에 물결처럼 일렁였다.

"다른 작가들이랑 달라요, 선배는."

"뭐가?"

"잘 팔리는 거 만들겠다고 작업 스타일 버리는 사람들이랑 다르다고요."

이선의 말에 부정도, 긍정도 할 수 없었다. 솔직히 나

역시 기존 작업 스타일을 버리려던 시절이 있었다. 집에 쉽게 전시할 수 있는 소품, 이를테면 석고나 돌 조각상을 만들려고 했다. 그런 작업은 잘 팔릴 것이다. 내가 변심하지 않은 건 단지 돈을 쥔 사람들의 눈에 띄었기 때문이었다. 그 과정에서 나는 특별히 노력하지 않았다. 한마디로 의지도 집념도 아닌, 갑자기 어디서 굴러왔는지 모를 운 덕분이었다.

"선배 첫 개인전, 나 매일 갔어요."

"매일?"

"매일. 푸른 실크로 만든 집. 그 안에 한참 서 있었어요."

통신사 빌딩 로비에 있는 '실크로 만든 집'을 말하는 것 같았다. 모빌처럼 갤러리 천장에 걸어서 전시했기에 누구나 작품 안으로 드나들 수 있었다.

"따뜻했어요. 나는 선배를 잘 몰라도 작품은 믿거든요. 선배가 따뜻한 사람이라서 작품도 따뜻한 거라 믿어요. 우리는 그걸 잊지 말아야 해요."

"따뜻함?"

"아니. 우릴 따뜻하게 만드는 게 무엇인지."

이선이 고개를 빙 돌려 내 작업실을 둘러보았다. 곧 철 거될 보잘것없는 이 아파트를 이선은 꼼꼼히 훑었다. 손으로 벽을 밀거나 엉덩이를 들썩이기도 했다. 마치 자신이 앉아 있는 자리가 어떤 경우에도 내려앉지 않는다는 걸 확인하려는 것 같았다. 자신의 자리가 수도 없이 가라앉았던 사람이 취하는 본능적인 행동이었다.

"아직 살 만한 거 같은데."

"못 살 지경이라 재개발하는 건 아니니까."

동도 시영아파트는 동도시 최초의 현대식 아파트였다. 그 시절 도시의 부자들이 모여 살던 곳. 그러나 시간이 흐르면 낡은 주거지는 철거되기 마련이었다. 제 기능을 하든 말든 쓸모없는 물건 취급을 받았다. 시영아파트도 마찬가지였다. 그리고 이곳 주민들의 운명도 다르지 않았다.

"저 오전에 작업실을 비웠어요. 오년이나 살았더라고요. 정 많이 들었는데……"

작업실 근처에 카페촌이 형성되면서 집세가 두배가량 올랐다고 했다. 이선이 도저히 감당할 수 없는 금액이었다. 갈 곳이 없는데 갑자기 내가 생각났다고 이선은 말했다.

"선배라면 문을 열어줄 거라고 생각했어요."

우린 친한 사이도 아니었는데 대체 왜 그런 생각을 했는지 물을 수 없었다. 그게 빌어먹을 '푸른 실크로 만든 집' 때문이라는 생각에 죄책감이 들었다. 이선은 알고 있을까. 조소과 학생이라면 한번쯤 들어봤을 근거 없는 소문의 시발점이 나였다는 사실을. 이선을 두고 나는 그녀가 관계자들에게 로비한다고 떠들고 다녔다. 이선은 이제 돈이 없어서 작업실을 비워야 하는, 출산 경험도 없이 남의 아이를 돌봐야 하는 처지였다. 나는 스스로에게 물었다. 이제 만족하는가.

방 한쪽에 쌓인 재료들을 치운 뒤 이선의 백팩을 옮겼다. 이불이라고는 털이 뭉친 극세사 담요가 전부였다. 이선은 차가운 모노륨 장판 위에 가방을 베고 누웠다. 보일러 돌아가는 소리는 요란한데 온기는 좀처럼 돌지 않았다. 이선은 괜찮다고 했다. 찬 바닥에서 자는 데에 이골이 났다고 말했다.

이선이 자는 동안 나는 작업대에 앉아서 스케치를 뒤적였다. 쓸 만한 게 없었다. 식은 커피를 들이켜며 다시 연필을 들었다. 시립미술관 초대 개인전이 얼마 남지 않았다. 나는 여름이 가기 전에 어떻게든 여러 종류의 도안을 완성하려고 안간힘을 썼다.

늦은 밤이 되면 어김없이 벽과 천장에서 갖은 생활 소음이 들려왔다. 신경을 쓰지 않으려 할수록 더 크게 들렸다. 변기 물 내리는 소리, 빨래 터는 소리, 그릇이 달그락거리는 소리, 드라마 주인공이 악을 쓰는 소리가 벽을 타고 또렷하게 들려왔다. 그중 가장 참기 힘든 건 아랫집 노인의 기침과 가래 뱉는 소리였다. 그 소리는 낡은 아파트와 이곳 주민들의 운명을 떠오르게 했다. 나는 스케치북을 덮고 벽에 머리를 찧었다. 오늘도 소득 없이 하루를 보냈다고 생각하자 견딜 수 없었다. 내가 낸 소리에 대거리하듯 옆집에서 신경질적으로 벽에 물건을 던지는 소리가 들렸다.

바닥에 누워 담요를 덮고, 미래의 내가 살게 될 집을 상상했다. 천이나 종이가 아닌 콘크리트와 철근으로 만든 집. 생활의 고단함이 묻어나는 대신 바람과 빗소리가 들리는 집. 조도 낮은 형광등이 아닌 채광만으로도 충분히 밝은 집. 내게 행운이 조금만 더 머문다면 불가능한 꿈이 아닐 수도 있었다. 나는 맞은편에서 잠든 이선의 얼굴을 바라보았다. 이선은 무슨 꿈을 꾸고 있을까. 우리는 같은 꿈을 꾸는 걸까. 그 꿈의 자리는 우리 둘 중 단 한 사람만 차지할 수 있는 걸까.

다음 날 아침, 이선은 눈을 뜨자마자 작업실을 나서서 저녁 여덟시쯤 다시 돌아왔다. 그날 이후로도 매일 아침 같은 시각에 작업실을 나섰다가 거짓말처럼 같은 시각에 돌아왔다. 스팸과 맥주, 편의점용 김치와 즉석밥 두개가 든 비닐봉지를 손에 들고 현관문 안에 들어섰다. 비닐봉지에 담긴 내용물은 매번 바뀌었는데 주로 한끼를 때울 수 있을 만한 식품이 담겨 있었다. 우리는 작업대 한쪽 구석에 나란히 앉아 간단하게 저녁을 때웠다. 김치와 즉석밥을 한데 섞어 기름에 볶으면 고소한 냄새가 나서 입맛이 돌았다. 소시지나 레토르트 카레를 중탕해서 즉석밥에 비벼 먹기도 했다. 가끔 벽이나 화장실 환풍구를 타고 밥냄새가 풍겨오면 갓 지은 밥이 그리워서 침이 고였다. 그러나 우리는 쌀을 사지 않고 버텼다. 조금씩 자주 지출하는 게 한꺼번에 큰돈을 지출하는 것보다 나았다. 가난은 일반적으로 현명하다고 여겨지는 소비조차 불가능하게 만들곤 했다.

밥을 먹은 뒤 이선은 바닥에 엎드린 채 스케치 노트에 무언가를 열심히 그렸다. 날씨가 따뜻해져도 바닥에서 올라오는 냉기는 가시지 않았다. 금요일에는 맥주를 사 와서 같이 마셨다. 안주 없이 맥주로만 배를 채우면 아무리 체력 좋은 이선이라도 금세 취했다.

이선이 잠들고 나면 나는 몰래 이선의 백팩에서 스케치 노트를 꺼냈다. 거기에는 이선의 아이디어들이 그림,

글, 동선, 도면, 무보(舞譜)로 빽빽하게 기록되어 있었다. 이선은 여전히 몸을 극한으로 밀어붙이는 작업들을 구상했다. 노트 귀퉁이에 작업을 위한 신체 훈련 리스트를 따로 적어놓을 정도였다. 마리나 아브라모비치가 고안한 극한의 신체 훈련 — 금식, 정좌, 신체 통제 — 처럼 하루 만에 나가떨어질 만큼 강도가 높은 훈련이었다. 이선의 노트에서 그간 드러내지 않은 그녀의 야망이 보였다.

나는 암호 같은 이선의 노트를 밤마다 들여다보았다. 훔칠 수 있으면 훔치고 싶었다. 주제든 재료든 배경이든, 무엇이든 상관없었다. 나중에 이선이 문제 삼으면? 발뺌할 작정이었다. 밤마다 같은 꿈을 꾸었다. 꿈속에서 나는 성공하기 직전에 도용과 표절이 드러나 나락으로 떨어지는 비운의 인간이었다. 또렷한 추락의 감각. 눈을 떠도 그 감각은 나를 계속 쫓아다녔다.

끝내 나는 아무것도 훔칠 수 없었다. 이선의 암호를 이해하지 못해서가 아니었다. 우리가 함께 보낸 시간 때문도 아니었다. 이선의 아이디어를 내 것으로 만들면 뜻밖에도 아무것도 아닌 게 되어버리기 때문이었다. 평범하고 볼품없어서 내가 버린 것만 못한 상태로 바뀌었다. 원래 내 것이 아니기 때문일까. 훔쳐봐야 써먹지도 못할 만큼 재능이 없기 때문일까. 이유가 무엇이든 절망적이었다. 나는 어느 순간부터 내 개인전 아이디어를 이선의 노트에서 찾으려고 혈안이 되어 있었다. 시립미술관 개인전을 망치면 주목받지 못하던 시절로 다시 돌아갈지도 모른다는 불안이 턱밑까지 차올랐다.

나는 가끔 궁금했다. 내가 스케치 노트를 뒤지는 동안 이선은 한번도 잠에서 깬 적이 없을까. 아닐 것이다. 다만 그녀는 지켜보았을 터였다. 내가 좌절할 때마다 안도하거나 약간의 우월감을 느꼈겠지. 훔치지 않는 게 아니라 훔치지 못하는 나를 지켜보며 잠자코 눈을 감고 있었을 테지. 아니다. 이선은 그럴 리 없었다. 인적 드문 아파트까지 나를 찾아온 사람이었다. 나를 신뢰하지 않았다면 다른 사람을 찾아갔겠지. 나는 잠든 이선을 물끄러미 바라봤다. 이선은 나를 철저히 믿고 있는 걸까, 아니면 몰래 조롱하는 중일까.

시립미술관 개인전 오프닝을 한달쯤 앞두고 우리는 함께 영화를 보기로 했다. 이선이 내 작업실에 들어온 뒤 처음으로 함께하는 외출이었다. 우리는 이선의 퇴근에 맞춰 H보험사 빌딩 앞에서 만나기로 했다. 나는 약속 시각보다 일찍 도착했다. 멀티플렉스 극장은 내 작품이 전시된 통신사 빌딩의 대각선 맞은편에 있었다. 처음에는 바로 약속 장소에 갈 생각이었는데 어쩐 일인지 발걸음이 자연스레 통신사 빌딩으로 향했다.

로비에는 뜻밖에도 이선이 서 있었다. 이선은 팔짱을 낀 채 유리 상자 안에 있는 내 작품을 못마땅한 표정으로 바라보는 중이었다. 이선이 갑자기 고개를 돌려 나를 쳐다보았다. 내가 화들짝 놀라자 유리에 선배가 비쳐서,라고 말했다.

"얘를 구해주고 싶네."

"돈 주고 산 사람 마음이지 뭘."

"거짓말. 그렇다면 선배가 여기 들를 이유가 없어."

이선이 비아냥거렸다. 반박하지는 않았지만 내 말이 맞는다고 믿었다. 작가의 의도 같은 게 구매자에게 중요할 리 없었다. 작품이 먼지에 덮여서 낡아가는 걸 좋아할 구매자가 있을까.

그 순간 갑자기 이선이 주먹으로 유리 상자를 쿵 쳤다. 이선의 어깨를 붙들었을 때는 이미 늦었다. 유리 상자 안에 있는 모빌이 출렁였다. 이선은 어깨를 흔들어 내 손을 뿌리친 뒤 다시 유리 상자를 쳤다. 이번에는 모빌이 더욱 거세게 흔들렸다. 경비원이 달려왔다. 경비원은 유리 상

자에서 떨어지라고 소리쳤다. 한번만 더 건드리면 경찰을
부를 겁니다. 알 만하게 생긴 사람들이 말이야. 경비원이
타박하듯 말하자 이선이 그의 눈을 노려보았다. 나는 이
선의 팔을 잡아끌고 빌딩 밖으로 나왔다. 로비 문을 완전
히 통과할 때까지 경비원은 우리를 주시했다. 나는 완력
으로 이선을 끌고 횡단보도를 건넜다. 영화관 앞에 도착
해서야 이선의 팔을 놓았다.

"뭐야? 갑자기 왜 이래?"

"이 사람들은 작품을 가질 자격이 없어요."

"너 이상한 생각을 하는구나. 자격 있는 사람이 따로 있
어? 자격은 주인에게 있는 거야."

그건 사실이었다. 저 작품에 내 권리는 없다. 돈 주고
산 사람이 작품의 주인이었다. 이선은 오늘 해고를 통보
받았다고 했다. 왜냐는 내 물음에, 놀이 방식에 대한 의견
이 좀 달랐다고 했다.

"내가 그 앨 제일 잘 알아요."

"네가 엄마는 아니잖아."

"그 엄만 아이한테 관심 하나 없다고요."

"억지야."

이선은 고개를 숙였다.

"나는…… 상처받았어요."

이선의 입에서 처음 듣는 말이었는데도 어쩐지 아주 오랫동안 반복해서 들어온 말 같았다. 고작 몇개월 돌본 아이 탓일까. 나는 이선의 등을 말없이 토닥였다. 이선이 슬며시 내 손을 뿌리쳤다.

"선배는 몰라요."

"뭘?"

"선배는 저 작품을 유리 안에 넣는 걸 반대했어야 해요."

작품을 팔지 말라는 소리인가. 작품마저 팔지 못하면 작가 생명이 끝날 수도 있다. 생계는 어떻게든 이어가더라도 작업을 포기할 수는 없는 노릇이었다. 퍼포먼스는 팔 수 없지만 내 작품은 충분히 팔 수 있다. 그게 못마땅하다면 이선이 작업 방식을 바꾸면 될 일이었다. 물론 조건을 걸 수는 있을 것이다. 그러나 그건 작가의 권위에 따라 달라지는 문제였다. 나는 한낱 신인일 뿐인데 무슨 수로 조건을 붙일 수 있단 말인가. 내게는 그럴 만한 힘이 없었다.

"저 작품은 이제 따뜻하지 않아요."

이선이 혼잣말했다. 나는 대꾸 없이 영화관을 향해 걸었다. 먹을 생각이 없던 팝콘과 음료까지 사고 말았다. 좌

석에 앉자마자 팝콘을 한주먹 집어서 입에 넣었다. 예고
편이 끝나기도 전에 팝콘 통이 바닥을 드러냈다.

영화 속에서 여자 주인공은 산속 흙에 스스로 몸을 묻
었다. 뒤늦게 그 사실을 안 남자가 산을 샅샅이 뒤졌으나
끝내 여자를 찾지 못했다. 영화는 그가 영원히 여자를 찾
을 수 없음을 암시한 채 끝이 났다. 작업실로 돌아오는 길
에 우리는 평생 여자를 찾아 헤맬 남자 주인공의 남은 생
에 관해 이야기했다. 그는 여자를 찾지 못할 줄 알면서도
죽을 때까지 포기하지 못할 것이다.

"사랑해서?"

이선이 물었다.

"아니. 그녀를 사랑하는 자신을 위해서지."

내가 답했다.

다음 날부터 이선은 낮 시간 대부분을 책상에 앉아서
골똘한 표정으로 시간을 보냈다. 그런 이선을 보면 내심
불안했다. 나는 여전히 이선을 위협적인 경쟁자로 여기고
있었다. 아니면 스스로에게 자신이 없거나. 이번에는 나
의 운을 이선이 가져갈 수도 있었다. 그렇다고 하더라도
불평할 자격이 없었다. 우리의 작업이지만 정작 우리 손
으로 충족할 수 있는 조건은 별로 없다는 사실을 이젠 안

다. 우리가 할 수 있는 건 고작 아이디어를 떠올리고 열망을 품는 일뿐이었다. 그래서 투정 없이 작업에 몰두하는 이선을 보면 비참한 마음을 더욱 숨길 수 없었다.

선정자가 발표되는 날까지 이선은 믿었다. 자신에게도 기회가 올 거라는 믿음. 그러나 지원금 결과가 발표된 뒤 이선은 흔들렸다. 믿음이 컸던 만큼 좌절도 컸다. 명단에 내 이름은 있었고 이선의 이름은 없었다. 이선은 예상했던 결과라며 담담하게 입 주변을 쓸어내렸다. 같이 받지 못해 아쉽다는 말도 하지 않았다. 아무리 진심이라도 얄팍한 위로처럼 들릴 게 뻔했다.

이유를 알고 싶었다. 왜 우리 중 한 사람은 웃고 다른 사람은 웃지 못하는지. 탓할 대상을 찾는 건 어렵지 않았다. 예산을 배정한 사람? 심사위원? 커리어가 출중하면서도 프로필에 한줄 더하려고 지원금을 신청한 사람? 그러나 자문할수록 잘못한 사람은 없다는 사실만 깨달을 뿐이었다.

문제는 우리 두 사람에게 있었다. 나와 이선은 이 일을 지나치게 사랑했다. 그러나 우리는 결코 이 일의 주체가 될 수 없을 것이다. 우리가 사랑하는 일의 운명은 언제나 타인의 손에 달려 있었다. 생애주기에 따른 발달과업을 제대로 수행하지 못해 치르는 대가인 걸까. 그 대가가 이토록 지독한데도 나와 이선은 왜 아직도 이 자리에서 맴도는 걸까.

이선은 그날 이후 아무것도 안 하며 사흘이나 벽에 기대어 시간을 보냈다. 대책을 마련해, 대책을. 미친 사람처럼 중얼거렸지만 마땅한 대책은 없어 보였다. 나도 이선에게 슬슬 지쳐갔다. 굶어 죽거나 말거나 관심이 없다는 듯 작업대에 앉아서 시간을 보냈다. 어떻게 해야 다시 작업을 할 수 있을까요. 베이비시터 일은 이제 그만하고 싶은데. 이선은 그렇게 말하며 쓸쓸한 표정을 지었다.

작업이 제대로 될 리 없었다. 무시하려고 해도 내 신경은 온통 이선에게 쏠렸다. 이선은 산책하러 나가자는 권유를 끈질기게 무시했다. 이대로 조금 더 앉아 있겠다는 말만 했다. 결국 나는 혼자 집을 나섰다. 바깥 공기를 쐬니 기분이 한결 나아졌다. 단지 입구를 빠져나와 슈퍼마켓 쪽으로 걸음을 옮겼다. 천변에서 습기 먹은 바람이 물비린내를 풍기며 불어왔다. 늦가을이었지만 바람은 여전히 미지근했다.

아파트에서 멀어질수록 이상하게도 걸음이 가벼워졌다. 이선을 향한 미안함과 죄책감도 슬슬 잊혔다. 심지어

마음이 들떴다. 지원금 삼천만원은 큰돈이었다. 이선의
좌절을 위로하느라 지원금의 액수와 그 돈으로 할 수 있
는 작업을 잊은 걸 통탄할 지경이었다. 그 지원금은 가능
성이었다. 실크가 아닌 더 비싼 재료를 써서 아파트 단지
하나를 통째로 재현할 수도 있었다. 넓고 천장이 높은 사
설 갤러리 몇군데가 떠올랐다. 그럴싸한 리셉션을 열어
평론가와 컬렉터를 초대하고 싶었다. 그런 상상을 하자
가슴이 벅차올랐다. 나는 캔맥주가 담긴 비닐봉지를 들고
달리듯 작업실로 향했다.

아파트 입구에 구급차 불빛이 보였다. 주민들이 복도
난간에 붙어 서서 구급차가 서 있는 쪽을 내려다봤다. 그
들은 새까만 당구공처럼 보이는 머리를 난간에서 내밀고
있었다. 나는 구급차의 등장보다 아파트에 이렇게 많은
사람들이 살고 있다는 사실에 더 놀랐다.

잠시 후 들것을 든 대원 네명이 나타났다. 구경하는 사
람들에게 가려서 들것 위에 누가 누워 있는지조차 확인
할 수 없었다. 대원 뒤에는 아래층 노인이 보였다. 그는 메
리야스와 회색 추리닝 바지 차림으로 대원 근처를 맴돌았
다. 그는 내가 이곳에서 말을 섞어본 유일한 사람이었다.
그에게는 아내가 있었다. 아파트에 처음 입주할 때도 아

내와 함께였다고 했다. 그의 아내는 아팠다. 그는 아내가
당장 내일 죽어도 이상하지 않다고 했다. 노인의 지친 표
정 탓에 무슨 병인지 묻지 못했다. 그는 허리가 굽어 택시
를 모는 일도 더는 할 수 없었다. 철거 시기가 다가오는데
도대체 어디로 가야 할지 모르겠다고 했다. 나는 말이야,
이 아파트를 부술 때 시멘트랑 같이 묻히고 싶네. 자네는
어떤가? 그는 그렇게 말하며 주름진 입에서 담배 연기를
길게 뿜어냈다.

　작업실에 돌아온 나는 현관문을 열고 이선을 불렀다.
대답이 없었다. 그녀가 앉아 있던 자리는 비어 있었다. 담
요가 놓인 모양이 마치 이선의 몸만 쏙 빠져나간 것 같았
다. 백팩, 짐가방, 신발, 지갑, 심지어는 월급을 모아둔 통
장까지 그대로였다. 나는 작업실 내부를 이 잡듯 뒤졌다.
책장 뒤, 테이블 아래, 심지어는 현관 신발장까지 열어보
았다. 그런 공간에 사람의 몸이 숨겨질 리 없다는 걸 알면
서 말도 안 되는 장소까지 뒤졌다. 혹시 구급차에 실려 간
사람이 이선이었나. 쓰러진 건가.

　나는 집을 뛰쳐나와 계단을 뛰어 내려갔다. 구급차는
이미 떠난 뒤였다. 화단 옆에서 담배를 피우는 남자에게
구급차에 탄 사람이 혹시 김이선이냐고 묻자 자기가 그

사람을 어떻게 아느냐고 쏘아붙였다. 어둠에 가려진 남자의 얼굴이 낯설었다. 그는 엄지손가락 길이만큼 짧아진 담배를 손에 쥔 채 나를 쳐다봤다. 그가 뿜어내는 담배 연기에서는 이상하게도 아무런 냄새가 나지 않았다.

"원래 여기 사세요?"

"십년 전부터 살았는데요."

집으로 돌아온 나는 119에 전화를 걸어 구급차에 실려 간 사람이 젊은 여성이 아니라는 사실을 확인했다. 그럼 구급차에 실려 간 여자가 노인이냐고 묻자 상담원은 귀찮다는 듯 관계자가 아니면 알려드릴 수 없다고 답했다.

이선은 어디로 사라졌을까. 작업실로 돌아온 나는 이선이 앉아 있던 벽에 등을 기댔다. 바닥에 놓인 이선의 휴대전화는 배터리가 19퍼센트밖에 남지 않았다. 휴대전화를 충전기에 꽂고 바닥에 누웠다. 기운이 빠져서인지 나도 모르는 사이 잠이 들었다.

—저기요, 선배.

이선이 부르는 소리에 눈을 떴다. 고개를 들어 방 안을 둘러보았다. 인기척은 없었다.

—여기예요, 여기.

목소리는 벽에서 들려왔다. 벽 전체가 진공관이 된 듯 이선의 목소리를 뿜어냈다. 나는 잠이 덜 깼나 싶어서 화장실에 가 찬물로 세수하고 양치도 했다. 그러나 방으로 돌아왔을 때 벽에서 또다시 이선의 목소리가 들렸다.

"어디야? 장난치지 마."

— 이 집이 날 삼켰어요.

이선은 백팩이 놓인 자리의 벽지를 보라고 했다. 곰팡이가 핀 벽지의 틈이 살짝 벌어져 있었다. 나는 집게손가락으로 그 틈을 훑었다. 시멘트 가루가 손에 묻어났다.

"다시 나올 수 없어?"

멍청한 질문이었다. 질문을 듣자마자 이선의 웃음소리가 벽 전체에서 울렸다.

— 몸이 다 녹은 것 같아요.

"뭐라고?"

— 이 집은 낡고 쓸모없고 희망 없는 것만 삼켜요. 아랫집 노인의 아내나 나 같은 사람 말이에요.

"그게 무슨 말이야?"

— 선배 나 다 알아요.

"뭘?"

— 선배의 마음이요. 질투, 욕심, 그런 거. 그러고 보면

선배는 자신한테 참 엄격하고 냉정한 사람이야. 다른 사람 눈을 믿지 않잖아.

나는 발가벗겨진 기분이었다. 화가 났지만 누구에게 대거리를 해야 할지 알 수 없었다. 무엇보다 끔찍한 건 이제부터 매일 이선의 목소리와 함께 생활해야 한다는 점이었다.

이선은 사각지대 없는 CCTV 카메라 같았다. 나는 씻고 먹고 자는 걸 모두 보여주는 셈이었다. 그런 건 괜찮았다. 가장 들키기 싫은 건 작업하는 모습이었다. 나는 여전히 게으르고 서툴렀다. 이선이 벽 어딘가에서 지지부진한 내 작업을 보며 조롱하고 있는 것 같았다.

그사이 시립미술관 전시가 코앞으로 다가왔다. 작업에 속도가 붙지 않아서 미칠 지경이었다. 억지로 작품 두개의 골격을 만들었지만 영 마음에 들지 않았다. 그즈음 나는 오히려 이선의 목소리가 들리기를 바랐다. 믿을 만한 사람의 조언이 절실히 필요했다. 이선이 작업에 관여해주면 안심이 될 것 같았다.

그러나 그때부터 이선의 목소리는 나를 외면했다. 나는 이선의 스케치 노트를 꺼내어 작업대 위에 보란 듯 올려놓았다. 말하지 않으면 네 아이디어를 다 훔칠 거야. 협박하는 눈으로 벽을 노려보았지만 벽은 꿈쩍도 하지 않았다. 나는 이선의 노트를 당당하게 펼쳤다. 이선이 쓴 글자들을 손가락 끝으로 하나씩 짚어가며 꼼꼼하게 읽었다. 마지막으로 본 페이지 뒤에도 꽤 두꺼운 분량의 아이디어가 덧붙여져 있었다.

노트 맨 뒷장에서 집을 그린 도면을 발견했다. '푸른 실크로 만든 집'처럼 바람에 벽이 흔들리고 빛에 따라 색이 바뀌는 게 아닌, 변하지 않는 하나의 단단한 구조물이었다. 노트에는 구조물을 만들고 통과하는 사람들의 움직임을 지시하는 동선도 함께 그려져 있었다. 스케치만으로 파악하기는 힘들었지만 내가 해석한 바로 재료는 '모든 것'이었다. 누군가의, 아니, 어쩌면 자기 신체를 재료로 이용하려는 계획이었다.

스케치 노트를 덮고 눈을 감았다. 나는 여전히 팔기 좋은 물건을 만들고 있다는 걸 인정할 수밖에 없었다. 이선은 언제나 나보다 저만치 먼 곳을 바라보았다. 그리고 지금 이선은 내가 알 수도, 닿을 수도 없는 세계를 향해 걸어가는 중이었다.

시립미술관 전시는 그럭저럭 끝났다. 나는 몇년 전과 크게 달라지지 않은 작품을 만들었다. 그게 나의 최선이었다. 평론은 여전히 호의적이었다. 반면 일각에서는 내 작품 경향에 새로운 시도가 결여되었다는 점에 대해 우려를 표했다. 그러나 소수의 의견은 언제나 작은 불평쯤으로 치부되었다. 이번 전시에서 나는 작품 세점을 팔았다. 내가 원하는 가격을 불렀을 때 컬렉터는 그 가격에 돈을 더 얹었다. 실패의 시간을 보상하고도 남을 만한 액수였다. 그러나 계약서에 찍힌 금액을 보는데도 기분이 영 나아지지 않았다. 나에게 이번 개인전은 명백한 실패였다.

작업실 퇴거 요청일이 빠르게 다가왔다. 나는 마지막 날까지 짐을 싸지 않고 버텼다. 작업실을 얻을 수 있는데도 구하러 다니지 않았다. 귀찮음 때문만은 아니었다. 이선을 기억하고픈 마음이 커진 탓이었다. 작업에 필요한 최소한의 도구만 집으로 옮겼다. 찢어버린 도안과 재단 단계에서 실패한 재료들, 그리고 이선의 물건들은 모두 제자리에 놔두었다. 이선의 노트를 들고 나올까 끝까지 고민했지만 그러지 않았다.

아파트는 내가 퇴거하고 보름 뒤부터 철거되기 시작했다. 동도시의 불볕더위가 무서웠던 인부들은 여름이 되기 전에 작업을 끝낼 요량으로 죽을힘을 다해 움직였다.

현장에 갔을 때 아파트의 외형은 이미 허물어지고 그 자리에 시멘트 덩어리와 철근 뭉치만 산처럼 수북이 쌓여 있었다. 공사 현장 입구에 서서 시멘트 더미가 덤프트럭에 실려 나가는 모습을 바라봤다. 깨진 유리와 각종 생활가전, 세발자전거, 세면대 조각, 변기 뚜껑, 이불, 매트리스 그리고 용도를 알 수 없는 집기들이 콘크리트 더미 속에 묻혀 덤프트럭에 실렸다. 현장 소장은 낡은 사무용 노트를 들고 불만스러운 표정으로 입구 앞을 서성였다. 폐기물의 양이 입찰에 제시된 양과 차이가 나는데 윗선에서 그 책임을 자신에게 뒤집어씌운다고 투덜댔다. 나는 이선과 아래층 노인, 화단에서 담배를 피우던 남자, 난간에 붙어서 구급차를 구경하던 사람들을 떠올렸다. 그들은 모두 어디로 사라졌을까.

나는 공사장 한구석에 쪼그리고 앉아서 건물의 파편을 줍기 시작했다. 시멘트 모양의 돌덩이, 방문 손잡이, 찢어진 이불 조각, 유리 파편, 플라스틱 바구니 같은 것들을 하나씩 모았다. 현장 소장이 나를 향해 안내봉을 거칠게 휘둘렀다. 나는 백팩에서 일회용 비닐 가방을 꺼내어 건물의 파편들을 담았다. 재료를 사려고 들고 온 가방이었다. 소장이 더는 참지 않겠다는 듯 호루라기를 세게 불었다.

그가 흔드는 안전봉 방향을 따라서 덤프트럭 한대가 내 앞을 지나갔다. 바퀴에서 마른 흙먼지가 일어나 시야를 가렸다.

* '나'의 작업은 서도호 작가의 작품 '집 속의 집 속의 집 속의 집 속의 집'(2013)에서 아이디어를 얻었다.

남은 아이

해전 제철소 굴뚝에는 이제 연기가 나지 않았다.

그날은 제1고로가 폐쇄된 지 일주일이 지난 날 밤이었다. 나는 아파트 앞 해변을 걷다가 태이를 보았다. 태이는 나와 100미터쯤 떨어진 위치에서 홀로 쪼그리고 앉아 모래를 파고 있었다. 모래 속에서 무언가를 주운 뒤 백팩에서 꺼낸 작은 주머니에 집어넣었다.

태이를 알아본 건 아이의 백팩에 주렁주렁 매달린 인형 때문이었다. 태이는 주머니를 백팩에 도로 집어넣은 뒤 몸을 일으켜 해수욕장을 유유히 빠져나갔다. 나는 불빛 하나 없이 컴컴한 해수욕장에 서서 태이가 사라진 자리를 멀뚱히 바라보았다. 파도가 발아래까지 밀려와 운동화 코끝에서 부서졌다.

집으로 돌아오자마자 곧장 안방으로 가서 옷장 문을

열었다. 옷장에는 버리지 못한 코트와 재킷, 남편의 작업복, 낡은 모직 바지가 빼곡하게 걸려 있었다. 나는 세탁소 비닐커버를 씌워둔 겨울옷을 손으로 하나씩 확인했다. 선우의 교복이 없었다. 옷을 모조리 꺼내서 바닥에 던졌다. 교복을 찾지 못하면 선우가 영원히 학교로 돌아가지 못할 것처럼 필사적으로.

방에 들어온 남편이 바닥에 팽개쳐진 옷을 하나씩 집어서 옷장에 걸었다. 남편이 비둘기빛 롱코트를 집었을 때 내가 말했다.

"나 방금 그 애를 봤어."

남편이 코트를 든 채 나를 쳐다봤다. 그의 눈에는 근심, 비난, 초조함이 한데 섞여 있었다. 그는 분명 학교폭력위원회의 접근 금지 명령을 떠올렸을 것이다. 지난 일년간 나는 밥 먹듯이 그 명령을 어겼다. 태이를 만나려고 갖은 수를 썼다. 태이의 단짝 친구에게 매일같이 연락하다가 그 아이의 부모에게 경고를 받고, 태이가 다니는 수학 학원에 몰래 찾아갔다가 원장과 몸싸움을 벌였다. 나는 태이 친구들을 닦달해서 그 아이의 스케줄을 모두 꿰고 있었다. 그때는 그런 행동을 저지르면서도 무섭지 않았다. 나는 진실을 알고 싶다고 주장했다. 그 말에는 선우가 이유 없이 태이에게 그런 짓을 했을 리 없다는 믿음이 깔려 있었다.

당신이 찾는 진실 같은 건 애초에 없다고. 남편은 말했다. 그 사건에 대해 우리가 알아야 할 게 더는 없다고 했다. 그는 냉정했다. 항소를 포기하자고 주장한 것도 그였다.

"이럴 수는 없어."

나는 분노를 추스르지 못하고 계속 같은 말을 중얼거렸다. 남편은 대꾸 없이 바닥에 떨어진 옷을 주웠다. 그가 움직일 때마다 술 냄새가 풍겼다. 나는 몸에 밴 묵은 알코올 냄새에서 그의 냉정함이 완전히 무너졌다는 사실을 실감했다. 소문으로만 떠돌던 제철소 폐쇄가 현실화된다는 소식에 그는 삶을 놓아버렸다. 떡이 될 때까지 술을 마시고 스코어도 모르는 채 야구 중계 화면만 뚫어져라 바라보았다. 아침에 메이저리그 중계를 본 뒤 낮잠을 자다가 저녁에는 한국 프로야구를 보는 식이었다. 누가 홈런을 치는지 어느 팀이 이기는지도 몰랐다. 중계를 보다가 뜬금없이 칠년 전 고로에서 사고로 숨진 동료의 이야기를 꺼내기도 했다. 나는 그 이야기를 듣고 싶지 않았다. 그러나 그는 이야기를 멈출 생각이 없었다.

다행히 한달 전 남편은 동창으로부터 자신이 운영하는

작은 인쇄소에 자리를 내어준다는 연락을 받았다. 전화 응대, 지출, 물품 구입 같은 잡다한 일을 처리하는 경리 업무였다. 인쇄소는 해전시에서 차로 한시간 떨어진 신도시에 위치했다. 남편은 망설이지 않고 제안을 받아들였다. 그것이 지금 세상이 자신에게 베풀 수 있는 최선의 호의라는 걸 알았다. 우리는 보름 뒤 해전시를 떠난다. 나는 그곳에서 선우가 복학할 수 있다는 희망에 부풀었다. 한살 어린 학생들과 함께 학교를 다녀야 할지라도 나는 선우가 다시 학생이 되길 바랐다.

옷장 앞에서 겨우 몸을 일으킨 뒤 선우의 방으로 향했다. 엄지손가락 길이만큼 문이 열려 있었다. 방 안에서 새어나오는 어둠을 볼 때마다 절망이 바위처럼 정수리를 짓눌렀다. 나는 방문을 두드리지 않고 가만히 문 앞에 서 있다가 조심스럽게 선우를 불렀다. 대답이 없었다. 문을 살며시 열고 방 안으로 들어갔다. 땀 냄새와 음식물 쓰레기 냄새가 방 안에 가득했다. 소스가 말라붙은 햄버거 포장지와 빈 프링글스통이 방바닥에 널브러져 있었다. 선우는 침대 위에서 이불을 둘둘 감고 자는 중이었다. 아니, 자는 척하고 있었다. 아이는 일년 전 학교를 그만둔 뒤 집에서 하루 종일 먹기만 했다. 먹고 나서는 바로 침대에 누웠다.

음식은 채 소화되기 전에 온몸에 덕지덕지 붙었다. 어림잡아 20킬로그램은 불었을 것이었다.

모로 누운 선우의 등에 얼굴을 가져다 댔다. 그날 체육관에서 있었던 일을 한번만, 딱 한번만 더 설명해줄래? 그렇게 부탁하지 못했다. 대신 오르락내리락하는 선우의 등을 물끄러미 바라보았다. 절대 부서지지 않을 바위 같은 등. 선우의 등은 무섭도록 고요하게 슬픔과 절망을 빨아들이고 있었다.

안방의 옷장은 깨끗이 정리된 상태였다. 남편이 정리한 모양이었다. 쓸쓸히 옷을 집어드는 남편의 모습이 떠올랐다. 나는 화장대 서랍을 열어서 메모 패드를 꺼냈다. 일기장이라고도 할 수 없는, 그때그때 낙서하듯 끄적인 노트였다. 말도 안 되는 단어를 조합해 휘갈길 때마다 선우와 태이를 마음에 품었다. 정확히는 그들이 내게 안긴 배신감을 곱씹었다.

메모 패드에서 번호를 찾는 일은 어렵지 않았다. 열한자리 전화번호를 메모 패드 두장에 걸쳐 빽빽하게 써놓은 탓이었다. 그때는 누를 수 없는 번호를 메모지에 적으며 화를 삭이곤 했다. 이번에는 달랐다. 나는 휴대전화를 들고 열한자리 숫자를 차례대로 눌렀다. 흥분되거나 떨리지 않았다. 일년 전과 달리 나는 지쳤다. 더는 태이에게 그 일에 관해 물을 힘이 남아 있지 않았다. 태이가 답한들 무엇이 변한단 말인가.

그런데도 태이에게 전화를 건 이유는 이 감정을 잘 매듭짓고 싶었기 때문이었다. 이사를 결정한 뒤 나는 십이년간 이 도시에서 산 물건을 모조리 처분하는 중이었다. 소파, 침대, 옷, 이불, 낡은 냄비와 프라이팬, 부피가 큰 책장과 LCD 액정 모서리에 금이 간 벽걸이 텔레비전 같은 살림살이를 하나씩 버렸다. 이웃들의 연락처도 지웠다. 이곳을 떠나면 연락이 뜸해지다가 결국 남이 될 인연이었다. 그러나 결코 처분할 수 없는 것이 있었다. 바로 태이와의 일이었다. 마지막 날까지 우리 가족을 따라다닐 단 하나의 일. 나는 이것이야말로 내가 태이를 만나려는 이유라고 믿었다. 그렇게 믿으면 태이에게 연락하려는 충동이 합리적인 틀을 갖춘 정당한 일처럼 여겨졌다. 그러나 무엇을? 어떻게? 왜 하필 지금……? 그런 의문이 드는 것도 어쩔 수 없었다. 나는 그 속내를 애써 모른 척했다.

작년 봄 제철소 폐쇄 결정 소식으로 아파트 단지가 무거운 침묵에 빠진 날이었다. 태이가 담임선생을 통해 선우를 성추행 혐의로 해전시 교육청 학교폭력위원회에 고

발하면서 두 계절에 걸쳐 지난한 공방을 벌였다. 그 과정에서 나와 남편은 선우가 태이와 교제했다는 사실을 처음 알게 되었다. 처음에는 태이와 사귄 적이 없었다고 잡아떼던 선우는 문자메시지가 공개되고 동급생들의 증언이 이어지자 마지못해 그 사실을 인정했다.

형사처벌은 면했다. 체육관에서 선우가 태이에게 시도한 신체적 접촉은 일방적 강압이 아니라고 판단되었기 때문이었다. 그러나 심리적 강압은 인정되었다. 증거가 있었다. 심의 도중 단체 채팅방에 선우가 태이에게 보낸 협박 문자가 증거로 인정되었다. 선우는 채팅으로 태이의 약점을 소문내겠다고 집요하게 협박했다. 태이의 가슴은 만졌을 때 꼭 공기 빠진 모래주머니 같다고 소문내겠다는 메시지가 공개되는 순간, 나는 자리에서 벌떡 일어나서 한 손으로 선우의 머리채를 움켜쥐었다. 그러고는 다른 손으로 주먹을 쥔 채 선우의 뺨과 뒤통수를 내리쳤다. 이 미친 새끼!

선우는 어떤 반항도 없이 내가 휘두르는 주먹을 그대로 맞았다. 나는 선우가 가만히 있는 게 화가 나서 더욱 거칠게 주먹을 휘둘렀다. 속으로는 선우가 이 모든 상황을 부정하길 바랐다. 그러나 선우는 끝까지 입을 열지 않았다.

서면 사과, 피해 학생 접촉 및 협박과 보복 금지, 출석 정지 5일, 특별교육 7시간. 선우가 심리적 강압에 대해 받은 징계 내용이었다. 태이는 징계에 별다른 문제를 제기하지 않았다. 체육관에서 선우가 억지로 몸을 밀어붙여 성관계를 시도했다는 주장을 더는 고집하지 않았다. 그 부분의 사실관계에 관해서는 두 아이 모두 입을 다물었다. 그래서 더는 알 도리가 없어졌다. 나는 태이가 물러선 이유를 알고 싶었다. 그러나 나에게는 사연을 들을 권리나 기회가 주어지지 않았다.

그날 이후 더는 태이의 소식을 듣지 못했다. 아무도 나에게 태이의 소식을 전해주지 않았다. 선우는 징계를 이행한 뒤 곧바로 학교를 그만두었다. 나와 남편이 말려도 소용없었다. 마지막으로 학교를 다녀온 날부터 선우는 방문을 걸어 잠그고 밥을 굶어가며 등교를 거부했다.

학폭위가 마무리된 뒤에도 사건에는 여전히 거대한 구멍이 뚫려 있는 것 같았다. 밝혀지지 않은 무언가가 더 있을 거라는 의심이 들었다. 특히 선우와 태이, 단둘이 체육관에 있었을 때 정확히 어떤 일이 있었는지 알고 싶어서 미칠 것만 같았다. 단체 채팅이나 동급생의 증언이 아닌 두 아이가 직접 입을 열어 내뱉는 말이 듣고 싶었다. 내겐 그들의 말이 필요했다. 나는 몰래 선우의 가방을 뒤지고 휴대전화를 훔쳐보았다. 선우는 알면서도 화를 내지 않았다. 내가 무슨 짓을 벌이든 그대로 하도록 내버려두었다. 대신 남이 되었다. 내게 어떤 말도 먼저 건네는 법이 없었다. 가끔 한번씩 지어주던, 입꼬리를 슬쩍 올리는, 내가 무척 사랑하는 그 특유의 미소도 거두어버렸다.

나는 방에서 선우의 사진을 보는 걸로 시간을 보냈다. 막 걷기 시작한 선우, 처음 감자튀김을 먹는 선우, 수영장에서 튜브를 낀 채 잠든 선우…… 내가 이 아이를 키운 적이 있던가. 사진 속의 선우가 한없이 낯설었다. 선우를 키우면서 나는 대체 무얼 놓쳤단 말인가.

그 사건이 있기 전까지만 해도 나는 선우의 무탈한 미래를 의심하지 않았다. 선우는 성적은 고만고만했지만 선생님들에게 진중하고 예의 바르다는 칭찬을 들었다. 숙제를 안 해가도 또래 아이들처럼 핑계로 무마하려고 하지 않고 당당히 벌을 받았다. 한번 방에 들어가면 좀처럼 나오지 않는 또래 아이들과 달리 남편과 나를 따라 외식을 하거나 여행을 가자는 제안을 거절하지 않았다. 선우는 거짓말하는 요령이 없었다. 몰래 피시방에 간 것도, 용돈으로 게임머니를 결제한 것도, 친구와 놀다가 학원에 지각하는 것도 빤히 다 눈에 보였지만, 모르는 척했다. 나와 남편은 아이의 세계를 지켜주기 위해 적당히 눈감을 줄 아는 꽤 괜찮은 부모라고 자부했다. 그것이 착각이라는 걸 깨닫는 데에 이토록 큰 대가를 치러야 한단 말인가.

전화를 끊으려고 할 때 여보세요, 하는 목소리가 들려왔다.

"이태이 학생인가요?"

"네."

"나, 김선우 엄마예요."

"아, 네."

"잘 지냈어요?"

"네."

대답하는 태이의 목소리가 점점 쪼그라들었다. 겁을 먹은 것 같았다.

"갑자기 전화해서 미안해요."

"네."

"혹시 우리 만날 수 있을까? 우리가 곧 이사를 가요."

태이는 한참 동안 아무 대답도 하지 않았다. 전화가 끊긴 줄 알고 나는 태이를 다시 불렀다.

"엄마한테 물어봐야 할 것 같아요."

태이가 기어들어가는 목소리로 답했다. 아이 입장에서는 망설이는 것이 당연했다. 그러나 나는 조금 실망했다. 어쩌면 태이를 만나지 못할지도 몰랐다. 내가 태이의 엄마라면 절대 허락해주지 않을 것 같았으니까.

"부담 갖지 말아요."

가까스로 목소리를 가다듬었다. 처음으로 괜한 짓을 했다는 후회가 밀려왔다.

그날 자정이 넘은 시각, 태이에게 문자가 왔다. 내일 오후 네시에 삼십분 정도 잠깐 시간이 난다고 했다.

— 하교하고 수학 학원에 가기 전에 남는 삼십분이에요?

— 그걸 어떻게…… 아세요?

— 해수욕장 입구에 위치한 프랜차이즈 커피숍 이층에서 봐요.

태이는 또다시 "네"라고 짧게 답했다. 나는 그날 밤 휴대전화를 손에 쥐고 한숨도 자지 못했다.

다음 날은 새벽부터 보슬비가 내렸다. 비가 그치면 추위가 성큼 다가올 것이다. 여섯시 오분 전이었다. 남편이 출근하지 않아도 이 시간이 되면 눈이 저절로 떠졌다. 지난 십이년간 지켜온 루틴을 억지로 거부하지 않기로 했다. 커피를 내리고 밥솥에 쌀을 안쳤다. 냄비 뚜껑을 열어서 저녁에 먹고 남은 국의 양을 확인하고 냉장고를 열어서 마른반찬 두가지를 꺼냈다.

뜨거운 커피가 담긴 컵을 들고 거실 창문 앞에 섰다. 창문 너머로는 아파트 상가가 반쯤 잘려 보였다. 상가 앞에는 언제나 회색 점퍼를 입은 제철소 직원들이 줄을 서 있곤 했다. 남편도 무리 중 한명이었다. 여섯시 사십분이면 어김없이 45인승 버스 세대가 상가 앞에 도착해 그들을 제철소로 실어 날랐다. 그러나 1고로가 폐쇄된 후 버스를 기다리는 사람은 하나둘 자취를 감추었다.

태이는 어째서 나를 만나겠다고 결심한 걸까. 태이와 나, 단둘이서는 한번도 대화를 나눠본 적이 없었다. 사건 전까지만 해도 나는 태이의 존재조차 몰랐다. 담임으로부터 연락을 받은 뒤에야 부랴부랴 태이에 대한 정보를 수소문했다. 태이는 아파트 상가에 있는 만둣가게 주인의 딸이고 성적이 우수하며 독서부와 교지 편집부 부장을 이년째 맡고 있는 모범적인 아이였다.

내가 그 아이를 몰랐던 건 어쩌면 당연한 일이었다. 태이의 아버지는 제철소 직원이 아니기 때문이었다. 이 아파트 단지에 제철소 직원이 살지 않는 가구는 거의 없었다. 주민들은 제철소라는 공동의 울타리를 공유하며 소속감을 느꼈다. 또래의 아이들을 함께 키우며 비슷한 생애주기를 밟아갔다. 지나친 친밀감이 불편했지만 한편으로는 그런 친밀감이 존재하지 않는 삶에 대해 생각해본 적이 없었다. 태이는 내게 처음으로 울타리 밖 사람들을 떠올리게 만든 존재였다. 제철소가 폐쇄되고 우리가 뿔뿔이 흩어지더라도 여전히 해전시에 남을 사람들.

카페까지는 아파트 입구에서 언덕을 따라 해수욕장 방향으로 십분 정도 걸으면 도착할 수 있었다. 언덕을 내려가며 바다 쪽을 보았다. 연기가 나지 않는 굴뚝을 보는 건 여전히 어색했다. 나는 바람이 부는 날 언덕에 서서 제철소 쪽을 바라보기를 즐겼다. 굴뚝에서 뿜어져나오는 연기가 바닷바람을 타고 아파트로 불어오면 안도감과 동시에 살아 있다는 기분이 들었다.

태이는 먼저 카페에 도착해 있었다. 아이는 교복 차림으로 무릎 위에 가방을 두고 휴대전화를 만지작거리는 중이었다. 입구에서 태이를 발견하고서 나는 그 자리에서 굳어버렸다. 그토록 만나고 싶었던 태이가 막상 눈앞에 나타나자 머릿속이 하얘졌다. 카페 주인이 다가와 문 앞에서 비켜달라고 부탁했다. 나는 겨우 용기를 내어 태이 쪽으로 걸어갔다.

"안녕?"

내 목소리에 태이가 깜짝 놀라 휴대전화를 테이블 위에 뒤집어놓았다. 나는 괜찮다는 의미로 옅은 미소를 지어 보였다. 그러지 않으려고 했는데 태이의 가슴 쪽으로 자꾸만 눈이 갔다.

태이는 생크림이 잔뜩 올라간 녹차 프라푸치노를, 나는 따뜻한 아메리카노를 주문했다. 태이는 여전히 무릎 위에 가방을 올려놓은 채 빨대로 조심스럽게 음료를 마셨다. 나는 말을 편하게 해도 되느냐고 물었고 태이는 마지못해 허락한다는 듯 고개를 천천히 끄덕였다.

"인형을 좋아하나보구나."

내가 태이의 가방에 시선을 고정한 채 말했다. 태이가 고개를 숙여 제 가방에 달린 인형을 내려다보았다.

"강아지를 키우고 싶은데 그럴 수 없어서요."

"왜?"

"엄마가 반대하거든요. 같이 사는 검은 머리 짐승들만

으로도 지긋지긋하다고요."

"동생이 몇명이지?"

"둘이요. 다 여자애예요. 외할머니도 같이 살아요."

"그 이야기는 처음 듣는구나."

"할머니는 아예 가게에서 살거든요. 온종일 반죽하고 만두피만 밀어요."

나는 태이의 가방에 매달려 있는 주먹만 한 강아지 인형에 시선을 고정했다. 선우의 가방에 달린 것과 색깔만 다른 인형이었다. 선우와 태이가 동네 마트 앞 아케이드에서 팔짱을 끼고 활보했다는 소문을 들은 기억이 났다. 나는 뜨거운 커피 잔을 두 손으로 꼭 그러쥐었다.

"해수욕장에서는 뭘 하는 거니?"

"아줌마가 그걸 어떻게 아세요?"

태이가 눈을 동그랗게 뜨고 나를 쳐다보며 물었다.

"산책하러 갔다가 봤어."

"그 시간에요?"

"응, 매일 같은 시간. 해변을 걸으면 기분이 좋아져. 너는?"

"저도요. 그냥 산책."

"뭘 찾는 것 같던데."

"뭘 찾겠어요? 거긴 쓰레기밖에 없어요."

태이가 어깨를 으쓱하더니 능숙하게 화제를 다른 쪽으로 돌렸다.

"어디로 이사 가세요?"

"성단시."

"머네……"

태이가 빨대로 생크림을 짓이기며 혼잣말을 중얼거렸다.

"너는 이사 안 가니? 아파트 사람들이 이사 가고 나면 만둣가게에 손님이 확 줄어들 텐데."

태이의 표정이 어두워졌다. 지난달 아파트 단지 내 중학교가 3학년 일곱 학급을 두 학급으로 통폐합했다는 소식을 들었다. 아파트를 떠나는 아이들이 그만큼 많다는 뜻이었다. 태이는 아이들이 모두 학교를 떠나도 마지막까지 남을 것이었다. 떠나는 사람이 두려운 만큼이나 남은 사람이 쓸쓸할 거라는 생각을 나는 미처 하지 못했다.

"저도 대학에 가면 해전시를 떠날 수 있어요."

"가고 싶은 과가 있니?"

"영문학과요. 취직이 안 된다는 말이 있지만요."

태이는 동시통역사가 되고 싶다고 했다. 돈을 벌어 외

국에서 공부하겠다는 포부도 서슴없이 밝혔다. 그 말을 하는 아이의 눈에 생기가 넘실댔다. 나는 태이의 조잘거림을 잠자코 들었다. 그러나 내 몸은 태이의 이야기를 거부하고 있었다. 속이 메슥거리고 눈이 빠질 듯 두통이 몰려왔다.

태이는 미래에 대해 말하고 있었다. 선우에게는 영영 오지 않을지도 모를 미래. 그제야 내가 그 사건으로 무엇을 잃었는지 깨달았다. 나는 아무리 노력해도 선우의 미래를 그릴 수 없었다. 대학에 가고 취직을 하고 마침내 독립해 집을 떠나는 아이의 모습을 상상할 수 없어졌다. 대부분의 부모는 미래에 기대어 아이의 일탈과 방황, 소소한 거짓말과 반항을 인내한다. 기댈 미래가 없다는, 어떤 가능성을 잃었다는 사실. 나는 그 사실 때문에 괴로웠던 것이다.

"선우는요?"

"궁금하니?"

"네, 조금요."

"솔직히 말해줄까?"

나는 태이의 눈을 똑바로 응시한 채 선우의 상태를 낱낱이 이야기해주었다. 쓰레기통 같은 방에서 온종일 먹고 자는 선우, 온몸이 땀에 절어 썩은 냄새를 풍기는 선우, 냉장고 안에 있는 음식이란 음식은 모조리 입에 밀어 넣는 선우, 지난 일년간 누구와도 만나지 않은 선우. 나는 온 힘을 다해 선우가 얼마나 최악의 상태인지 설명했다.

태이는 고개를 푹 숙이고 무릎 위에 가지런히 모은 손을 파르르 떨었다. 나는 괜찮으냐고 묻지 않았다. 그때 테이블 위에 놓인 태이의 휴대전화가 진동했다. 태이는 화면에 뜬 전화번호를 확인하더니 진동을 끄고 전화기를 다시 테이블 위에 뒤집어놓았다. 진동은 집요하게 울렸다. 태이는 결국 휴대전화를 들고 의자에서 일어났다.

"엄마예요."

"가야겠구나."

"네."

태이가 고개를 꾸벅 숙이고 자리를 떠났다. 아이의 백팩에 달린 인형이 좌우로 흔들렸다. 문 앞까지 가던 태이는 무언가 잊은 게 기억난 듯 다시 내가 앉아 있는 테이블로 걸어왔다.

"아줌마."

"응?"

"저는요. 선우가 잘 지냈으면 좋겠어요."

태이는 그 말을 남기고 빠른 걸음으로 카페를 빠져나
갔다. 나는 카페 유리창 너머로 태이가 멀어지는 모습을
지켜보며 식은 커피를 단숨에 들이켰다.

집에 들어서자마자 선우의 방문을 신경질적으로 열어
젖혔다. 침대에 누워 있던 선우가 벌떡 일어났다. 눈은 통
통 부어 있었고 기름진 머리카락 한쪽이 납작하게 눌려
있었다. 한숨이 절로 났다. 나는 시커멓게 털이 난 아이의
다리를 노려보았다. 선우도 가늘게 뜬 눈으로 나를 노려
보고 있었다.

"이젠 진짜 알고 싶어. 정확하게 무슨 일이 있었던 거
니?"

"무슨 일?"

"체육관에서."

선우가 다시 드러누우려고 하자 나는 선우의 발에 감
긴 이불을 홱 잡아당겼다. 선우가 얼굴을 찡그렸다.

"대답해. 난 들을 자격이 있어."

"갑자기 왜 이래?"

"나 방금 그 애를 만났거든."

"누구?"

"이태이."

"이런 씨!"

"분명히 내가 모르는 무언가가 더 있어. 네가 이유 없이 그런 협박을 할 리가 없잖아. 태이가 너한테 뭘 한 거니? 너 약점이라도 잡힌 거야? 대체 체육관에서 무슨 일이 있었던 거니?"

"엄마 아직도 이러는 거야? 돌겠네. 진짜 미쳤어?"

선우는 질렸다는 듯 신경질적으로 내 손에서 이불을 빼앗아 얼굴을 덮고 누웠다. 나는 선우의 발치에 앉았다.

"엄마."

선우가 이불 속에서 나지막한 목소리로 불렀다.

"나 걔한테 사과했어요. 그러니까 체육관에서의 일은…… 걔가 그렇게 생각할 수도 있었다고요. 내 잘못이에요. 진심이에요. 이제 다 끝났잖아요."

"알아."

"아니요. 엄만 몰라요. 앞으로도 절대 모를 거예요."

나는 더 묻고 싶은 마음을 애써 억눌렀다. 선우를 몰아붙이지 말라는 정신건강의학과 의사의 말이 떠올랐다. 나는 방바닥에 널린 선우의 속옷을 집어 든 뒤 불을 껐다. 방은 다시 어둠 속에 잠겼다. 나는 선우가 버려놓은 과자 봉지를 밟으며 방에서 빠져나왔다.

저녁을 먹는 둥 마는 둥 하고 바람막이를 걸쳤다. 남편은 소파에서 코를 골며 곯아떨어져 있었다. 술에 의지해서라도 잠을 잘 수 있다면 아직은 견딜 만한 정도일 것이다. 나는 술을 마시고도 잠들지 못했다. 잠을 자기 위해 할 수 있는 일은 땀범벅이 될 때까지 백사장을 반복해서 걷는 방법뿐이었다.

공기가 꽤 쌀쌀해 제법 초겨울 날씨다웠다. 지퍼를 목 끝까지 올렸다. 젖은 플라타너스 낙엽을 밟으며 아파트 입구를 통과했다. 언덕을 걸어 내려가는 내내 습한 바닷바람이 뺨에 닿았다. 입을 벌려 크게 공기를 들이마셨다. 공기에서 비릿한 맛이 났다. 해전시를 떠나도 바닷바람이 혀에 닿는 이 느낌은 꼭 기억하고 싶었다.

해수욕장에서 태이를 다시 만날 거라 예상하지 못했다. 태이가 나와 마주치고 싶을 리가 없었다. 그러나 놀랍게도 태이는 같은 자리에 쪼그리고 앉아 있었다. 전처럼 한참 손으로 모래를 휘적거리다가 자리에서 일어나 해수욕장 입구를 빠져나갔다.

나는 땀이 범벅이 된 채로 태이를 쫓기 시작했다. 모래 위에 널린 해초와 빈 소주병, 과자봉지를 피하지 못하고 발을 헛디디다가 하마터면 앞으로 고꾸라질 뻔했다. 겨드랑이와 등에 땀이 차기 시작했다. 때마침 보슬비가 내리면서 젖은 머리카락이 얼굴에 달라붙었다.

언덕 초입에 다다랐을 때 태이와 나의 간격은 50미터도 채 되지 않았다. 태이는 뒤돌아보지 않고 같은 속도로 걸었다. 나는 숨이 차서 주저앉고 싶었지만 태이의 등에서 시선을 놓지 않으려고 악착같이 따라붙었다.

상가에 도착한 태이는 만둣가게로 들어갔다. 만둣가게는 상가 건물 일층 구석에 위치했다. 나는 건물 외벽에 붙어서 만둣가게 안을 힐끗거렸다. 태이는 가방을 벗고 홀 한쪽 구석 테이블에 앉았다. 붉은 앞치마를 두른 덩치 큰 여자가 태이 앞에 스테인리스 대야를 올려놓고 사라졌다. 태이의 엄마였다. 태이는 만두를 빚기 시작했다. 속으로 다섯을 세는 동안 만두 하나가 빚어졌다. 능숙한 손놀림이었다. 태이는 똑같은 리듬으로 삼십분 동안 쉬지 않고 만두를 빚었다. 순식간에 넓은 쟁반 세개 분량의 만두가 만들어졌다. 등이 굽은 노인이 나타나 제 몸통보다 큰 쟁반을 겹쳐 들고 부엌으로 들어갔다.

태이 엄마를 처음이자 마지막으로 만난 건 일년 전이었다. 우리는 교문 앞에서 잠깐 대화를 나누었다. 그때 태이 엄마가 했던 말을 기억한다. 난 우리 애가 하는 말을 전부 믿지 않아요. 그러니 그쪽도 아들 너무 믿지 말아요. 애들은 우리가 생각하는 것보다 숨기는 데에 능숙하거든요. 그녀는 내게 그렇게 말하고 먼저 자리를 떠났다. 베이지색 트렌치코트를 입은 그녀의 넓은 등이 점처럼 작게 보일 때까지 나는 그 자리에 남아 있었다.

태이는 손에 묻은 밀가루를 물수건으로 꼼꼼하게 닦은 뒤 자리에서 일어나 가방을 멨다. 나는 얼른 상가 외벽에 몸을 숨겼다. 가게에서 나온 태이는 인도를 따라 느리게 걸었다. 나도 태이를 따라 걷기 시작했다. 잠깐 사이에 거리가 꽤 가까워졌다. 행인 없는 아파트 단지 허공에 우리 둘의 발소리만 울렸다.

혹시 태이는 내가 뒤를 쫓고 있다는 사실을 알면서도 모르는 척하는 걸까. 태이의 등은 내게 아무런 답도 건네지 않았다. 아이의 등을 마주하는 일은 힌트 없는 스무고개와 다름없다. 어른은 스스로 질문하고 답을 찾아야 하는 난감한 처지가 된다. 아이는 그런 방식으로 자신의 삶에 관여하는 어른에게 벌을 준다.

태이는 단지 내 열다섯개동을 지나치더니 마침내 제일 끝에 위치한 116동 화단 앞에 멈춰 섰다. 나도 태이를 따라 걸음을 멈췄다. 몸을 숨기고 싶었지만 그럴 만한 공간이 보이지 않았다.

이제 태이가 나를 의식하고 있다는 걸 확신했다. 그러나 태이는 여전히 내게 눈길을 주지 않고 화단 앞에 쪼그리고 앉았다. 백팩에서 숟가락을 꺼내어 흙을 판 뒤 주머니에 든 작은 물건을 손바닥에 쏟아냈다. 가로등 불빛에 물건이 반짝거렸다. 태이의 얼굴에 물건에서 반사된 빛이 일렁거렸다. 태이는 구덩이 안에 그것들을 조르르 쏟아부은 뒤 다시 흙으로 덮었다.

태이는 손을 힘껏 털고 일어나서 내가 서 있는 쪽을 향해 몸을 돌렸다. 나는 어찌할 바를 모르고 그 자리에 어정쩡하게 서 있었다. 태이가 나를 향해 천천히 다가왔다. 숨이 멎는 것 같았다. 가로등 아래에 선 태이의 표정이 또렷하게 보였다. 태이는 굳은 얼굴을 하고 있었다. 부릅뜬 눈에서 전에 보지 못한 분노가 넘쳤다.

"아줌마, 왜 따라온 거예요?"

태이가 쏘아붙였다.

"그냥 궁금해서."

"뭐가요? 제가 남아서 만두나 빚는 꼴을 보니 마음이 좀 편해졌어요?"

"그런 거 아니야."

"무슨 말이 더 듣고 싶은 건데요. 심리적 강압인지 뭔지, 분명 있었다고요. 걘 내 가슴을 본 적도 만진 적도 없어요. 그런데 내 가슴이 한움큼도 안 되는지, 모래주머니 같은지 어떻게 아느냐고요. 아줌마가 한번 만져볼래요? 네?"

"체육관에서는?"

"말한다고 믿어주나요? 누가요? 아줌마는 믿어요?"

"그래도 알고 싶어. 조금만이라도."

"아무 일도 없었다고 말했잖아요. 그날 걔 눈빛이 싸하고 팔을 막 잡아당기기에 도망쳤어요. 다 말했잖아요. 그 말이 그렇게 커질 줄은 몰랐어요. 저도 무서웠어요. 선우가 그 일로는 처벌 안 받아서 다행이에요. 저도 사과했어요. 그러니까 제발 집에 좀 가세요."

태이가 내 어깨 한쪽을 거칠게 치고 지나갔다. 태이가 뿜어내는 분노에 발이 얼어붙었다. 발소리가 점점 멀어졌다. 인기척이 완전히 사라진 뒤 나는 가까스로 몸을 움직여 화단 앞에 쪼그리고 앉았다. 그러고는 흙을 마구잡이로 파헤치기 시작했다.

그때 손가락 끝에 무언가 매끈한 돌조각이 만져졌다. 나는 그것을 흙 속에서 건졌다. 그건 돌이 아닌 유리 조각이었다. 사람들이 남기고 간 소주병과 맥주병의 파편이 파도와 모래에 깎여서 보석처럼 다듬어진 것이었다. 흙을 한움큼 팔 때마다 씨앗처럼 많은 양의 유리 조각이 손가락 사이에 걸려 나왔다.

아줌마.

등 뒤에서 태이의 목소리가 들렸다.

저 조각들이 모이면 언젠간 폭탄처럼 터질 거예요. 아파트를 폭파하고 나무를 불태우고 공장 굴뚝을 부숴버릴 거예요. 해전시가 통째로 폭발하면 다른 도시에도 보이겠죠. 여길 떠난 사람들도 다 알게 될 거예요. 이 도시가 어떻게 끝장나는지 말이에요.

고개를 돌려 주위를 살폈다. 태이는 없었다. 대신 파도 소리가 들렸다. 파도 소리가 이곳까지 들릴 리 만무했다. 그러나 아무리 생각해도 그건 분명 파도 소리였다.

집에 돌아온 나는 세면대에서 손톱 사이에 낀 흙을 씻어냈다. 아무리 솔로 문질러도 깨끗해지지 않았다. 남편은 오랜만에 맨정신으로 소파에 앉아 있었다.

"이 밤에 어디 갔던 거야?"

나는 대답을 하는 대신 남편 옆에 나란히 앉았다. 그의 한쪽 손을 당겨 두 손으로 꼭 쥐었다.

정말 태이의 목소리였을까. 그럴 리 없었다. 아니, 어쩌면 그건 내 목소리인 것 같다. 나는 멋대로 태이의 목소리로 태이의 악의를 상상한 것이었다. 그러나 그 상상은 나에게 아무런 도움도, 위로도 되지 않았다. 나는 여전히 남들은 실체가 없다는 진실이 존재한다고 지겹도록 믿는 중이었고 그런 나 자신에게 환멸이 났다. 태이, 해전시 사람들 그리고 나. 우리는 모두 힘든 시절을 통과하는 중이었다.

이사 가는 날, 1고로가 있던 자리에 세계 최초로 360도 롤러코스터를 연상시키는 구조물을 설치한다는 계획을 정부가 발표했다. 스페이스 워킹이라는 이름을 가진 그 구조물은 독일인 건축가 부부가 설계할 예정이었다.

남편은 술을 줄였다. 인쇄소의 일은 제철소 업무와 비교할 수 없을 정도로 한가했다. 남편은 술을 완전히 끊을 거라고 말했지만, 음주는 분명 그에게 위로가 되었으므로 앞으로도 적당히 눈감을 작정이었다.

선우는 교복을 새로 맞추었다. 맞춘 교복으로 갈아입고 거실에 나온 아이는 골이 난 표정을 지었다. 나는 교복 입은 선우의 모습을 사진으로 남겼다. 선우는 끝내 입꼬리가 올라가는 그 미소를 보여주지 않았다. 우리는 그렇게 해전시를 서서히 잊기 시작했다.

스페이스 워킹은 일년 반 만에 완공되었다. 나는 거실에서 빨래를 개면서 저녁 뉴스를 통해 개장식 중계 영상을 보았다. 바다에서 불어오는 거센 바람 때문에 테이프 꼬리가 하늘로 날아가면서 커팅식이 잠시 중단되었다. 카메라 앵글이 바람 때문에 조금씩 흔들렸다. 구조물은 실로 대단한 규모를 자랑했다. 아나운서는 구조물 꼭대기에 서 있는 기분을 '무중력 상태'에 비유했다.

개장 기념 불꽃놀이가 시작되었다. 갖가지 모양의 불꽃이 삼분 동안 하늘을 수놓았다. 커팅식에 참여한 사람들은 고개를 들어 불꽃을 올려다보았다. 불꽃이 하늘로 치솟을 때마다 사람들은 입을 벌렸다. 그때 인파 사이에서 태이가 보였다. 정말 태이일까. 나는 손에 든 양말을 바닥에 내려놓고 화면 속 사람들의 얼굴을 뚫어져라 살펴보았다. 그러나 나는 결국 태이를 찾는 데에 실패했다.

이사 전날 밤, 마지막 남은 쓰레기봉지를 버리러 나갔다가 집 앞 놀이터에서 선우와 태이를 보았다. 둘은 나란히 벤치에 앉아서 대화를 나누고 있었다. 고성도, 몸싸움도 없었다. 나는 알은척하지 않고 돌아섰다. 그 순간만큼은 돌아서는 것이 내가 할 수 있는 일의 전부 같았다. 내가 할 수 있는 일을 하는 것. 보이는 바를 그대로 바라보는 것. 그것만이 내게 부여된 단 하나의 진실임을 받아들여야 했다.

그날 선우는 한시간 만에 집으로 돌아왔다. 나는 선우에게 라면이 한봉지 남았는데 먹겠느냐고 물었다. 선우는 순식간에 라면 국물까지 먹어치우고 방으로 들어갔다. 알 수 없는 안도감이 밀려왔다. 나는 먼저 잠든 남편 옆에 누워 그의 손을 꼭 잡았다가 놓았다. 이제 해전시를 떠나도 괜찮을 것 같았다.

마지막 불꽃이 터진 뒤 화면은 연기가 머문 하늘을 비추었다. 나는 태이가 모은 유리 조각들을 떠올렸다. 가슴 한가운데를 주먹만 한 돌이 누르는 것처럼 통증이 일었다. 나는 다른 누구의 손이 아닌 나의 두 손으로 가슴팍을 토닥였다. 그러고는 다시 빨래를 개기 시작했다.

불안의 천사

전기화

1

전지영의 첫 소설집에 실린 소설들은 조금은 이상하고 묘한 느낌을 선사한다. 그 느낌이란 오늘날 많은 이들이 시쳇말로 '사이다'라고 이르며 서사에서 갈구하는 시원함이나 따뜻한 위로 같은 감상과는 거리가 멀다. 오히려 이 소설들은 찝찝한 조짐이 우글거리는 쪽으로 독자를 데려다놓는 쪽에 가깝다. 더욱 흥미로운 점은 그 우글거림을 태연하게 다룬다는 점이다. 인물들은 이상하리만치 침착해 보이며 서술자는 심상한 듯 서술을 이어간다. 무언가 깨지고 부서졌음에도 그런 티가 나지 않는 세계, 온갖 요란한 조짐을 차분하게 서술하는 태연함, 어쩌면 그런 일은 일어나지조차 않았던 것일까? 부서졌기 때문이 아니라 부서졌다는 사실 자체를 의심하게 만듦으로써 불안은 독자들의 정당한 몫이 된다. 파열을 다루는 것이 단편소설의 미학이라면, 전지영의 소설은 독자로 하여금 파열이 발생하지 않았던가, 아니 발생했어야 마땅한 것이 아닌가 되묻게 함으로써 그 미학을 조용히 구긴다.

　소설집의 맨 앞에 실린 「말의 눈」에서부터 시작해보자. 소설은 학교폭력 피해자인 딸 '서아'를 국제학교에 전학시키러 낯선 섬의 타운하우스로 이사 온 엄마 '수연'의 시점에서 진행된다. 이 섬에서의 생활을 이어가며 모녀는 조금씩 회복해가지만, 섬에서 만난 학부모 '지희'의 딸이 학교폭력 사건에 연루되고, 사건의 유일한 목격자인 서아에게 증언을 요청하면서 불안의 기미가 서서히 올라온다. 태풍 북상 예고가 있던 날 비가 새는 지붕을 수리하러 수리공이 방문하고, 때마침 지희 또한 수연을 찾는다. 수리를 채 마치지도 않고 떠나버린 수리공을 대신해 지희는 자신이 방수포를 덮어주겠다며 지붕으로 올라서지만 이내 추락해버린다. 그리고 수연은 타운하우스 근처에서 말과 마주한다.

수연이 눈을 여러번 감았다 뜨는 동안 말은 그 자리에 서서 꼼짝도 하지 않았다. 수연은 차 시동을 껐다. 고요했다. 그 순간 말이 수연의 차가 서 있는 쪽으로 천천히 머리를 들어올렸다. 수연은 양손으로 핸들을 꼭 움켜잡았다. 바람이 요란하게 차체를 휘감고 지나갔다. 말의 눈은 검은 웅덩이 같았다. 깊고 투명하고 맑았다. 수연은 그 눈에서 자신을 보았다. 아니야. 내가 아니야. 수연은 필사적으로 혼잣말을 되뇌었다. 그사이 말은 차를 향해 천천히 다가왔다. 수연은 고개를 갸웃했다. 말의 눈에 비친 얼굴은 누구의 것인가.(40면)

소설 초반부터 분뇨 냄새로써 은은하게 존재감을 발휘하던 말은 마지막에 이르러 수연을 바라보는 응시의 주체로 옮겨간다. 말은 그 자리에서 멈춰 움직이지 않으며 검은 웅덩이와 같은 눈으로 수연의 모습을 되비춘다. 덮어두면 덮어지리라 믿고 싶은 불안과 뭉개고 넘어가고 싶은 기억은 기필코 돌아오며, 결국 우리는 두 눈을 똑바로 뜨고 그 실체를 마주할 수밖에 없으리라는 듯 말이다. 수연이 덮으려던 것은 무엇인가. 그것은 딸 서아가 겪은 학교폭력을 둘러싼 기억이기도 하겠으나, 고요해져가던 기억을 휘젓던 지희가 차라리 깨어나지 않기를 바라던 수연의 기괴한 마음이기도 할 것이다.

그런데 필사적으로 혼잣말을 되뇌던 수연은 천천히 다가오는 말의 눈을 바라보며 갸웃거리기 시작한다. 기실은 '나야, 나야'라는 말의 다름 아니던 "아니야, 내가 아니야"라는 저항은, 수연의 갸웃거림과 함께 "말의 눈에 비친 얼굴은 누구의 것인가"(40면)라는 물음으로 각도를 튼다. 말의 눈동자에 비친 자신을 바라보는 것, 바라봄으로써 바라봄을 당하는 눈맞춤의 순간 발생하는 것은 괴물이되어버린 스스로를 목격한 이의 충격적 붕괴인가, 혹은터진 솔기를 마구 봉합하고 재빨리 현실로 복귀하려는 이의 맹렬한 운동인가. 이도 저도 아닌 이 '언캐니'한 순간에 독자를 태연하게 붙잡아둔 채 소설집이 열린다.

2

전지영의 소설은 상당히 고전적인 아취를 풍기면서도 동시대적인 생동감 또한 가지고 있기에 묘한 매력을 지닌다. 이 소설들은 심리 스릴러의 형식과 유사하되 그 자체로 불안에 관한 문학적 탐구로도 읽힌다. 이때의 불안이란 정신분석학적 관점이나 사회학적 관점으로도 읽힐 수 있겠으나 어느 쪽으로도 완전히 환원될 수는 없는 잉여를 보존한다는 점에서 문학적이다. 이는 전지영의 소설이 인간과 불안이라는 정동 간에 복잡 미묘한 관계를 집요하게 추적하여 재현할 뿐 아니라, 텍스트를 통해 불안을 주조해냄으로써 소설을 읽는 이들이 각자의 삶 속에서 꾹꾹 눌러왔던 '그것'을 요동치게끔 만든다는 점과도 관련된다. 달그락거리며 흔들리는 누름돌을 집어 들고 안을 들여다볼 것인가, 아니면 외면할 것인가. 무엇 하나 택하기 어려운 그 찝찝한 기분에 이르도록 솜씨 좋게 서사를 조형해낸다.

이를테면 작가의 데뷔작 중 한편인 「쥐」는 스멀스멀 엄습해오는 불안을 느끼게 만든다. 소설의 배경은 해군 관사로, 이곳은 영관급 관사와 위관급 관사로 나뉘며 후자가 전자로 불어오는 바람을 대신 막아주는 듯한 건축물의 배치를 통해 군대조직의 위계를 체화한 공간이다. 소설은 군인의 아내가 익히 처하게 되는 조건을 혐오하면서도 곧잘 적응하여 살아가는 '윤진'을 초점화자 삼아 전개된다.

그런데 예정보다 일찍 복귀한다는 남편의 연락을 기점

으로 윤진은 의뭉스러운 사건들을 연달아 겪게 된다. 정체 모를 이가 초인종을 누르고 사라지는 사건이라거나, 쥐를 찾는다고 알려진 '사모'가 윤진에게 민간 어선과 함정의 충돌 사건에 관한 이야기를 전한다거나, 가까이 지내던 '선'이 갑작스럽게 이사를 간다거나, 집 안에서 들려오는 쥐 소리를 듣는다거나 하는 것 등이다. 그러던 중 집으로 찾아온 선과의 만남에서 윤진은 자신의 남편과 선의 남편인 '김 대위'가 겪은 사건의 진실을 마주하지만, 상부의 명령을 어기지 못한 남편의 결정 '덕에' 자신의 가족은 관사에 남을 수 있었다고도 생각한다.

윤진은 진실 쪽으로 이끌리듯 다가서다가도 그것을 애써 누르려고 하며 요동한다. 그러나 소설은 윤진의 심리에 대해 시시콜콜 서술하지 않으며 윤진의 변화를 확정하지도 않는다. 그저 일전에 만난 사모가 쥐를 없애려면 구멍에 불이라도 질러야 한다고 흘리듯 이야기한 순간을 접붙이듯, 불기둥이 관사로 번져가는 모습을 바라보는 윤진의 모습에서 끝맺을 뿐이다. 치솟은 불기둥은 반복적으로 회귀하는 불안의 정체를 직면하게 해줄 것처럼 거세게 타오르지만 정작 쥐는 어디에서도 튀어나오지 않는다. 기실 윤진이 스스로 지르지도 않은 불 덕분에 불안의 실체를 목도한다면 그것이야말로 편의적인 해결 방법일 것이다.

어디선가 피어오른 불에 휩싸인 관사는 윤진의 내면을 상징한다고 읽어볼 수도 있겠지만, 불타오르는 건물을 물끄러미 바라보며 쥐의 행방을 궁금해하는 윤진은 이상하리만치 침착해 보인다. 그녀가 무엇을 느끼는지 식별되지 않는다는 점, 이 점이야말로 인상적이다. 윤진이 아무 일도 일어나지 않은 듯 다시금 의뭉스러운 '관사 여자'로 살아간다고 해도 이상할 것은 없어 보인다. 그러한 윤진은 기괴한가? 그러나 모순을 덮고 갈등을 은폐하는 일이란 비단 "대의와 위신이 중요"(57면)한 군대 조직에만 일어나는 것은 아니다. 그것이 어떤 면에서는 부조리와 모순으로 가득 찬 인간의 생을 계속 굴리는 원리 그 자체라는 점에서, 기괴한 것은 윤진만이 아닐 테다.

한편 「맹점」은 "생물이 풍기는 냄새"(112면)가 진동하는 어시장을 배경으로 진행된다. 어시장 상가 내에서 개업한 안과의 '은애'를 좇아 전개되는 소설은, 은애가 제약회사 영업사원인 '재복'의 제안을 받아들이면서 벌어지는 일을 다룬다. 환자를 제공하는 재복과 서류를 통과시키는 보험설계사, 그리고 수술을 집행하는 은애, 세 사람은 법의 맹점을 이용하여 환자의 수술비를 나눠 가지려는 계획에 공모한다. 알 수 없는 흥분을 느끼며 그 계획에 동참하던 은애는 계획을 더이상 이어가지 못하는 상황이 되자 모종의 아쉬움을 느낀다.

은애는 자신이 왜 이 비양심적인 계획에 동참하는지, 이것을 통해 무엇을 증명하고 싶은지 알지 못한다. 그렇다면 이 무지가 은애의 '맹점'일까? 물론 소설에서 제시하는바 은애가 어머니 그리고 남편 등과 맺은 관계의 역사는 은애의 행동을 설명해줄 수 있는 단서일 수 있다. 그러나 그것들을 끌어와 은애의 행동을 해명하는 것은 편의적인 해석처럼 보인다. 은애가 남편에 대해 "모든 사람이 불행한 일을 겪을 때마다 남편처럼 자신을 망가뜨리는 선택을 하지는 않는다"(136면)고 생각한 것을 그대로 돌려준다면, 마찬가지로 모든 사람이 은애와 같은 선택을 하는 것은 아니기 때문이다. 그렇다면 남편에 대한 가혹함과 대비되는 스스로에 대한 관대함, 그 편향이야말로 있어도 있는 줄도 모르고 살아가는 은애의 '맹점'일 것이다. 그러니 은애의 선택의 원인을 찾아 어떻게든 은애를 이해해보려는 독법에는 맹점이 깃들 수밖에 없다.

소설의 마지막에 이르러 은애는 남편이 입소한 요양원에서 걸려오는 전화를 받지 않고 전화기를 바다에 던져버

린 뒤 "어떤 것들은 다시 돌아오지 않는다"(146면)는 데에
서 위안을 느낀다. 그러나 이 위안은 다소간 자기기만처
럼 느껴지는데 '어떤 것들'을 제외한 대부분의 것들은 결
국 돌아오기 때문이다. 기필코 돌아오고야 마는 것들로
인한 비참과 오욕, 그리고 마찬가지로 바로 거기에서 비
롯되는 기이한 환희로 우글거리는 것이 인생이므로, 이
문장은 "대부분의 것들은 다시 돌아오고야 만다"로 번역
되어야 할 것처럼도 읽힌다. 그럼에도 때로는 "어떤 것들
은 다시 돌아오지 않는다"는 말에 기대고 기만을 덧대며
어떻게든 삶을 버텨내야 할 때도 있는 것이다.

3

　그렇다면 그 우글거림과 함께 삶이란 어떻게 이어질
수 있는 것일까. 「난간에 부딪힌 비가 집 안으로 들이쳤
지만」은 눌렀다고, 넘겼다고 생각했던 것들이 결국 돌아
오고야 만다는 진실을 포착하면서도 그 이후에도 이어지
는 삶의 존속성을 다룬다. 소설은 온종일 총소리가 들리
는 사격장 근처의 아파트를 배경으로, 십이년 전 둘째 아

들의 죽음이라는 상처를 가진 '혜경'과 '윤석' 부부의 이야기를 조명한다. 초점인물을 전환하며 혜경과 윤석 각각의 시선에서 서사를 번갈아 전개하는 가운데, 두 인물 사이에 쌓여온 감정의 더께가 인상적으로 그려진다.

혜경은 윤석의 퇴직 후 두달이 지날 무렵부터 사격장에 총을 쏘러 다니기 시작하는데, 그녀에게 사격장을 권유한 이의 "언니는 죽이고 싶은 사람 없어요?"(95면)라는 질문이 시사하듯 이는 윤석에 대한 증오와 무관하지 않다. 그런데 그 사격장이란 윤석이 공무원 재직 당시 적극적으로 개입하여 추진한 사업이기도 하다. 십이년 전 무섭게 비가 내리던 날에도 사격장 건립 회의에 참석 중이던 윤석은, 혜경의 문자와 부재중 전화를 무시하고 귀가하고 나서야 둘째 아들의 실종 사실을 알게 된다. 이후 윤석은 혜경의 시선을 마주할 때마다 자신이 과도하게 업무에 내몰린 원인을 찾아내려 하며, 당시 사격장 사업을 무리해서 추진한 전 시장 A를 그 원인으로 지목해 증오하고 저주하기도 한다.

혜경과 윤석 부부는 둘만이 함께하는 시간을 최소화하는 방식으로 일상을 건사해온다. 그러던 중 혜경이 집 안에서 사격을 연습하다 실수로 플라스틱 탄알을 윤석을 향해 발사하는 사건을 계기로 이들 부부 사이에 꾹꾹 눌러왔던 것들이 쏟아져나온다. 차라리 마주 보지 않는 편이 가정을 지켜주리라는 믿음으로 건사되어온 관계란 쪼그라들고 말라붙어 거죽만 남아 있을 뿐이다. 한바탕의 울음이 휩쓸고 간 뒤 무언가가 변화할 수도 있을까. 그것은 늦잠을 자지 않던 이가 늦잠을 자고, 각자의 밥만 퍼담던 부부가 마주 앉아 함께 졸아붙은 청국장에 밥을 비벼 먹는 정도에 불과할지 모르지만, 이 조그맣고 별 볼 일 없는 것도 변화임은 분명하다. 이렇듯 소설은 눌러온 것들이 우리를 힘껏 휩쓸고 지나가도록 우리 자신을 내맡기는 것, "그게 지금 그가 할 수 있는 유일한 일인 것처럼"(107면) 머리부터 발끝까지 몽땅 비에 젖도록 하는 것, 그렇게 기꺼이 내맡기는 완전한 수동성 속에서만 깃들 수 있는 변화에 대해 생각해보게 한다.

이어서는 「뼈와 살」과 「남은 아이」를 함께 읽어볼 법하다. 「난간에 부딪힌 비가 집 안으로 들이쳤지만」과 마찬가지로 두 소설 역시 인물들의 일상적인 움직임, 그다지 특별할 것 없어 보이는 행위들을 보여주며 마무리되는데 그 움직임들은 불안이라는 문제적 정동을 다루어내는 나름의 방법을 제시하는 듯 읽히기 때문이다.

곧 허물어질 운명을 가진 '시영아파트'를 배경으로 펼쳐지는 「뼈와 살」은 두명의 예술가, '나'와 '이선'의 관계를 중심으로 전개된다. 소설은 시에서 매입하여 예술가들에게 임대한 시영아파트에서 작업을 이어가는 '나'에게, 갈 곳 없는 대학 후배 이선이 찾아와 신세를 지면서 시작된다. 돈을 쥔 사람들에게 팔리기 위한 예술을 하는 자신과는 달리 '진짜 예술'을 하느라 지원금 선정에서 번번이 낙방하는 이선에게 '나'가 느끼는 열등감과 초조함이 집중적으로 그려지는 가운데, 어느 날 이선이 사라져버린다. '나'는 이선이 사라진 뒤, 집이 자신과 같이 "낡고 쓸모없고 희망 없는 것"(243면)을 삼켰다는 이선의 환청 같은 목소리를 듣는다. 이후 작업실로 쓰던 아파트의 철거가 시작되는 가운데 '나'는 건물의 파편을 하나씩 주워 담는다. 실크보다도 더 비싼 재료로, 더 잘 팔릴 수 있는 작품을 구상하던 '나'는 이제 낡고 버려진 '쓰레기들'을 그러모아 재료 가방에 담는다. 이것은 부서진 잔해와 죄책감이 가득한 흔적들을 주워 올려 새롭게 형식화해보려는 움직임이라고 이를 수 있을 것이다.

한편 「남은 아이」 속 '나'는, 자신의 아들 '선우'를 학교폭력위원회에 가해자로 고발한 '태이'에게 집착하는 인물이다.* 모두가 없다고 말하는, 심지어는 선우조차 실체가 없다고 말하는 '진실'이 존재하리라 믿고 그것을 집요하게 추구하던 '나'는 소설 후반부에 이르러서는 끝내 자신의 눈에 보이는 것만이 자신에게 주어진 유일한 진실이라는 것을 받아들이게 된다. 배후에 숨겨진 진실이 있을 것이라는 믿음으로 자동기계처럼 굴러가던 충동을 멈추고 마침내 그 텅 빔을 인정하면서 '편집증적 읽기'로부터 해방되는 것이다. 물론 소설 마지막에서 '나'가 뉴스 화면 속 태이를 찾다 실패하고 곧이어 가슴의 통증을 느끼는 데에서 감지되듯, 그것은 언제고 완전한 해방일 수 없을 것이다. 진실이 존재하지 않듯, 완전한 해방이라는 것도 존재할 수 없기 때문이다. 다만 '나'가 "다른 누구의 손이 아닌 나의 두 손으로"(278면) 가슴팍을 토닥이며 빨래를 개기 시작하는 소설의 마지막 장면은, 묻어둠과 다독임이라는 삶의 형식을 폐기한 채 살아갈 수는 없다고, 어

---

* 이 소설은 글의 앞머리에서 다룬 「말의 눈」과 함께 읽어볼 수도 있다. 자녀가 학교폭력의 가해자인지 혹은 피해자인지의 위치에 따라 달라지는 엄마들의 입장을 징그러울 만치 사실적으로 그려낸다는 점에서, 두 소설을 '자식을 둔 엄마의 불안'의 관점에서 읽어봐도 흥미로울 것이다.

떤 묻어둠은 삶에 필연적인 조건이라고 나지막이 읊조리는 듯하다.

4

마지막으로는 사회적 불평등에 밀착된 불안을 다루는 두편의 소설,「소리 소문 없이」와「언캐니 밸리」를 살펴보자. 두 소설은 "어디에서나 보이지만 결코 가까워질 수 없는"(149면) '청한동'이라는 상징적인 공간을 공유한다. 청한동 사람들은 결코 그들만의 힘으로 살아갈 수는 없기에 경계 밖 사람들의 존재에 의존하지만 그들의 의존성은 종종 지워진다. 그런 점에서 이들 소설이 인상적으로 포착하는 것은 '진짜' 청한동 사람들과, 매일같이 그곳을 오가며 노동하지만 결코 그 공간에 속하지는 못하는 사람들 사이를 가로지르는 경계선이다. 경계 안팎을 부단히 오가는 이들의 시선에서 바라보는 청한동은 어떠한 공간이며, 이들은 자신의 위치성을 어떻게 감각하는가?

우선「소리 소문 없이」는 예술고등학교에 재학 중이던 시절 청한동 저택의 반지하 같은 일층 공간에서 일년간 자취하며 살았던 '나'의 이야기다. 저택 안 비밀스러운 자취방에서 한 시절을 보내던 '나'가 자신의 위치성을 감각하는 방식은 위태로워 보인다. 이를테면 '나'는 상주 가사도우미인 '장목련' 아주머니와 자신을 구별 짓고 싶어 한다. 하지만 홈파티가 열리는 날에는 성 박사로부터 없는 존재처럼 있어달라고 부탁받기도 한다. 있는 듯 없는 듯 저택에 '기생'하며 겪는 '나'의 일상은 청한동에서 살아가면서도 언제나 그 경계 밖에 있다는 사실을 온몸으로 마주하도록 만든다. 이 가운데 '나'가 다니는 예술고등학교에서 암묵적으로 작동하는 경계선에 관한 이야기가 겹쳐진다. 돈도 없고 재능도 없는 아이가 서열화를 체화하며 자신의 위치를 받아들이는 과정은 녹록지 않아 보인다. 소설은 이와 같은 경계와 격차 앞에서 경험하는 두려움과 수치심을 태연한 척 통과하는 가운데 남겨진 감정의 잔흔을 그려낸다.

「소리 소문 없이」 속 '나'가 자신 앞으로 그어지는 경계선을 예민하게 체감하며 일찌감치 예술을 포기한 것과 달리 「언캐니 밸리」 속 '나'는 주변 사람들의 우려와 의심을 견디며 크로키 화가로서 자신만의 예술을 추구해나간다. 왜소증이 있는 '나'는 장애인고용공단에서 보급해준 택시를 몰며 밥벌이를 하고 그림을 그리며 살아가던 중 청한동의 꼭대기 집으로 향하는 택시의 승객으로 '당신'을 만나게 된다. 부엉이를 닮은 눈을 가진 '당신'에게 매료된 '나'는 '당신'과의 재회를 위해 집요하게 노력한다. 그리고 '당신'과 함께 청한동의 언덕을 오르며 자신의 그림을 보여준 날, '당신'은 염산 테러사건의 피해자가 된다. 사건 이후 열달이 더 흐르도록 범인은 잡히지 않고, '나'는 '당신'이 드나들던 저택의 노부인에 대한 의심을 거두지 못한다. 그리고 또다른 여자가 청한동의 꼭대기 집 앞에 방문하던 날, '나'는 담벼락을 기어오르기 시작한다. 담벼락 너머에서 '나'는 무엇을 목격하게 될까, 불안과 의심의 근원을 두 눈으로 확인할 수 있을까, 답하지 않은 채 소설은 끝난다.

고개를 들어 문을 감싼 담벼락을 살핀다. 자갈은 크기가 제각각이다. 담에 한쪽 뺨을 가져다 댄다. 살을 에듯 차가운 기운이 전해진다. 나는 조금 뒤로 물러서서 담을 올려보다가 불룩 튀어나온 자갈 위에 왼발을 올린다. 자갈은 시멘트에 단단히 박혀 있다. 발에 힘을 주면서 두 손을 뻗어 어깨쯤 위치한 자갈을 하나씩 움켜쥔다. 떨어지지 않으려고 손아귀에 꽉 힘을 준다. 담을 반쯤 올라갔는데도 방범 경보음은 울리지 않는다. 담 너머에서 개가 사납게 으르렁거린다.(184면)

이 소설의 흥미로운 점은 담벼락을 오르는 '나'에게 윤리적 당위성이나 내적 필연성이 부여되지 않거니와 그 행동을 통해 기대되는 긍정적 전망이랄 만한 것도 제시되지 않는다는 점이다. '나'가 서술하는 소설임에도 불구하고 '나'의 심리에 관한 해상도마저 낮게 설정되어 있다. 다만 그 낮은 해상도를 뚫고서도 분명하게 감지되는 것은, 차갑고 거대한 담벼락 위로 140센티미터의 인간이 뺨을 가져다 대고 자갈을 밟으며 올라가는 미약한 움직임이, 작디작은 노이즈가 발생했다는 사실이다. '당신'이 테러를 당하고 아스팔트를 뒹굴며 소리 지르는 동안 "아무도 주위를 지나가지 않"(155면)았던, 사라진 자를 대체하여 새로운 인간을 갈아 끼우며 아무렇지 않게 회복되던, 그 완고해 보이는 질서의 구석에서 조그맣고 이상한 불협화음이 시작된 것이다.

소설은 이것을 대단한 혁명이나 저항처럼 그리지 않는다. 경보음을 울리지도 못할 정도로 작은 움직임은 담을 넘어서는 순간 사나운 개들에게 곧장 처치될 것도 같다. '나'의 움직임은 청한동으로 상징되는 권력을 향한 계급적 저항이라기엔 너무도 변변치 않아 보여 걱정스럽기까지 하다. 이 애매하고 불확실한 노이즈는 차라리 빨리 제거되는 편이 나을 것 같다는 감정마저 불러온다. 열리지 않는 문을 버려두고 벽을 올라타 경계를 가로지르는 이 미약한 파열이 불러일으키는 불편하고 불안한 정동은 그야말로 '언캐니'하다. 그럼에도 '나'가 기어코 담벼락을 넘어선다면, 불안과 의심의 정체를 두 눈으로 마주한다면, '나'를 향한 독자들의 불쾌와 불안의 계곡(uncanny valley) 또한 건너갈 수 있게 될까.

크레인과 굴뚝, 망루에 오른 수많은 난쟁이들의 형상을 비틀며 우리에게 도착한 '새로운 천사'는 이제 겨우 반쯤 담을 올라갔을 뿐이다. 이 선하지도 악하지도 않은, 혐오스럽고도 아름다운 천사는 무엇을 목격하고 경험할 것인가. 이제 우리는 이 천사와 함께 전에 보지 못하던 것을 보게 될 것만 같다.

田근和 | 문학평론가

이 책에 실린 소설들을 쓰는 내내 견디는 삶에 대해 생각했다. 여덟편의 소설 모두 치욕, 절망, 슬픔, 불안 혹은 불온한 욕망으로부터 삶을 지켜내는 인물에 관한 이야기이다. 대부분 삶의 문제들이 단번에 해결되지 않듯 이 소설들 속 인물들도 그저 자기 자리에서 조금씩 앞으로 나아갈 뿐이다.

내게 견디는 삶의 가치를 알려준 사람은 아버지다. 아버지는 신경전달물질이 소실되어 몸이 굳는 질환과 싸우는 중이다. 내가 해드릴 수 있는 일은 고작 겉옷을 벗기 쉽도록 잡아드리는 정도이다. 병과 싸우는 아버지 옆에서 나는 어쩔 수 없이 타인이 되고 만다.

아버지는 선수처럼 강도 높은 운동을 하고 식단과 복약 시간을 철저히 지키며 하루를 보낸다. 나는 그가 발휘하는 인내심의 크기를 상상할 수 없다. 그런 아버지 덕분에 나는 견디는 행위만으로도 승리한 것과 다름없다는 믿음을 가지게 되었다.

마지막까지 책 제목을 두고 고심했다. 여덟편의 소설을 관통할 수 있으면서 기왕이면 공간과 관련된 제목이면 좋겠다고 생각했다. 나는 글을 쓸 때 공간에 큰 영향을 받는 편이다. 특히 집은 내게 하나의 인물에 가깝다. 십대 시절부터 혼자 산 탓에 집은 가장 친밀하면서 동시에 두려운 대상이다. 넓고 횅한 거실 한가운데 혼자 우두커니 앉아 있는 아이. 그건 꽤 긴 시간 나와 동행한 이미지다. '타운하우스'가 안온함, 여유, 풍요로움을 상징한다면, 그 안에서 사는 나는 대척점에 존재하는 불안과 외롭게 싸워온 셈이다.

책이 나오기까지 많은 분의 도움을 받았다. 언제나 그렇듯 혼자 할 수 있는 일이 많지 않았다. 글 쓰는 딸, 아내, 엄마를 견뎌준 가족의 인내가 컸다. 작품을 읽고 함께 고

민해준 동료들, 박지영, 이주원 선생님을 비롯한 창비 출판사, 부족한 글에 격려의 말을 더해주신 강영숙 선생님, 명쾌한 언어로 해설을 써주신 전기화 선생님께 감사 인사를 전한다.

무엇보다 어딘가에서 이 책을 읽을 독자들께.
당신과 나의 우주를 나눌 수 있어서 영광이다.

2024년 초겨울
전지영

| 수록작품 발표지면 |

말의 눈 ······ 『현대문학』 2023년 4월호

쥐 ······ 2023년 조선일보 신춘문예 당선작

난간에 부딪힌 비가 집 안으로 들이쳤지만 ······ 2023년 한국일보
신춘문예 당선작

맹점 ······ 문장 웹진 2023년 9월호

언캐니 밸리 ······ 『창작과비평』 2023년 가을호

소리 소문 없이 ······ 『문학사상』 2024년 3월호

뼈와 살 ······ 『미안해 솔직하지 못한 내가』(안온북스 2023)

남은 아이 ······ 문장 웹진 콤마 2024년 9월호